J.M.G. Le Clézio

Poisson d'or

Gallimard

J.M.G. Le Clézio est né à Nice le 13 avril 1940 ; il est originaire d'une famille de Bretagne émigrée à l'île Maurice au XVIIIe siècle. Il a poursuivi des études au Collège littéraire universitaire de Nice et est docteur ès lettres.

Malgré de nombreux voyages, J.M.G. Le Clézio n'a jamais cessé d'écrire depuis l'âge de sept ou huit ans : poèmes, contes, récits, nouvelles, dont aucun n'avait été publié avant *Le procès-verbal*, son premier roman paru en septembre 1963 et qui obtint le prix Renaudot. Son œuvre compte aujourd'hui une trentaine de volumes. En 1980, il a reçu le Grand Prix Paul-Morand décerné par l'Académie française pour son roman, *Désert*.

Quem vel ximimati in ti teucucuitla michin.

Oh, poisson, petit poisson d'or, prends bien garde à toi ! Car il y a tant de lassos et de filets tendus pour toi dans ce monde.

1

Quand j'avais six ou sept ans, j'ai été volée. Je ne m'en souviens pas vraiment, car j'étais trop jeune, et tout ce que j'ai vécu ensuite a effacé ce souvenir. C'est plutôt comme un rêve, un cauchemar lointain, terrible, qui revient certaines nuits, qui me trouble même dans le jour. Il y a cette rue blanche de soleil, poussiéreuse et vide, le ciel bleu, le cri déchirant d'un oiseau noir, et tout à coup des mains d'homme qui me jettent au fond d'un grand sac, et j'étouffe. C'est Lalla Asma qui m'a achetée.

C'est pourquoi je ne connais pas mon vrai nom, celui que ma mère m'a donné à ma naissance, ni le nom de mon père, ni le lieu où je suis née. Tout ce que je sais, c'est ce que m'a dit Lalla Asma, que je suis arrivée chez elle une nuit, et pour cela elle m'a appelée Laïla, la Nuit. Je viens du Sud, de très loin, peut-être d'un pays qui n'existe plus. Pour moi, il n'y a rien eu

11

avant, juste cette rue poussiéreuse, l'oiseau noir, et le sac.

Ensuite je suis devenue sourde d'une oreille. Ça s'est passé alors que je jouais dans la rue, devant la porte de la maison. Une camionnette m'a cognée, et m'a brisé un os dans l'oreille gauche.

J'avais peur du noir, peur de la nuit. Je me souviens, je me réveillais quelquefois, je sentais la peur entrer en moi comme un serpent froid. Je n'osais plus respirer. Alors je me glissais dans le lit de ma maîtresse et je me collais contre son dos épais, pour ne plus voir, ne plus sentir. Je suis sûre que Lalla Asma se réveillait, mais pas une fois elle ne m'a chassée, et pour cela elle était vraiment ma grand-mère.

Longtemps j'ai eu peur de la rue. Je n'osais pas sortir de la cour. Je ne voulais même pas franchir la grande porte bleue qui ouvre sur la rue, et si on essayait de m'emmener dehors, je criais et je pleurais en m'accrochant aux murs, ou bien je courais me cacher sous un meuble. J'avais de terribles migraines, et la lumière du ciel m'écorchait les yeux, me transperçait jusqu'au fond du corps.

Même les bruits du dehors me faisaient peur. Les bruits de pas dans la ruelle, à travers le Mellah, ou bien une voix d'homme qui parlait fort, de l'autre côté du mur. Mais j'aimais bien les cris des oiseaux, à l'aube, les grincements des martinets au printemps, au ras des toits. Dans cette partie de la ville, il n'y a pas de corbeaux, seulement des pigeons et des colombes. Quelquefois, au printemps, des cigognes de passage qui se perchent en haut d'un mur et font claquer leur bec.

Pendant des années, je n'ai rien connu d'autre que la petite cour de la maison, et la voix de Lalla Asma qui criait mon nom : « Laïla ! » Comme je l'ai déjà dit, j'ignore mon vrai nom, et je me suis habituée à ce nom que m'a donné ma maîtresse, comme s'il était celui que ma mère avait choisi pour moi. Pourtant, je pense qu'un jour quelqu'un dira mon vrai nom, et que je tressaillirai, et que je le reconnaîtrai.

Lalla Asma, ce n'était pas non plus son vrai nom. Elle s'appelait Azzema, elle était juive espagnole. Lorsque la guerre avait éclaté entre les Juifs et les Arabes, de l'autre côté du monde, elle était la seule à ne pas avoir quitté le Mellah. Elle s'était barricadée derrière la grande porte bleue et elle avait renoncé à sortir. Jusqu'à cette nuit où j'étais arrivée, et tout avait changé dans sa vie.

Je l'appelais « maîtresse » ou bien « grandmère ». Elle voulait bien que je l'appelle « maîtresse » parce que c'était elle qui m'avait appris à lire et à écrire en français et en espagnol, qui m'avait enseigné le calcul mental et la géométrie, et qui m'avait donné les rudiments de la religion — la sienne, où Dieu n'a pas de nom, et la mienne, où il s'appelle Allah. Elle me lisait

13

des passages de ses livres saints, et elle m'ensei-gnait tout ce qu'il ne fallait pas faire, comme souffler sur ce qu'on va manger, mettre le pain à l'envers, ou se torcher avec la main droite. Qu'il fallait toujours dire la vérité, et se laver chaque jour des pieds à la tête.

En échange, je travaillais pour elle du matin au soir dans la cour, à balayer, couper le petit bois pour le brasero, ou faire la lessive. J'aimais bien monter sur le toit pour étendre le linge. De là, je voyais la rue, les toits des maisons voisines, les gens qui marchaient, les autos, et même, entre deux pans de mur, un bout de la grande rivière bleue. De là-haut, les bruits me parais-saient moins terribles. Il me semblait que j'étais hors d'atteinte.

Quand je restais trop longtemps sur le toit, Lalla Asma criait mon nom. Elle restait toute la journée dans la grande pièce garnie de coussins de cuir. Elle me donnait un livre pour que je lui fasse la lecture. Ou bien elle me faisait faire des dictées, elle m'interrogeait sur les leçons précé-dentes. Elle me faisait passer des examens. Comme récompense, elle m'autorisait à m'as-seoir dans la salle à côté d'elle, et elle mettait sur son pick-up les disques des chanteurs qu'elle aimait : Oum Kalsoum, Said Darwich, Hbiba Msika, et surtout Fayrouz à la voix grave et rauque, la belle Fayrouz Al Halabiyya, qui chante *Ya Koudsou*, et Lalla Asma pleurait tou-jours quand elle entendait le nom de Jérusalem.

Une fois par jour, la grande porte bleue s'ouvrait et laissait le passage à une femme brune et sèche, sans enfants, qui s'appelait Zohra, et qui était la bru de Lalla Asma. Elle venait faire un peu de cuisine pour sa belle-mère, et surtout inspecter la maison. Lalla Asma disait qu'elle l'inspectait comme un bien dont elle hériterait un jour.

Le fils de Lalla Asma venait plus rarement. Il s'appelait Abel. C'était un homme grand et fort, vêtu d'un beau complet gris. Il était riche, il dirigeait une entreprise de travaux publics, il travaillait même à l'étranger, en Espagne, en France. Mais, à ce que disait Lalla Asma, sa femme l'obligeait à vivre avec ses beaux-parents, des gens insupportables et vaniteux qui préféraient la ville nouvelle, de l'autre côté de la rivière.

Je me suis toujours méfiée de lui. Quand j'étais petite, je me cachais derrière les tentures dès qu'il arrivait. Ça le faisait rire : « Quelle sauvageonne ! » Quand j'ai été plus grande, il me faisait encore plus peur. Il avait une façon particulière de me regarder, comme si j'étais un objet qui lui appartenait. Zohra aussi me faisait peur, mais pas de la même manière. Un jour, comme je n'avais pas ramassé la poussière dans la cour, elle m'avait pincée jusqu'au sang : « Petite miséreuse, orpheline, même pas bonne à balayer ! » J'avais crié : « Je ne suis pas orpheline, Lalla Asma est ma grand-mère. » Elle s'était moquée de moi, mais elle n'avait pas osé me poursuivre.

Lalla Asma prenait toujours ma défense. Mais elle était vieille et fatiguée. Elle avait des jambes énormes, cousues de varices. Quand elle était lasse, ou qu'elle se plaignait, je lui disais : « Vous êtes malade, grand-mère ? » Elle me faisait me tenir bien droite devant elle et elle me regardait. Elle répétait le proverbe arabe qu'elle aimait bien, qu'elle disait un peu solennellement, comme si elle cherchait à chaque fois la bonne traduction en français :

« La santé est une couronne sur la tête des gens bien portants, que seuls voient les malades. »

Maintenant, elle ne me faisait plus beaucoup lire, ni étudier, elle n'avait plus d'idées pour inventer des dictées. Elle passait l'essentiel de ses journées dans la salle vide, à regarder l'écran de la télévision. Ou bien elle me demandait de lui apporter son coffret à bijoux et ses couverts d'argent. Une fois, elle m'a montré une paire de boucles d'oreilles en or :

« Tu vois, Laïla, ces boucles d'oreilles seront à toi quand je serai morte. »

Elle a passé les boucles dans les trous de mes oreilles. Elles étaient vieilles, usées, elles avaient la forme du premier croissant de lune à l'envers dans le ciel. Et quand Lalla Asma m'a dit le nom, Hilal, j'ai cru entendre mon nom, j'ai imaginé que c'étaient les boucles que je portais quand je suis arrivée au Mellah.

« Elles te vont bien. Tu ressembles à Balkis, la reine de Saba. »

J'ai mis les boucles dans sa main, j'ai replié ses doigts et j'ai embrassé sa main.

« Merci, grand-mère. Vous êtes bonne pour moi.

— Va, va. » Elle m'avait rabrouée. « Mais je ne suis pas encore morte. »

Je n'ai pas connu le mari de Lalla Asma, sauf une photo de lui qu'elle gardait dans la salle, qui trônait sur une commode, à côté d'une pendule arrêtée. Un monsieur à l'air sévère, vêtu de noir. Il était avocat, il était très riche, mais infidèle, et quand il est mort, il n'a laissé à sa femme que la maison du Mellah, et un peu d'argent chez le notaire. Il était encore vivant quand je suis venue dans la maison, mais j'étais trop petite pour m'en souvenir.

J'avais des raisons de me méfier d'Abel.

J'avais onze ou douze ans, exceptionnellement Zohra avait emmené sa belle-mère dehors, voir un médecin, ou faire des courses. Abel est entré dans la maison sans que je m'en rende compte, il a dû me chercher à l'intérieur, et il m'a trouvée dans la petite pièce au fond de la cour, où sont les latrines et le lavoir.

Il était si grand et si fort qu'il bouchait toute la porte, et je n'ai pas pu me sauver. J'étais terrifiée et je ne pouvais pas bouger de toute façon. Il s'est approché de moi. Il avait des gestes nerveux, brutaux. Peut-être qu'il parlait, mais j'avais mis la tête du côté de mon oreille gauche, pour ne pas entendre. Il était grand, large d'épaules, avec son front dégarni qui brillait dans la lumière. Il s'est agenouillé devant moi, il tâtonnait sous ma robe, il touchait mes cuisses, mon sexe, il avait des mains durcies par le ciment. J'avais l'impression de deux animaux froids et secs qui s'étaient cachés sous mes vêtements. J'avais si peur que je sentais mon cœur battre dans ma gorge. Tout d'un coup ça m'est revenu, la rue blanche, le sac, les coups sur la tête. Puis des mains qui me touchaient, qui appuyaient sur mon ventre, qui me faisaient mal. Je ne sais pas comment j'ai fait. Je crois que de peur j'ai uriné, comme une chienne. Et lui s'est écarté, il a enlevé ses mains, et j'ai réussi à passer derrière lui, je me suis glissée comme un animal, j'ai traversé la cour en criant et je me suis enfermée dans la salle de bains, parce que c'était la seule pièce qui fermait à clef. J'ai attendu, le cœur battant à toute vitesse, ma bonne oreille appliquée contre la porte.

Abel est venu. Il a frappé, d'abord doucement, du bout des doigts, puis plus fort, à coups de poing. « Laïla ! Ouvre-moi ! Qu'est-ce que tu fais ? Ouvre, je ne te ferai rien ! » Puis il a dû partir. Et moi je me suis assise sur le carreau, le dos contre la baignoire de marbre qu'Abel avait fabriquée pour sa mère.

Après longtemps, quelqu'un est venu derrière

la porte. J'entendais des éclats de voix, mais je ne comprenais pas ce qu'elles disaient. On a frappé encore, et cette fois j'ai reconnu la main de Lalla Asma. Quand j'ai ouvert la porte, je devais avoir l'air si effrayée qu'elle m'a serrée dans ses bras. « Mais qu'est-ce qu'on t'a fait ? Qu'est-ce qui t'est arrivé ? » Je me serrais contre elle, en passant devant Zohra. Mais je n'ai rien dit. Zohra a crié : « Elle est devenue folle, voilà tout. » Lalla Asma ne m'a pas posé d'autres questions. Mais, à partir de ce jour-là, elle ne m'a plus laissée seule quand Abel venait à la maison.

Un jour, alors que j'étais occupée à laver des légumes à la cuisine pour la soupe de Lalla Asma, j'ai entendu un grand bruit dans la maison, comme un objet pesant qui frappait le carreau et faisait culbuter les chaises. Je suis arrivée en courant, et j'ai vu la vieille dame par terre, étendue de tout son long. J'ai cru qu'elle était morte et j'allais m'enfuir pour me cacher quelque part, quand je l'ai entendue geindre et grogner. Elle n'était qu'évanouie. En tombant, elle avait heurté l'angle d'une chaise avec sa tête, et un peu de sang noir coulait de sa tempe.
Elle était secouée de tremblements, ses yeux étaient révulsés. Je ne savais pas ce que je devais faire. Au bout d'un moment, je me suis approchée d'elle, j'ai touché son visage. Sa joue était flasque, bizarrement froide. Mais elle respirait

avec force, soulevant sa poitrine, et l'air en sortant faisait trembloter ses lèvres avec un gargouillement comique, comme si elle ronflait.

« Lalla Asma ! Lalla Asma ! » ai-je murmuré près de son oreille. J'étais sûre qu'elle pouvait m'entendre, là où elle était. Seulement elle était incapable de parler. Je voyais le frémissement de ses paupières entrouvertes sur ses yeux blancs, et je savais qu'elle m'entendait. « Lalla Asma ! Ne mourez pas. »

Zohra est arrivée sur ces entrefaites, et j'étais tellement absorbée par le souffle lent de Lalla Asma que je ne l'ai pas entendue venir.

« Idiote, petite sorcière, que fais-tu là ? »

Elle m'a tirée si violemment par la manche que ma robe s'est déchirée. « Va chercher le docteur ! Tu vois bien que ma mère est au plus mal ! » C'était la première fois qu'elle parlait de Lalla Asma comme de sa mère. Comme je restais pétrifiée sur le pas de la porte, elle s'est déchaussée et elle m'a jeté sa savate. « Va ! Qu'est-ce que tu attends ? »

Alors j'ai traversé la cour, j'ai poussé la lourde porte bleue et j'ai commencé à courir dans la rue, sans savoir où j'allais. C'était la première fois que j'étais dehors. Je n'avais pas la moindre idée de l'endroit où je pourrais trouver un docteur. Je ne savais qu'une chose : Lalla Asma allait mourir, et ce serait ma faute, parce que je n'aurais pas su trouver quelqu'un pour la soigner. J'ai continué à courir, sans reprendre haleine, le long des ruelles endormies par le soleil. Il faisait très chaud, le ciel était nu, les murs des maisons très blancs.

J'ai tourné d'une rue à l'autre, jusqu'à un endroit d'où l'on voyait le fleuve, et plus loin encore, la mer et les ailes des bateaux. C'était si beau que je n'ai plus eu peur du tout. Je me suis arrêtée à l'ombre d'un mur, et j'ai regardé tant que j'ai pu. C'était bien la même vue que du haut du toit de Lalla Asma, mais tellement plus vaste. En bas, sur la route, il y avait beaucoup d'autos, de camions, d'autocars. Ça devait être l'heure où les enfants allaient à l'école de l'après-midi ; ils marchaient sur la route, les filles avec des jupes bleues et des chemises bien blanches, les garçons un peu moins bien habillés, la tête rasée. Ils portaient des cartables, ou des bouquins retenus par un élastique.

C'était comme si je sortais d'un très long sommeil. Quand ils passaient près de moi, il me semblait les entendre rire et se moquer, et à la réflexion je devais avoir l'air bien étrange, comme si j'arrivais d'une autre planète, avec ma robe à la française dont la manche était déchirée, et mes cheveux crépus trop longs. À l'ombre du mur, je devais avoir l'air encore plus d'une sorcière.

J'ai suivi une rue au hasard, dans la direction des écoliers, puis une autre rue, pleine de monde. Il y avait un marché, des bâches tendues contre le soleil. À l'entrée d'une maison, un vieil homme travaillait dans une échoppe en planches, assis en tailleur sur une sorte de table basse, entouré de babouches. Avec un petit marteau de cuivre, il plantait des clous très fins dans une semelle. Comme j'étais arrêtée à le regarder, il m'a demandé :

« Tu veux une *belra* ? »

Il voyait bien que j'étais pieds nus.

« Qu'est-ce que tu veux ? Tu es muette ? »

J'ai réussi à parler.

« Je cherche un docteur pour ma grand-mère. »

J'ai dit cela en français, puis j'ai répété en arabe, parce qu'il me regardait sans comprendre.

« Qu'est-ce qu'elle a ?

— Elle est tombée. Elle va mourir. »

J'étais étonnée d'être si calme.

« Il n'y a pas de docteur ici. Il y a Mme Jamila, dans le fondouk, là-bas. Elle est sage-femme. Peut-être qu'elle pourra faire quelque chose. »

Je suis partie en courant dans la direction qu'il indiquait. Le cordonnier est resté immobile, son petit marteau en cuivre levé. Il m'a crié quelque chose que je n'ai pas compris, et qui a fait rire des gens.

Mme Jamila vivait dans une maison comme je n'en avais jamais imaginé. C'était un palais ruiné, avec de hauts murs de pisé, et une porte dont les deux battants étaient ouverts depuis si longtemps qu'on ne pouvait plus les fermer, bloqués par la boue et les gravats. Sur la façade, des morceaux de crépi indiquaient que la maison avait été rose autrefois. Il y avait des fenêtres saillantes en bois et des balcons vermoulus. Malgré mon appréhension, je suis entrée dans la cour.

L'intérieur de la maison de Lalla Asma était un monde organisé, rigoureux, d'une propreté excessive, et j'avais cru que toutes les cours étaient ainsi. Mais ici, à l'intérieur du fondouk, c'était un chaos incroyable. Il y avait des gens partout qui somnolaient à l'ombre des auvents, ou sous quelques acacias maigres. Des chèvres, des chiens, des enfants, des braseros qui se consumaient tout seuls, et çà et là des tas d'immondices que grattaient de vieilles poules semblables à des vautours. Contre les murs, tout autour de la cour, à l'abri des auvents, les commerçants ambulants avaient entassé leurs ballots et pour mieux les garder s'étaient couchés dessus. Je ne comprenais pas ce que faisaient tous ces gens. Je ne savais même pas ce que pouvait être un hôtel. Comme je traversais lentement la cour, hésitant sur la direction à prendre, du haut du balcon intérieur quelqu'un m'a appelée à grands gestes. Éblouie par le soleil, j'ai scruté l'ombre de la galerie. J'ai entendu une voix claire :

« Qui cherches-tu ? »

J'ai vu enfin une femme d'un certain âge,

vêtue d'une longue robe turquoise. Elle était appuyée sur la rambarde, elle fumait en me regardant. J'ai dit le nom de Mme Jamila, et elle m'a fait signe :

« Monte, l'escalier est au fond de la pièce, devant toi. »

Comme je n'avais pas l'air de comprendre, elle a crié :

« Attends-moi. »

Elle m'a conduite à travers une grande pièce obscure, où il y avait d'autres ballots et des gens qui se reposaient. Des vieux jouaient aux dominos sur une table basse, un grand narguilé posé à côté d'eux. Personne n'avait l'air de faire attention à moi.

En haut des escaliers, la galerie était éclairée par des taches de soleil, là où manquaient des volets. Tout l'étage supérieur était habité par des femmes étranges. Certaines semblaient jeunes, d'autres avaient l'âge de Zohra, ou plus âgées. Elles étaient grasses, elles avaient le teint clair, les cheveux rougis au henné, les lèvres peintes et très brunes, les yeux cernés de khôl. Elles fumaient devant les portes des chambres, assises en tailleur par terre. La fumée de leurs cigarettes sortait de l'ombre de la galerie et dansait au soleil.

« Je vais chercher Mme Jamila. »

Je suis restée en haut de l'escalier, un pied posé sur le sol de l'étage. Je crois que seule la peur de retourner sans docteur chez Lalla Asma me retenait de partir en courant. Les femmes sont venues m'entourer. Elles parlaient fort, elles riaient. La fumée des cigarettes remplissait l'air d'une odeur douceâtre qui me faisait tourner la tête.

Elles caressaient mes cheveux, elles les touchaient comme si elles n'en avaient jamais vu de pareils. L'une d'elles, une jeune femme aux longues mains fines, à la gorge chargée de bijoux, a commencé à me faire de petites tresses sur le sommet de la tête, en mêlant du fil rouge à mes cheveux. Je n'osais pas bouger.

« Regardez comme elle est jolie, c'est une vraie princesse ! »

Je ne comprenais pas ce qu'elle disait. Je me demandais si ces belles femmes, avec tous leurs bijoux, leurs fards, ne se moquaient pas de moi, si elles n'allaient pas me pincer, me tirer les cheveux. Elles parlaient vite, à voix basse, et à cause de ma mauvaise oreille je ne saisissais pas tous les mots.

Ensuite Mme Jamila est arrivée. J'avais imaginé une sage-femme grande et forte, avec un visage rébarbatif, et j'ai vu arriver une petite femme fluette, les cheveux courts, habillée à l'européenne. Elle m'a considérée un instant. Elle a écarté les femmes et, comme si elle avait compris mon problème d'oreille, elle s'est penchée vers ma figure et elle a dit lentement :

« Qu'est-ce que tu veux ?

— C'est ma grand-mère qui va mourir. Il faudrait que vous veniez la voir chez elle. »

Elle a hésité. Puis elle a dit :

« C'est vrai, je suis là pour les enfants et pour les grand-mères qui meurent aussi. »

Dans les ruelles, elle marchait à grands pas, et je trottinais derrière elle. Sans elle, je ne serais jamais parvenue à retrouver mon chemin, mais Mme Jamila connaissait la maison de Lalla Asma.

Quand nous sommes arrivées à la maison, j'avais le cœur serré. Je pensais que pendant tout ce temps Lalla Asma était morte, et que j'allais entendre les cris aigus de sa belle-fille. Mais Lalla Asma était vivante. Elle était assise dans son fauteuil, à sa place habituelle, les pieds calés sur une chaise devant elle. Elle avait juste un peu de sang séché sur la tempe, là où elle avait donné de la tête en tombant.

Lalla Asma m'a vue et son regard s'est éclairé. Elle tremblait encore un peu. Elle a serré mes mains très fort. Je voyais qu'elle avait envie de parler, et qu'elle n'y arrivait pas. Je ne savais pas qu'elle m'aimait autant, et tout d'un coup ça m'a fait pleurer.

« Ne bougez pas, grand-mère. Je vais vous faire du thé comme vous aimez. »

Puis j'ai vu Mme Jamila sur le seuil de la salle. Puisque Lalla Asma n'était pas en train de mourir, elle n'avait plus besoin de personne. Lalla Asma n'aimait pas que des étrangers entrent chez elle. J'ai dit à Mme Jamila : « Elle va mieux maintenant. Elle n'a plus besoin de vous. » Je l'ai accompagnée jusqu'à la porte. J'ai voulu lui payer la visite, avec les dirhams du ménage, mais elle a refusé. Elle a dit, en me regardant bien en face : « Peut-être que tu devrais faire venir un vrai docteur. Il y a quelque chose qui s'est brisé dans sa tête, c'est pour ça qu'elle est tombée. »

J'ai demandé : « Est-ce qu'elle reparlera ? »

Madame Jamila a secoué la tête. « Elle ne sera plus jamais comme avant. Un jour, elle retombera et elle ne reviendra plus. C'est comme ça. Mais tu dois rester avec elle jusqu'à son dernier souffle. » Elle a répété la phrase en arabe, et je ne l'ai pas oubliée : « *Kherjat er rohe...* »

Zohra est revenue un peu après. Je ne lui ai pas parlé de Mme Jamila. Elle m'aurait giflée si elle avait su que tout ce que j'avais pu ramener, c'était une sage-femme d'un vieux fondouk. J'ai menti : « Le docteur dit qu'elle ira mieux, il reviendra la semaine prochaine. — Et les médicaments ? Il n'a pas donné de médicaments ? »

J'ai secoué la tête.

« Il dit que ce n'est rien. Elle redeviendra comme avant. »

Zohra parlait fort, tout près de l'oreille de Lalla Asma, comme si elle était sourde.

« Vous entendez, mère ? Le docteur a dit que vous allez bien. »

Mais il y avait des mois que Lalla Asma n'adressait plus la parole à sa bru, et Zohra ne s'est rendu compte de rien. Quand elle est partie, j'ai aidé Lalla Asma à marcher jusqu'à son lit. Elle avait une drôle de démarche, sautillante comme un merle. Et son regard vert était devenu transparent, triste, lointain.

Soudain, j'ai eu peur de ce qui allait arriver. Jusqu'alors, je ne m'étais jamais posé la question de ce que je deviendrais quand Lalla Asma ne serait plus là. D'être dans cette maison, derrière les hauts murs, de l'autre côté de la grande porte bleue, de deviner la ville du haut du toit où j'accrochais le linge, ça m'avait donné l'idée que rien de mal n'arriverait jamais.

J'ai regardé ma maîtresse, son vieux visage bouffi où les yeux étaient deux fentes sans couleur, et ses cheveux tout rares, blancs sous le henné.

« Grand-mère, grand-mère, vous ne me laisserez jamais ? » Les larmes coulaient sur mes joues, je ne pouvais plus les arrêter. « N'est-ce pas, grand-mère, vous n'allez pas me laisser ? » Je crois bien qu'elle a entendu ce que je lui disais, parce que j'ai vu ses paupières battre, et ses lèvres frémir. J'ai mis mes mains entre les siennes pour qu'elle les serre fort. « Je m'occuperai bien de vous, grand-mère, je ne laisserai personne vous approcher, surtout pas Zohra. Je vous ferai votre thé, je vous donnerai à manger, j'irai vous chercher votre pain et vos légumes. Maintenant, je n'ai plus peur d'aller dehors, on n'aura plus besoin de Zohra. »

Je parlais, et mes larmes n'arrêtaient pas de

28

couler. Je peux dire que c'était la première fois. Moi qui n'avais jamais pleuré pour rien, même lorsque Zohra me pinçait jusqu'au sang.

Mais Lalla Asma n'est pas redevenue comme avant. Au contraire, chaque jour, elle s'enfonçait un peu plus. Elle ne mangeait plus. Quand j'essayais de la faire boire, le thé froid coulait de chaque côté de sa bouche et trempait sa robe. Elle avait les lèvres gercées, crevassées. Sa peau devenait toute sèche, couleur de sable. Et je dois dire qu'elle faisait sous elle. Elle qui était si propre, méticuleuse. Je la changeais. Je ne voulais pas que Zohra et Abel la voient dans cet état. J'étais sûre qu'elle avait honte, qu'elle se rendait compte de tout. Quand Zohra entrait dans la salle, elle fronçait le nez : « Qu'est-ce qui sent mauvais ? » Je lui disais qu'on faisait des travaux dans la maison voisine, on vidangeait la fosse. Zohra regardait Lalla Asma d'un air perplexe. Elle me grondait : « C'est parce que tu ne fais pas bien le ménage, regarde ce désordre. » Elle cherchait à comprendre ce qui n'allait pas. Pour qu'elle ne devine pas l'état de Lalla Asma, je la coiffais le matin, je fardais ses joues avec de la poudre rose, je mettais du beurre de cacao sur ses lèvres. J'installais le plateau de cuivre à côté d'elle, sur la table, avec la théière et les verres, et je versais un peu de thé sucré dans les verres, comme si Lalla Asma avait bu.

Je ne la quittais plus. La nuit, je dormais par terre à côté d'elle, enroulée dans un dessus-de-lit. Je me souviens, il y avait des moustiques, toute la nuit j'écoutais leur chanson dans mon oreille, et au matin, je me tournais pour dormir un peu. J'oubliais le souffle douloureux de Lalla Asma, je rêvais qu'on partait, qu'on prenait enfin le fameux bateau dont elle parlait toujours, de Melilla vers Malaga, et même plus loin, jusqu'à la France.

Une nuit, tout est allé plus mal. Je ne m'en suis pas rendu compte tout de suite. Lalla Asma étouffait. Son souffle faisait un ronflement de forge, et au bout de chaque expiration il y avait un bruit de bulles. Je restais immobile allongée par terre, sans oser bouger. La chambre était noire, avec un peu de lune dans la cour. Mais je n'aurais pas pu aller dehors. J'attendais, je voulais qu'il fasse jour. Je pensais : dès que le soleil se lèvera, Lalla Asma se réveillera, elle cessera de ronfler et d'étouffer avec son bruit de bulles.

C'est moi qui me suis endormie, au petit jour, tellement j'étais fatiguée. Peut-être que Lalla Asma est morte à ce moment-là, et que c'est pour ça que j'ai enfin pu m'endormir.

Quand je me suis réveillée, il faisait grand jour. Zohra était à côté du lit, elle pleurait à haute voix. Tout à coup, elle m'a vue, et la colère a tordu sa bouche. Elle m'a donné des coups avec tout ce qu'elle trouvait, une serviette-éponge, des revues, puis elle s'est déchaussée pour me frapper et je me suis sauvée dans la cour. Elle criait : « Misérable, petite sorcière !

30

Ma mère est morte et toi tu dors tranquillement ! Tu es une meurtrière ! » Je me suis cachée à la cuisine, sous une table, comme quand j'étais petite. Je tremblais de peur. Heureusement, une voisine est arrivée à ce moment-là, alertée par les cris. Puis Abel est arrivé lui aussi, et ils ont calmé Zohra. Elle avait un couteau à la main, comme si elle voulait me tuer. Elle criait encore : « Sorcière ! Meurtrière ! » Ils l'ont fait asseoir dans la cour, ils lui ont donné un verre d'eau.

Moi, je me suis glissée hors de la cuisine, j'ai traversé la cour à quatre pattes, le long du mur à l'ombre. J'étais pieds nus, je n'avais que la robe froissée dans laquelle j'avais dormi, les cheveux ébouriffés, je devais vraiment avoir l'air d'une meurtrière.

J'ai réussi à me faufiler par la grande porte bleue qui était restée entrouverte. Puis je me suis mise à courir dans les rues, comme le jour où j'étais allée quérir la sage-femme. J'avais très peur qu'ils ne me rattrapent et me mettent en prison pour avoir laissé mourir Lalla Asma.

C'est comme cela que j'ai quitté sans retour la maison du Mellah. Je n'avais rien, pas un sou, j'étais pieds nus avec ma vieille robe, et je n'avais même pas la paire de boucles d'oreilles en or, mes croissants de lune Hilal, que Lalla Asma avait promis de me laisser en mourant. Je me sentais encore plus démunie que le jour où les voleurs d'enfants m'avaient vendue à Lalla Asma.

2

Le fondouk était bien différent de tout ce que j'avais connu jusqu'alors.

C'était une maison ouverte aux quatre vents, située dans une rue passante encombrée de camionnettes, d'autos, de motocyclettes. Le marché était à deux pas, une grande bâtisse en ciment où on trouvait tout ce qu'on voulait, de la viande de boucherie, des légumes aussi bien que des babouches, des tapis ou des seaux en plastique.

En quittant la maison de Lalla Asma, je ne savais pas où aller. Je ne savais qu'une chose, c'est que je devais me cacher dans un endroit où Zohra et Abel ne me retrouveraient jamais, même s'ils envoyaient la police à ma recherche. Je trottais le long des rues à l'ombre, je rasais les murs comme un chat perdu. Dans ma tête résonnaient les cris de Zohra : « Sorcière ! Meurtrière ! » J'étais sûre que si elle me rattrapait, elle me ferait mettre en prison. Malgré moi, mes pas m'ont dirigée vers la rue où j'avais cherché un docteur pour Lalla Asma. Quand j'ai reconnu la bâtisse, avec sa grande porte à deux battants grands ouverts, mon cœur a bondi de joie. Là, j'étais sûre que Zohra ne pourrait pas me trouver.

Mme Jamila n'était pas dans le fondouk. Elle avait été appelée quelque part pour une urgence. Alors je me suis assise sagement sur le balcon, le dos contre le mur, et je l'ai attendue à côté de sa porte.

La première fois que j'étais venue, j'étais trop pressée, je n'avais pas eu le temps de regarder ce qui se passait dans l'hôtel. Maintenant, je détaillais tout : les gens qui entraient et sortaient sans cesse de la cour, les colporteurs en haillons chargés comme des baudets, les marchands qui déposaient leurs ballots sous les arcades. Il y avait des marchands de légumes, des marchands de dattes, et des jeunes gens qui apportaient des cargaisons bizarres en équilibre sur leurs bicyclettes, des cartons de jouets en plastique, des cassettes de musique, des montres, des lunettes noires. Je connaissais toutes leurs marchandises, parce que souvent ils venaient frapper à la porte de Lalla Asma, et comme elle ne pouvait plus sortir faire des courses, elle leur faisait déballer leurs articles dans la cour, et elle leur achetait des choses dont elle n'avait pas besoin, des stylos, des savonnettes, ce qui mettait sa bru en colère : « Mère, qu'est-ce que vous allez en faire ? » Lalla Asma hochait la tête : « Peut-être qu'un jour je serai contente d'avoir acheté ça. » Jamais je n'aurais imaginé que les vendeurs à la sauvette pouvaient se retrouver dans un endroit comme cette cour.

L'étage était habité par les jeunes femmes que j'avais vues la première fois, si élégantes et belles, que dans ma naïveté je les prenais pour des princesses. Pour l'heure, elles dormaient encore dans les chambres, derrière les hautes portes entrebâillées.

En scrutant à travers la fente, j'ai vu une des princesses couchée sur un grand lit. Au bout d'un instant, j'ai distingué sa forme. Elle était couchée toute nue sur les draps, le visage recouvert par ses cheveux, et j'ai été étonnée de voir son ventre très blanc, et son pubis entièrement épilé. Je n'avais jamais rien vu de tel. Lalla Asma ne m'emmenait jamais aux bains, et jusqu'aux derniers temps, elle ne voulait pas que je la voie dévêtue. Et mon corps maigre et noir ne ressemblait pas du tout à cette chair si blanche et à ce sexe endormi. Je crois que je me suis reculée, un peu effrayée, de la sueur au creux des paumes.

J'ai attendu longtemps sous la galerie, en concentrant mon attention sur le va-et-vient des marchands dans la cour. Je n'avais rien mangé depuis la veille, j'avais très faim, et je mourais de soif.

En bas, dans la cour, il y avait un puits, et j'avais repéré sous les arcades un ballot de fruits secs entrouvert où les moineaux venaient picorer. Je me suis glissée par les escaliers jusqu'au ballot. J'avais un peu honte, parce que Lalla Asma m'avait toujours dit qu'il n'y a rien de pire que de voler autrui, moins à cause de ce qu'on lui prend qu'à cause de la tromperie. Mais j'avais faim, et les belles leçons de Lalla Asma étaient déjà loin.

Je me suis accroupie à côté du sac ouvert, et j'ai mangé des dattes et des figues séchées et des poignées de raisins secs que j'extrayais d'un emballage en plastique. Je crois que j'aurais mangé la plus grande partie du ballot, si le propriétaire des marchandises n'était pas arrivé silencieusement, par-derrière, et ne m'avait pas attrapée. Il me tenait de la main gauche par les cheveux, et de l'autre brandissait une courroie : « Petite négresse, voleuse ! Je vais te montrer ce que je fais aux gens de ton espèce ! » Je me souviens que ce qui me mortifiait le plus, ce n'était pas d'avoir été prise sur le fait, mais la façon que le marchand avait d'accrocher ses doigts dans l'épaisseur de mes cheveux et de m'appeler : « *Saouda !* » Parce que c'était quelque chose qu'on ne m'avait jamais dit, même Zohra quand elle était en colère. Elle savait que Lalla Asma ne l'aurait pas supporté.

Je me suis débattue et, pour lui faire lâcher prise, je l'ai mordu jusqu'au sang. Je lui ai fait face et je lui ai crié : « Je ne suis pas une voleuse ! Je vous paierai ce que j'ai mangé ! »

35

Au même moment, Mme Jamila est arrivée, et les dames de l'étage se sont penchées au balcon et ont commencé à invectiver le marchand ambulant, en lui criant des injures que je n'avais jamais entendues. Et même l'une des princesses, ne trouvant rien de mieux comme projectiles, lui lançait des piécettes de dix ou vingt centimes en lui criant : « Tiens, voilà ton argent, voleur, fils de chien ! » Et lui restait hébété, reculant sous les lazzis des femmes et sous la pluie des piécettes, jusqu'à ce que Mme Jamila me prenne par le bras et m'emmène avec elle vers l'étage. Je crois que j'avais encore dans les mains les poignées de raisins secs que je n'avais pas lâchées, même quand le marchand m'avait tirée par les cheveux et m'avait battue avec sa courroie.

Mais j'avais si peur tout à coup, ou bien c'était l'accumulation de tout ce qui était arrivé ces derniers temps, avec Lalla Asma qui était tombée sur le carreau et Zohra qui m'avait chassée en me volant les boucles d'oreilles qui m'appartenaient. Je me suis mise à pleurer dans l'escalier, si fort que je n'arrivais plus à monter les marches. Et Mme Jamila qui n'était pas plus grande que moi m'a vraiment portée jusqu'en haut comme si j'étais un petit enfant. Elle répétait contre mon oreille : « Ma fille, ma fille », et moi je pleurais encore plus, d'avoir le même jour perdu ma grand-mère et trouvé une maman.

En haut de l'escalier, les princesses (car c'est ainsi que je les appelais au fond de moi, même quand j'ai compris qu'elles n'étaient pas précisément des princesses) m'attendaient avec mille caresses et démonstrations d'amitié. Elles m'ont demandé mon nom, et elles le répétaient entre elles : Laïla, Laïla. Elles m'ont apporté du thé fort et des pâtisseries au miel, et j'ai mangé tant que j'ai pu. Ensuite elles m'ont fait un lit dans une grande chambre sombre et fraîche, avec des coussins disposés par terre, et je me suis endormie tout de suite dans le brouhaha de l'hôtel, bercée par le grincement de la musique d'un poste de radio dans la cour. C'est ainsi que je suis entrée dans la vie de Mme Jamila la faiseuse d'anges et de ses six princesses.

3

Ma vie au fondouk s'organisa de façon remar-
quablement calme, et je peux dire sans exagérer
que ce fut la période la plus heureuse de mon
existence. Je n'avais aucune astreinte, aucun
souci, et je trouvais dans la personne de
Mme Jamila et des princesses tout l'agrément et
toute l'affection dont j'avais été privée jusque-là.

Quand j'avais faim, je mangeais, quand j'avais
sommeil, je dormais, et quand je voulais sortir
(ce qui arrivait presque constamment), je sortais, sans avoir à demander quoi que ce soit. La
liberté parfaite dont je jouissais au fondouk était
celle des femmes dont je partageais l'existence.
Elles n'avaient pas d'heures, donc elles étaient
heureuses. Elles m'avaient adoptée comme si
j'étais leur fille, ou plutôt une poupée, une très
jeune sœur, et d'ailleurs c'est comme cela
qu'elles m'appelaient. Mme Jamila disait : « Ma
fille. » Fatima, Zoubeïda, Aïcha, Selima, Houriya
et Tagadirt disaient : « Petite sœur. » Mais Taga-

dirt disait parfois aussi « Ma fille » parce que, en vérité, elle avait l'âge d'être ma mère. Je dormais tour à tour dans chaque chambre occupée par deux princesses, sauf Tagadirt qui avait la grande chambre sans fenêtre où j'avais dormi la première fois. Mme Jamila avait un appartement de l'autre côté de la galerie, avec une fenêtre sur la rue. Je dormais là aussi quelquefois, mais plus rarement, à cause des occupations de Mme Jamila et de son cabinet de consultations où elle hébergeait des femmes qui avaient un problème de bébé. Quand elle avait des patientes, je savais qu'il ne fallait pas aller frapper chez elle. Ces soirs-là, elle fermait la porte avec un loquet, et je voyais à travers les tentures le falot qu'elle laissait allumé dans le cabinet. C'était un signal que j'avais vite compris.

Les princesses m'aimaient bien. Elles me chargeaient de leurs commissions, de leurs affaires. J'allais leur chercher du thé dans la cour, ou bien je leur achetais des gâteaux au marché, des cigarettes. Je portais leur courrier à la poste. Quelquefois elles m'emmenaient avec elles faire des courses en ville, non pas pour porter leurs sacs (pour cela elles avaient toujours des petits garçons), mais pour que je les aide à acheter, que je discute les prix. Lalla Asma m'avait appris à acheter, en marchandant avec les colporteurs qui frappaient à sa porte, et j'avais bien retenu les leçons.

Zoubeïda aimait bien aller avec moi au marché des tissus. Elle choisissait des cotonnades pour une robe, pour un dessus-de-lit. Elle était grande et mince, avec une peau couleur de lait et des cheveux d'un noir de jais. Elle se drapait dans le tissu, elle avançait dans la lumière : « Comment tu me trouves ? » Je prenais mon temps pour répondre. Je disais sérieusement : « C'est bien, mais un bleu sombre t'irait mieux. »

Les marchands me connaissaient. Ils savaient que je discutais âprement, comme si c'était moi qui payais. Ils ne pouvaient pas me tromper sur la qualité, cela aussi, je l'avais appris de Lalla Asma. Un jour, j'ai empêché Fatima d'acheter une breloque en or et turquoise.

« Regarde, Fatima, ce n'est pas une vraie pierre, c'est un bout de métal peint. » Je l'ai fait tinter contre mes dents. « Tu vois ? Il n'y a rien dedans. » Le marchand était furieux, mais Fatima l'a mouché : « Tais-toi. Ma petite sœur dit toujours la vérité. Estime-toi heureux que je ne t'envoie pas devant le juge. »

À partir de ce jour-là, les princesses ont redoublé d'attentions envers moi. Elles racontaient mes exploits à tout le monde, et maintenant même les marchands ambulants du fondouk me saluaient avec respect. Ils venaient auprès de moi pour me demander d'intervenir auprès de telle ou telle, ils essayaient de m'acheter en me faisant des cadeaux, mais je n'étais pas dupe. Je prenais les bonbons et les gâteaux, et je disais à Fatima ou à Zoubeïda : « Méfie-toi de lui, il est certainement malhonnête. »

Mme Jamila savait tout ce qui se passait. Elle n'en parlait pas, mais je voyais bien qu'elle n'était pas satisfaite. Quand je partais faire une course, ou quand une des princesses m'emmenait dehors, elle me suivait du regard. Elle disait à Fatima : « Tu l'emmènes là-bas ? » Comme un reproche. Ou bien elle essayait de me retenir, elle me donnait des devoirs à faire, des pages d'écriture, du calcul, des sciences naturelles. Elle voulait m'apprendre à écrire en arabe, elle avait des ambitions pour moi.

Mais je ne faisais pas très attention à ce qu'elle voulait me dire. J'étais ivre de liberté, j'avais vécu enfermée trop longtemps. J'étais prête à me sauver si quelqu'un avait voulu me retenir.

Encore aujourd'hui j'ai du mal à croire que les princesses n'étaient pas des princesses. Je m'amusais avec elles. Il y avait surtout Zoubeïda et Selima qui étaient jeunes. Elles étaient insouciantes, elles riaient tout le temps. Elles venaient de villages de la montagne, elles s'étaient échappées. Elles vivaient entourées d'un tourbillon d'hommes, elles montaient dans de belles voitures américaines qui venaient les chercher à la porte du fondouk. Je me souviens, un soir, d'une longue auto noire avec des vitres teintées, qui portait deux drapeaux sur les ailes, des drapeaux vert, blanc et rouge, avec du noir aussi. Tagadirt m'a dit : « C'est un homme puissant et riche. » J'essayais de voir à l'intérieur de l'auto, mais les vitres noires ne laissaient rien filtrer. « C'est un roi ? » Tagadirt a répondu sans se moquer de moi : « C'est quelqu'un d'important comme un roi. »

J'aimais bien le visage de Tagadirt. Elle n'était plus très jeune, elle avait des rides bien marquées au coin de l'œil, comme si elle souriait, et elle avait la peau très brune, comme moi, presque noire, avec de petits tatouages marqués sur le front. Avec elle, j'allais aux bains deux fois par semaine. C'était au bord de l'estuaire, près de l'embarcadère. Tagadirt me donnait une grande serviette, elle prenait un sac avec des affaires propres, et nous partions ensemble. Du temps de Lalla Asma, je n'avais pas l'idée qu'un endroit pareil puisse exister, et je n'aurais jamais imaginé me mettre toute nue devant d'autres femmes.

Tagadirt n'avait aucune pudeur. Elle allait et venait devant moi sans vêtements, elle frottait son corps avec des pierres ponces, elle se frictionnait avec des gants de crin. Elle avait des seins lourds aux mamelons violets, et sur ses hanches et sur son ventre sa peau faisait des replis. Elle s'épilait avec soin le pubis, les aisselles, les jambes. À côté d'elle je paraissais une négrillonne malingre, et malgré tout, je ne pouvais pas m'empêcher de cacher mon bas-ventre avec une serviette.

Tagadirt voulait que je lui masse le dos et la nuque avec de l'huile de coprah qu'elle achetait au marché, qui répandait un parfum écœurant de vanille. Dans la grande salle de bains commune, les nuages de vapeur glissaient au-dessus des corps, il y avait un bruit de voix, des cris, des exclamations. Des petits garçons tout nus couraient le long de la vasque d'eau chaude en glapissant. Tout cela me faisait tourner la tête, me donnait la nausée.

« Continue, Laïla. Tu as les mains dures, ça me fait du bien. »

Je ne savais pas si j'aimais cela. Je continuais à faire pénétrer l'huile dans la peau du dos de Tagadirt, je respirais l'odeur de la vanille et de la sueur. Puis, pour me réveiller, Tagadirt m'aspergeait d'eau froide, elle riait quand je m'échappais, mes poils hérissés sur tout mon corps.

J'étais devenue la mascotte du fondouk. C'était peut-être pour cela que Mme Jamila n'était pas contente. Elle devait penser que j'étais trop caressée et flattée par les princesses, et que cela risquait de gâter mon caractère.

À force d'entendre ces femmes s'extasier sur moi à longueur de journée : « Ah ! qu'elle est jolie ! », et me déguiser selon leur fantaisie, je finissais par le croire. Je me prêtais avec vanité à leurs caprices. Elles m'attifaient de robes longues, elles peignaient mes ongles en vermillon, mes lèvres en carmin, elles me maquillaient, dessinaient mes yeux au khôl. Selima, qui avait du sang soudanais, s'occupait de ma coiffure. Elle divisait mes cheveux par petits carrés, elle les tressait avec du fil rouge ou avec des perles de couleur. Ou bien elle les lavait avec du savon de coco pour les rendre plus secs et gonflés qu'une crinière de lion. Elle me disait que ce que j'avais de mieux, c'étaient mon front et mes sourcils merveilleusement longs et arqués, et mes yeux en amande. Peut-être qu'elle me disait cela parce que je lui ressemblais.

Tagadirt dessinait mes mains avec du henné, ou bien elle traçait sur mon front et sur mes joues les mêmes signes qu'elle portait, en utilisant un brin de paille trempé dans du noir de lampe. Elle m'apprenait à jouer de la darbouka, en dansant au milieu de sa chambre. Quand elles entendaient le bruit des petits tambours, les autres femmes arrivaient, et je dansais pour elles, pieds nus sur le carrelage, en tournant sur moi-même jusqu'au vertige.

C'était à ces enfantillages que je passais la plus grande partie de l'après-midi. Le soir, les princesses me congédiaient pour recevoir leurs visites, ou bien j'allais dans la chambre de celles qui sortaient en auto. Mme Jamila me débarbouillait avec un coin de serviette mouillé : « Qu'est-ce qu'elles t'ont encore fait ! Elles sont folles. » Avec mes cheveux hérissés, le khôl qui avait coulé et le rouge à lèvres qui débordait, je devais ressembler à une poupée ratée, et Mme Jamila ne pouvait pas s'empêcher de rire de moi. Je m'endormais bercée par le tourbillon des souvenirs de ces journées si longues, si longues que je ne parvenais plus à me souvenir comment elles avaient commencé.

Celle qui avait ma préférence, c'était Houriya. C'était la plus jeune, la dernière venue au fondouk. Elle était arrivée juste quelques jours avant moi. Elle venait d'un village berbère éloigné, du Sud. Elle avait été mariée à un homme riche de Tanger qui la battait et la prenait de force. Un jour, elle avait préparé une petite valise, et elle s'était sauvée. C'est Tagadirt qui l'avait ramassée dans une rue près de la gare et l'avait ramenée ici, pour qu'elle puisse se cacher et échapper aux envoyés de son mari. Mme Jamila se méfiait. Elle avait dit oui, mais à condition que Houriya s'en aille dès que le danger serait passé. Elle ne voulait pas d'ennuis avec la police.

Houriya était petite et mince, elle avait presque l'air d'une enfant. Nous sommes vite devenues amies, et elle m'emmenait partout avec elle, même le soir dans les restaurants et les boîtes. Elle me présentait à ses amis comme sa petite sœur. « C'est Oukhti, ma sœur. N'est-ce pas qu'elle me ressemble ? »

Elle avait un joli visage régulier, des sourcils bien dessinés et les plus beaux yeux verts que j'aie jamais vus. Je ne lui posais pas de questions sur sa façon de gagner de l'argent. Je pensais qu'elle recevait des cadeaux parce qu'elle savait danser et chanter, parce qu'elle était jolie. Je n'avais aucune idée de ce que c'était qu'un métier, de ce qui était bien et de ce qui était mal. Je vivais comme un petit animal domestique, je trouvais bien ce qui me flattait et me caressait, et mal tout ce qui était dangereux et me faisait peur, comme Abel qui me regardait comme s'il voulait me manger, ou Zohra qui me faisait rechercher par la police en racontant que j'avais volé sa belle-mère.

Ce qui me faisait le plus peur, c'était la solitude. Quelquefois, dans mon sommeil, je revivais ce qui s'était passé il y a très longtemps, quand on m'avait volée. Je voyais la lumière sur une rue très blanche, j'entendais le cri féroce de l'oiseau noir. Ou bien j'entendais le bruit de l'os qui craquait dans ma tête quand le camion m'avait cognée.

Alors je me glissais dans le lit de Houriya, et je me serrais très fort contre elle, je m'accrochais à son dos comme si j'allais m'évanouir. C'est elle qui m'a parlé la première fois de mes origines. Quand je lui ai raconté les boucles d'oreilles que Zohra m'avait volées, elle m'a dit qu'elle savait où étaient les gens de ma tribu, les Hilal, les gens du croissant de lune, de l'autre côté des montagnes, au bord d'un grand fleuve asséché. Et moi je rêvais que j'allais là-bas, dans ce vil-

46

lage, que j'entrais dans la rue, et au bout de la rue, il y avait ma mère qui m'attendait.

Mais Houriya n'est pas restée longtemps au fondouk. Un matin, elle était partie. Mais ce n'est pas arrivé à cause de son mari. C'est arrivé à cause de moi.

Un soir, j'étais allée dans un restaurant du bord de mer, avec Houriya et ses amis. On avait roulé longtemps dans la nuit, jusqu'à une grande plage vide. J'étais à l'arrière de la Mercedes, contre la portière, et Houriya au milieu, avec un homme. Il y avait aussi deux hommes à l'avant, et une femme blonde. Ils parlaient fort, une langue que je ne comprenais pas, j'ai pensé que ça devait être du russe. Je me souviens bien de l'homme qui conduisait, grand et fort comme Abel, avec beaucoup de cheveux et une barbe noire. Je me souviens aussi qu'il avait un œil bleu et un œil noir. Nous sommes restés un bon moment au restaurant, il devait être près de minuit. C'était un restaurant luxueux, avec des sortes de flambeaux qui éclairaient le sable de la plage, et les garçons en costume blanc. J'ai passé la soirée à regarder la mer noire, les lumières des bateaux de pêche qui rentraient et l'éclat d'un phare au loin. La femme blonde parlait et riait fort, et les hommes entouraient Houriya. Le vent qui entrait par une fenêtre ouverte emportait la fumée des cigarettes. J'avais bu du vin en cachette, c'était le chauffeur de la Mercedes qui m'avait fait boire dans son verre, un

47

vin très doux et sucré qui mettait du feu dans la gorge. Il me parlait en français, avec un drôle d'accent un peu lourd, qui traînait sur les mots. J'étais si fatiguée que je me suis endormie sur une banquette, près de la fenêtre.

Ensuite je me suis réveillée dans la voiture. J'étais toute seule à l'arrière. Le chauffeur était penché sur moi, je voyais ses cheveux bouclés éclairés par la lumière du restaurant. Je n'ai pas compris tout de suite, mais quand il a mis la main sous ma robe, je me suis vraiment réveillée. J'étais saoule, j'avais envie de vomir. Malgré moi, je me suis mise à hurler. J'avais peur, et comme le chauffeur voulait mettre sa main sur ma bouche, je l'ai mordu. Je hurlais, je griffais et je mordais.

Houriya est arrivée tout de suite. Elle était encore plus enragée que moi, elle a tiré l'homme en arrière, elle le frappait à coups de poing. Elle criait des injures. L'homme essayait de répondre, il reculait sur la plage, et Houriya a ramassé une grosse pierre et elle l'aurait tué si les autres n'étaient pas arrivés. Elle continuait à injurier le chauffeur, elle pleurait, et moi aussi je pleurais. Le chauffeur s'est réfugié de l'autre côté de la voiture, il a allumé une cigarette comme s'il ne s'était rien passé. Au bout d'un instant, Houriya s'est calmée, et on a pu repartir en voiture. Le chauffeur conduisait sans nous regarder, sa cigarette au bec, et plus personne ne disait rien, même la Russe était silencieuse.

La Mercedes nous a déposées au Souikha, et nous avons marché jusqu'au fondouk. Il y avait encore beaucoup de monde dehors, ça devait être un samedi soir. Le boulevard des amoureux devait être comble, avec un couple sous chaque magnolia. Dans la rue, Houriya a acheté deux verres de thé et des gâteaux. Nous étions faibles, nous tremblions toutes les deux, comme après un accident. Elle n'a pas parlé de ce qui était arrivé, sauf qu'elle a dit une seule fois : « Ce fils de chien, il m'avait dit : laisse-la dormir, je vais veiller sur elle comme un père. »

Mme Jamila a appris ce qui s'était passé à la plage. Mais ce n'est pas elle qui lui a demandé de s'en aller. Le lendemain matin, Houriya a pris sa valise, celle qu'elle avait quand Tagadirt l'avait rencontrée errant près de la gare. Elle est partie sans explications. Peut-être qu'elle est retournée chez son mari, à Tanger. Je n'ai plus rien su d'elle pendant des mois, mais son départ m'a laissée bien triste, parce qu'elle était vraiment un peu comme ma sœur.

Après cela, Mme Jamila a bien essayé de m'empêcher de sortir avec les autres princesses, mais avec Houriya j'avais pris l'habitude de la liberté, et je n'en faisais plus qu'à ma tête. Avec Aïcha et Selima, j'ai pris une autre habitude : je me suis mise à voler.

C'est avec Selima que j'ai commencé. Quand elle recevait son ami au fondouk, ou quand elle allait au restaurant, je l'accompagnais. Je me mettais dans un coin, recroquevillée contre une porte comme un animal, et j'attendais le moment. L'ami de Selima était français, professeur de géographie dans un lycée, quelque chose comme ça, de bien. C'était un monsieur bien habillé, complet de flanelle grise, gilet, et chaussures noires bien cirées.

Il avait ses habitudes avec Selima, il l'emmenait d'abord déjeuner dans un restaurant de la vieille ville, puis il la ramenait au fondouk et il s'installait dans la chambre sans fenêtre. Il m'apportait des bonbons, quelquefois il me donnait quelques pièces. Moi je restais assise devant la chambre, comme un chien de garde. En fait, j'attendais un long moment qu'ils soient bien occupés, et j'entrais dans la chambre à quatre pattes. Je me faufilais dans la pénombre jusqu'au lit. Je ne m'intéressais pas à ce que Selima faisait avec le Français. Je cherchais les habits. Le professeur était un homme soigneux. Il pliait son pantalon et mettait sa veste et son gilet sur le dossier d'une chaise. Alors mes doigts se glissaient dans les poches, comme un petit animal agile, et rapportaient tout ce qu'ils trouvaient : une montre-oignon, une alliance en or, un porte-monnaie tapissé de billets de banque et gonflé de pièces, ou un joli stylo bleu incrusté d'or. Je ramenais mon butin sur la galerie, pour l'examiner à la lumière du jour, je choisissais quelques billets, quelques pièces, et de temps en temps je gardais un objet qui me plaisait, des boutons de manchette en nacre, ou bien le petit stylo bleu.

Je crois que le professeur a fini par se douter de quelque chose, parce qu'un jour, il m'a fait un cadeau, un joli bracelet en argent dans une petite boîte, et, en me le donnant, il m'a dit : « Celui-ci est vraiment à toi. » C'était un homme gentil, j'ai eu honte de ce que j'avais fait, et en même temps je ne pouvais pas m'empêcher de recommencer. Je ne faisais pas cela par esprit malfaisant, plutôt comme un jeu. Je n'avais pas besoin d'argent. Sauf pour acheter des cadeaux à Selima, à Aïcha, ou aux autres princesses, l'argent ne me servait à rien.

Avec Aïcha j'ai continué à voler dans les magasins. Je l'accompagnais dans le centre de la ville, j'entrais avec elle et, pendant qu'elle était occupée à acheter des sucreries, je remplissais mes poches avec tout ce que je trouvais, des chocolats, des boîtes de sardines, des biscuits, des raisins secs. Dès que j'étais dehors, je furetais à la recherche d'une occasion. Je n'avais même plus besoin de sa compagnie. J'étais petite et noire, je savais que les gens ne s'occupaient pas de moi. J'étais invisible. Mais au marché il n'y avait rien à faire. Les marchands m'avaient repérée, je sentais leurs yeux qui suivaient chacun de mes gestes.

Alors j'allais avec Aïcha très loin, jusqu'au quartier de l'Océan, là où il y avait de belles villas, des immeubles tout neufs et des jardins. Aïcha aimait bien se promener dans les centres commerciaux, et pendant ce temps, j'allais au cimetière pour regarder la mer.

Là, je me sentais en sécurité. C'était calme et silencieux, on ne voyait pas l'agitation de la ville. Il me semblait que c'était mon domaine, depuis toujours. Je m'asseyais sur les monticules des tombes, je respirais l'odeur du miel des petites plantes grasses à fleurs roses. Je touchais la terre du plat de la main, autour des tombes.

Dans cet endroit, je pouvais parler avec Lalla Asma. Je n'ai jamais su où elle avait été enterrée. Elle était juive, et pour cela elle n'avait pas dû finir au milieu des musulmans. Mais ça n'avait pas d'importance, je sentais que dans ce cimetière j'étais tout près d'elle, qu'elle pouvait m'entendre. Je lui racontais ma vie. Pas tout, juste des morceaux, je ne voulais pas entrer dans les détails. « Grand-mère, vous ne seriez pas fière de moi. Vous qui m'avez toujours dit qu'il faut respecter le bien d'autrui et dire la vérité, voilà que maintenant je suis la plus grande voleuse et la plus grande menteuse de la terre. »

Cela me rendait triste de parler ainsi à Lalla Asma à travers la terre. Je versais une larme, mais le vent la séchait aussitôt. Tout était tellement beau dans cet endroit, les monticules couverts de petites fleurs roses, les pierres blanches des tombes sans noms, où s'effaçaient les versets du Coran, et au loin la mer bleue, les mouettes suspendues dans le ciel, glissant sur le vent, dardant sur moi un œil rouge et méchant. Il y avait beaucoup d'écureuils dans le cimetière. Ils semblaient sortir des tombes. Ils vivaient avec les morts, peut-être qu'ils croquaient leurs dents comme des noix.

Je n'avais pas du tout peur de la mort. D'avoir vu Lalla Asma tombée sur le carreau de la salle, ronflant et gargouillant, ça m'avait donné l'idée que la mort est comme un sommeil profond. Ce n'étaient pas les morts qui étaient à craindre au cimetière.

Un jour, un noble vieillard avec une barbe blanche est apparu. Il avait dû m'espionner depuis longtemps, et il se tenait droit à côté d'une tombe, comme s'il en était sorti. Comme je le regardais, il a passé sa main sous sa robe, il l'a soulevée et il a montré son sexe, avec un gland brillant et violacé comme une aubergine. Il pensait peut-être que j'aurais peur et que je partirais en criant. Mais au fondouk, je voyais des hommes nus presque chaque jour, et j'entendais les plaisanteries des princesses à propos du sexe des hommes, qu'elles jugeaient en général un peu insuffisant.

Je me suis contentée de jeter un caillou au vieux, et je me suis sauvée entre les tombes, tandis qu'il m'insultait et emmêlait ses babouches en essayant de me suivre.

« Petite sorcière ! — Vieux chien ! »

C'est ce jour-là que j'ai compris qu'il ne faut pas se fier aux apparences, et qu'un vieil homme avec une robe blanche et une belle barbe peut très bien n'être qu'un vieux chien vicieux.

Le quartier de l'Océan était bien pour voler. Il y avait de beaux magasins, avec seulement des choses pour les gens riches, comme on n'en trouvait pas du côté du marché de la vieille ville. Au Souikha, il n'y avait qu'une sorte de biscuit, une sorte de chewing-gum, et comme boisson, seulement du Fanta à l'orange ou du Pepsi. Dans les magasins de l'Océan, on trouvait des boîtes de jus avec des noms écrits en japonais, en chinois, en allemand, avec des goûts nouveaux, inconnus, tamarins, tangerine, fruit de la Passion, goyave. On trouvait des cigarettes de tous les pays, même de longues noires avec un bout doré que j'achetais pour Aïcha, et du chocolat suisse que je fauchais à l'étalage.

J'entrais dans les magasins derrière Aïcha, je faisais un tour, je repartais les poches pleines. Les gens ne me connaissaient pas, ils ne se méfiaient pas de moi. J'avais l'air d'une petite fille sage, avec ma robe bleue à col blanc, un ruban blanc dans ma tignasse, et mes yeux candides. Ils croyaient que j'étais nouvelle dans le quartier, que j'accompagnais ma mère qui travaillait dans les villas. J'ai remarqué que beaucoup de gens sont simples, ils n'ont pas appris la leçon aussi vite que moi, ils croient d'abord ce qu'ils voient, ce qu'on leur dit, ce qu'on leur fait croire. Moi, j'avais quatorze ans, j'en paraissais douze, et déjà j'étais aussi savante qu'un démon. C'est Tagadirt qui m'a dit cela. Peut-être qu'elle avait raison. Elle se querellait avec Selima, avec Aïcha, elle les traitait d'*alcahuetes*, de mères maquerelles.

Je crois que je n'avais plus aucun sens de la mesure ou de l'autorité. Je risquais les pires ennuis. C'est durant cette époque de ma vie que j'ai formé mon caractère, que je suis devenue inapte à toute forme de discipline, encline à ne suivre que mes désirs, et que j'ai acquis un regard endurci.

Mme Jamila se rendait bien compte que ça n'allait pas. Mais elle n'avait pas l'habitude des enfants, encore que, dans un sens, les princesses fussent un peu ses enfants. Pour tenter de corriger la mauvaise pente où je me laissais porter, elle voulut m'inscrire à l'école. Je ne parlais pas suffisamment l'arabe pour entrer dans une école communale, et j'étais trop âgée pour entrer dans une école étrangère. De plus, je n'avais pas le moindre papier d'identité. Elle opta pour un cours, une sorte de pension où une femme sèche et revêche appelée Mlle Rose avait la responsabilité d'une douzaine de jeunes filles difficiles. En réalité, c'était plutôt une maison de correction. Mlle Rose était une religieuse

55

française défroquée, qui vivait avec un homme plus jeune qui s'occupait de la gestion et de l'économat.

La plupart des filles avaient un passé plus chargé que le mien. Elles s'étaient enfuies de chez elles, ou bien elles avaient eu des amants, ou elles avaient été promises en mariage et leurs familles les avaient enfermées pour être sûres du dénouement. À côté d'elles, j'étais libre, insouciante, je n'avais peur de rien. Je ne suis restée que quelques mois chez Mlle Rose.

L'essentiel de l'éducation à la pension consistait à occuper les filles à des travaux de couture, de repassage, et à lire des livres de morale. Mlle Rose dispensait quelques cours de français, et son beau gestionnaire, avec plus d'avarice encore, des notions d'arithmétique et de géométrie.

Quand je décrivais aux princesses l'esclavage des filles astreintes à balayer et à laver le sol du pensionnat, ou bien se brûlant les doigts avec des fers à repasser et des manches de casserole, elles s'indignaient. Quant à moi, il n'était pas question que je brode quoi que ce soit, ou que je fasse des travaux de ménage. J'avais fait tout cela autrefois pour Lalla Asma, parce qu'elle était ma grand-mère et que je lui devais la vie. Il n'était pas question que je recommence pour plaire à une vieille fille qui, en plus, se faisait payer. Je me contentais de rester assise sur ma chaise, à écouter les leçons de Mlle Rose, qui lisait de sa voix enrouée *La Cigale et la Fourmi* ou *Le Rêve du jaguar*. Je n'ai pas appris grand-chose chez Mlle Rose, mais j'ai appris à apprécier ma liberté, et je me suis promis alors, quoi qu'il advienne, de ne jamais me laisser priver de cette liberté.

Au terme de ce semestre à la pension, Mlle Rose est venue en personne au fondouk, sans doute pour se rendre compte du milieu qui avait fabriqué un monstre comme moi. Mme Jamila était en tournée, et c'est Selima, Aïcha et Zoubeïda qui l'ont reçue, dans la galerie, habillées de leurs longues robes de chambre en mousseline pastel, leurs yeux charbonnés au khôl. « Nous sommes ses tantes », ont-elles dit. Et devant Mlle Rose qui n'en croyait pas ses oreilles ni ses yeux, elles m'ont accablée de griefs : j'étais menteuse, voleuse, répondeuse, paresseuse, et si je restais chez elle, je risquais de faire enfuir toutes ses pensionnaires, ou de mettre le feu à la pension avec un fer à repasser. C'est comme cela que j'ai été mise à la porte. Ça m'a fait un peu de peine, à cause de tout l'argent que Mme Jamila avait consacré à mon éducation, mais je ne pouvais pas être condamnée au bagne juste pour lui plaire.

Ainsi, après des mois d'interruption, je retrouvais ma vie libre, les balades dans le Souikha, le quartier riche de l'Océan et le grand cimetière au-dessus de la mer. Mais mon bonheur fut de courte durée. Un midi que je revenais d'une expédition les poches pleines de babioles pour mes princesses, je fus saisie à l'entrée du fondouk par deux hommes en complet gris. Je n'eus pas le temps de crier, ni d'appeler au secours. Ils m'empoignèrent chacun par un bras, me soulevèrent et me firent retomber dans une camionnette bleue aux fenêtres grillées. C'était comme si tout recommençait, j'étais à nouveau paralysée par la peur. Je voyais la rue blanche qui se refermait et le ciel qui disparaissait. J'étais en boule au fond de la camionnette, les genoux remontés contre mon ventre, les mains appuyées sur mes oreilles, les yeux fermés, j'étais à nouveau dans le grand sac noir qui m'engouffrait.

4

Je n'avais aucune idée de ce qui m'arrivait. Plus tard, j'ai compris ce qui s'était passé. C'était la police de Zohra qui m'avait suivie et qui m'avait tendu un piège. J'étais recherchée par tous les magasins où j'avais volé. J'ai comparu devant un juge pour enfants, un homme très calme, qui parlait trop bas pour que je l'entende. Comme je disais oui à toutes ses questions, je lui ai paru soumise. Mais il voulait aussi m'interroger sur le fondouk, sur ce que faisaient Mme Jamila et les princesses. Et comme je ne répondais rien, il se mettait en colère, mais toujours très doucement. Seulement il cassait le crayon qu'il tournait entre ses doigts, en me regardant, comme s'il voulait me faire comprendre que, moi aussi, il pouvait me casser d'un geste. J'ai été interrogée plusieurs jours, et ensuite on me renvoyait dans ma chambre dont les fenêtres étaient grillagées. C'était comme une école ou une annexe d'hôpital.

Puis il m'a livrée à Zohra. S'il m'avait laissée choisir entre Zohra et la prison, j'aurais choisi la prison, mais il ne m'a pas donné le choix.

Zohra et Abel Azzema habitaient maintenant dans un immeuble neuf, à la sortie de la ville, au milieu de grands jardins. Ils avaient vendu la maison du Mellah, et Zohra avait consenti à quitter ses parents pour venir vivre dans ce quartier de luxe.

Au commencement, Zohra et Abel ont été gentils avec moi. C'était comme s'ils avaient décidé qu'on effacerait tous les griefs, tout le passé, et qu'on recommencerait sur de nouvelles bases. Peut-être qu'ils avaient peur aussi de Mme Jamila, et qu'ils se sentaient observés.

Mais le naturel est vite revenu. Après quelque temps, Zohra est redevenue méchante avec moi. Elle me battait, elle me criait que je n'étais qu'une bonne, en réalité une bonne à rien. Elle se mettait au moindre prétexte dans une colère noire : parce que j'avais cassé un bol bleu, parce que je n'avais pas lavé les lentilles, parce que j'avais laissé des traces sur le carreau de la cuisine.

Elle ne me laissait pas sortir. Elle disait qu'il y avait une injonction du juge, que je devais cesser toute mauvaise fréquentation. Quand elle devait sortir, elle m'enfermait à double tour dans l'appartement, avec une pile de linge à repasser. Un jour, j'ai un peu roussi le col d'une chemise d'Abel, et pour me punir Zohra m'a brûlé la main avec le fer. J'avais les yeux pleins de larmes, mais je serrais les dents de toutes mes forces pour ne pas crier. Je perdais le souffle comme si quelqu'un me serrait à la gorge, je manquais m'évanouir. Encore aujourd'hui, j'ai sur le dessus de la main un petit triangle blanc qui ne s'effacera jamais.

Je croyais que j'allais mourir. Je n'avais rien à manger. Zohra faisait cuire du riz pour un petit chien qu'elle avait, un shi-tzu à longs poils d'un blanc un peu jaune. Elle arrosait le riz de bouillon de poule, et c'était tout ce qu'elle me donnait. J'avais moins à manger que son petit chien. De temps en temps je chapardais un fruit dans la cuisine. J'avais peur de ce qui se passerait si elle s'en apercevait. J'avais les jambes et les bras couverts de bleus à cause de ses coups de ceinture. Mais j'avais si faim que je continuais à voler dans le placard de la cuisine, du sucre, des biscuits, des fruits.

Un jour, elle avait des invités à déjeuner, des Français du nom de Delahaye. Pour eux elle avait acheté dans un supermarché de l'Océan une belle grappe de raisin noir. Pendant qu'ils mangeaient les hors-d'œuvre, j'attendais à la cuisine et je grappillais. Bientôt, j'ai vu que j'avais mangé tous les grains qui étaient en dessous de la grappe. Alors, pour retarder le moment où ils découvriraient le délit, j'ai mis des boulettes de papier sous la grappe, de façon qu'elle paraisse encore bien pleine dans l'assiette. Je savais que, tôt ou tard, cela se verrait, mais ça m'était égal. Le raisin était doux et sucré, parfumé comme du miel.

À la fin du repas, j'ai apporté le raisin, et justement les invités ont demandé que je reste. Ils disaient à Zohra : « Votre petite protégée. »

Zohra minaudait. Elle m'avait fait enlever mes haillons et mettre la robe bleue à col blanc que j'avais chez Lalla Asma. Elle était un peu courte, et trop étroite, mais Zohra avait laissé la fermeture à glissière ouverte et avait noué un tablier par-dessus. Et puis j'avais beaucoup maigri.

« Elle est charmante, elle est ravissante ! Toutes nos félicitations. » Les Français avaient l'air gentils. M. Delahaye avait des yeux bleus très lumineux qui ressortaient sur son visage bronzé. Mme était blonde, avec la peau un peu rouge, mais encore bien fraîche. J'aurais bien voulu leur demander de m'emmener, de m'adopter, mais je ne savais pas comment le leur dire. Je voulais qu'ils lisent mon désespoir dans mon regard, qu'ils comprennent tout.

Naturellement, au moment du dessert, Zohra a découvert le dessous de la grappe tout mangé, et les boulettes de papier. Elle a crié mon nom. Les bouts de tige sans grains étaient hérissés comme des poils. Même la grappe avait l'air honteuse.

« Ne la grondez pas. C'est une enfant, est-ce que nous n'avons pas tous fait quelque chose comme ça quand nous étions enfants ? » a dit

Mme Delahaye. Son mari riait franchement, et Abel esquissait un vague sourire. Zohra n'a pas fait semblant de rire, elle m'a jeté un long regard mauvais, et après le départ des Français, elle est allée chercher la ceinture à la lourde boucle de cuivre. « Pour chaque grain ! *Chouma !* » Elle m'a battue jusqu'au sang.

Grâce aux Delahaye, j'ai pu sortir de l'appartement. Mme Delahaye téléphonait à Zohra : « Dites-moi, ma chérie, prêtez-moi donc un peu votre petite protégée, vous savez comme j'ai besoin d'aide à la maison, et en même temps elle pourra se faire un peu d'argent de poche. »

D'abord Zohra a refusé, sous divers prétextes, mais Mme Delahaye lui en a fait le reproche : « J'espère que vous ne la séquestrez pas ! » Zohra a eu peur, elle a cru percevoir une menace sous la plaisanterie, et elle m'a laissée aller. Une fois, puis deux par semaine.

Les Delahaye louaient une jolie maison dans le quartier de l'Océan. C'était l'entreprise d'Abel qui avait fait les travaux de peinture et de réparation. Un endroit tranquille, avec un jardin planté d'orangers et de citronniers, et des haies de lauriers-roses. Il y avait beaucoup d'oiseaux. Je me sentais bien dans la maison des Delahaye. Il me semblait que je retrouvais la paix que j'avais connue dans mon enfance au Mellah, quand le monde se réduisait à la cour blanche de la maison de Lalla Asma.

Juliette Delahaye était gentille avec moi.

Quand j'arrivais, vers deux heures de l'après-midi, elle me donnait du thé et des petits gâteaux d'une belle boîte de métal rouge. Elle devait se douter que je ne mangeais pas assez chez Zohra, en voyant comme je me précipitais sur les biscuits secs. Je crois qu'elle savait mon passé, mais elle n'en parlait pas. Quand je passais le chiffon à poussière dans sa chambre, elle laissait tous ses bijoux en évidence sur la commode, ainsi que de petites coupes d'argent contenant des pièces de monnaie. Je pensais qu'elle me mettait à l'épreuve, et je me gardais bien d'y toucher. Elle comptait les pièces après mon passage et, à la gaieté de sa voix, je savais qu'elle était contente de les y trouver toutes. Mais pendant qu'elle faisait cela, je pouvais visiter les poches du veston de son mari accroché à un perroquet dans le vestibule.

M. Delahaye était un homme un peu vieux, avec un grand nez et des lunettes qui grossissaient ses yeux bleus. Il était toujours bien habillé, avec un complet-veston gris sombre orné d'une petite boule rouge à la boutonnière, et des chaussures de cuir noir bien cirées. Il avait été autrefois un homme important, un ambassadeur, un ministre, je ne sais plus. Moi, j'étais impressionnée par lui, il me disait « mon petit » ou « mademoiselle ». Personne ne m'avait jamais parlé comme cela. Il me tutoyait, mais il ne me donnait jamais de bonbons, ni d'argent. Sa passion, c'était la photo. Il y avait des photos partout dans la maison, dans les couloirs, dans la salle, dans les chambres, même dans les w.-c.

Un jour, il m'a invitée dans son studio. C'était une petite bâtisse sans fenêtre au fond du jardin, qui avait dû servir autrefois de garage et qu'il avait aménagée. C'est là qu'il développait et tirait ses photos.

Dans le studio, ce qui m'a étonnée, c'était les photos de sa femme, épinglées aux murs. C'étaient des photos un peu anciennes, elle semblait très jeune. Elle était déshabillée, avec des fleurs piquées dans ses cheveux blonds, ou en maillot sur une plage. Cela se passait dans un autre pays, dans une île lointaine, on voyait des palmiers, le sable blanc, la mer couleur de turquoise. Il m'a dit les noms, il me semble que c'était Manureva, ou un nom de ce genre. Il y avait aussi sur le mur une drôle de chose en cuir noir, ornée de clous de cuivre, que j'ai prise d'abord pour une arme, une sorte de fronde, ou une muselière. En regardant les photos, j'ai été étonnée de constater que c'était le cache-sexe de Mme Delahaye, que son mari avait accroché là, comme un trophée.

J'étais habituée à voir des femmes nues, au bain de vapeur avec Tagadirt, ou bien quand Aïcha ou Fatima se promenaient dans la chambre. Pourtant, j'avais honte de voir ces photos où Mme Delahaye n'avait pas d'habits du tout. Sur une photo en noir et blanc, elle était allongée toute nue sur une terrasse, au soleil, et au bas de son ventre son pubis faisait une grosse tache triangulaire noire qui contrastait avec la couleur de ses cheveux. M. Delahaye m'observait derrière ses lunettes, avec un vague sourire. J'ai pensé que c'était aussi une épreuve et j'ai caché ma honte. J'avais tellement envie de leur plaire.

Je suis retournée plusieurs fois dans le studio. M. Delahaye m'expliquait la technique du tirage, les bains d'acide, comment prendre l'épreuve avec une pince et l'accrocher à un fil pour la laisser sécher. J'aimais bien faire apparaître les visages dans les baquets, lentement, devenant de plus en plus noirs. Il y avait des visages de femmes, des enfants, des scènes de rue. Aussi des filles dans des poses étranges, avec la robe ouverte qui descendait sur l'épaule, les cheveux défaits.

M. Delahaye me disait que j'étais intelligente, que j'étais douée pour la photo. Il parlait de moi à Mme Delahaye avec enthousiasme, il disait qu'on devrait m'inscrire dans un laboratoire, que je pourrais en faire mon métier. Moi je regardais cette femme si distinguée, et je voulais effacer de ma tête le morceau de cuir noir clouté qui pendait sur le mur du studio. Je me disais que ce n'était rien, qu'ils avaient dû l'oublier, comme on accroche son chapeau à un clou en passant.

Un après-midi, c'était au commencement de

l'été, il faisait très chaud dehors, je suis allée comme d'habitude, après mes tâches, pour travailler un peu à tirer des épreuves. M. Delahaye était en bras de chemise, il avait accroché son veston à un cintre. Il n'avait pas allumé la lumière rouge. Il m'a dit : « Aujourd'hui, j'ai envie de te photographier. » Il me regardait bizarrement. Il disait ça comme si c'était une chose entendue. Moi je ne voulais pas qu'on me photographie. Je n'ai jamais aimé ça. Je me souviens que Lalla Asma disait que c'était mauvais de prendre des photos, que ça vous usait le visage.

En même temps, j'étais assez flattée qu'un homme tel que M. Delahaye puisse avoir envie de photographier une petite fille noire comme moi.

Il a allumé ses lampes à pinces, il a placé un tabouret devant un grand drap blanc fixé au mur avec des clous. Il avait fait tous ses préparatifs, il devait avoir pensé à cela depuis longtemps. Il avait un visage sérieux, appliqué, et son front brillait de sueur à la chaleur des lampes. Il m'a fait asseoir sur le tabouret, le buste bien droit.

Puis il a commencé à prendre des photos, avec un appareil sur pied où brillait une petite lumière rouge. J'entendais le bruit de l'obturateur. Il me semblait aussi que j'entendais le bruit de sa respiration, son souffle d'asthmatique. C'était étrange. Je n'avais pas du tout peur de lui, et en même temps je sentais mon cœur battre très fort, comme si j'étais en train de faire quelque chose d'interdit, de dangereux.

Il s'est arrêté. Il trouvait que je n'étais pas bien coiffée. Ou plutôt, il trouvait que je n'avais pas les cheveux assez décoiffés. Il m'a fait enlever le bandeau que Zohra m'obligeait à porter, il a mouillé mes cheveux en les aspergeant d'eau froide et il les a fait gonfler avec un séchoir électrique Babyliss. Je sentais le souffle chaud sur ma nuque, et en même temps l'eau froide qui coulait dans mon cou, qui mouillait ma robe. Maintenant, M. Delahaye était vraiment bizarre, il ressemblait à Abel quand il m'avait coincée dans le lavoir de la cour de Lalla Asma. Il transpirait, il avait un regard brillant, fureteur, le blanc de ses yeux était un peu rouge. Je pensais que sa femme pouvait arriver d'un instant à l'autre, et que c'était ça qui l'inquiétait. À un moment, il est allé à la porte, il a regardé dehors, puis il l'a refermée et il a tourné la clef dans la serrure. C'était curieux comme tous, depuis Mme Jamila jusqu'à Mlle Rose et Zohra, ils voulaient m'enfermer à clef. À partir de ce moment-là, je me suis sentie mal. J'avais le cœur qui battait trop vite, je sentais une sueur d'inquiétude qui me piquait, dans les côtes, le long du dos.

M. Delahaye a recommencé à prendre des photos. Il m'a dit quelque chose à propos de ma robe, qu'elle n'allait pas, qu'elle était trop mouillée. Il voulait quelque chose qui aille avec mon visage, quelque chose de plus sauvage, barbare, de plus animal. Il avait dégrafé ma robe, échancré le col. Je sentais ses mains sur mon cou, sur mes épaules. Je sentais son souffle, je m'écartais, et lui manœuvrait mon buste, comme s'il cherchait un mouvement, une pose. Je devais avoir de la colère dans les yeux, parce qu'il s'est reculé et il a pris une série de clichés, il répétait : « Là, c'est magnifique, tu es magnifique ! » De temps en temps, il passait derrière moi, il défaisait encore un bouton et il faisait glisser un peu plus la robe sur mes épaules. Mais il me touchait à peine, je sentais juste le souffle de sa respiration contre ma nuque.

À un moment, je n'ai plus pu supporter. J'avais la nausée. Je me suis levée, sans même me rajuster, j'ai couru jusqu'à la porte. Comme la clef n'était pas dans la serrure, je me suis retournée. M. Delahaye était debout devant son appareil, il avait l'air de réfléchir. Il avait une expression bizarre sur son visage, comme s'il souffrait beaucoup. Je ne sais pas ce que j'ai dit, avec une voix rageuse : « Si vous ne me laissez pas sortir, je vais crier. » Il m'a ouvert la porte. Il s'écartait de moi comme si j'étais un scorpion. Il a dit : « Mais qu'est-ce que tu as ? Qu'est-ce que je t'ai fait ? Je ne voulais pas te faire peur, je voulais juste te prendre en photo. » Je ne l'ai pas écouté. Je suis partie en courant. Je suis sortie

de la maison, sans dire au revoir à Mme Delahaye. J'avais le cœur qui battait fort, je sentais
du feu sur mes joues et sur mon cou, là où cet
homme avait passé le bout de ses doigts.

J'ai fini par revenir à la maison de Zohra. Il
n'y avait personne. J'ai attendu son retour sur le
palier. Curieusement, elle ne m'a pas battue,
elle ne m'a posé aucune question. Simplement,
je ne suis plus retournée voir les Delahaye. Je
crois que c'est à partir de ce jour-là que j'ai
décidé de partir, d'aller le plus loin possible, au
bout du monde, et ne jamais revenir. C'est à
cette époque-là aussi que Zohra avait décidé de
me fiancer.

Je n'ai pas compris tout de suite qu'elle avait
fait ce projet, mais j'ai remarqué que, depuis
que je n'allais plus chez les Delahaye, Zohra
était plus gentille avec moi. Elle continuait à me
boucler dans l'appartement, mais elle ne me
battait plus. Elle me donnait même davantage à
manger, et en plus de l'ordinaire que je partageais avec le shi-tzu, j'avais droit de temps à
autre à un fruit, une banane, une pomme, des
dattes fourrées. Un jour, elle m'a même remis
solennellement la petite boîte qui contenait les
boucles d'oreilles en or, les croissants de lune
qui portaient le nom de ma tribu, et que les
voleurs d'enfants m'avaient laissées quand ils
m'avaient vendue à Lalla Asma. « Elles sont à
toi. Je les gardais pour que tu ne risques pas de

les perdre. C'était la volonté de ma mère, comment je pourrais ne pas lui obéir ? » Je me suis toujours demandé pourquoi elle faisait ça. La seule explication que j'ai trouvée, c'est que Lalla Asma lui était apparue dans un rêve et lui avait dit de le faire. Zohra était aussi superstitieuse qu'elle était méchante.

Mme Delahaye était venue plusieurs fois pour me réclamer. Mais Zohra n'avait pas voulu que je la voie, et d'ailleurs j'en étais assez contente. J'avais appris soudain à détester ces gens si beaux et si raffinés, avec toutes leurs histoires de cache-sexe et leurs photos bizarres.

Et puis, il y avait cet homme qui venait maintenant à la maison.

C'était un homme assez jeune, un employé de banque ou quelque chose de ce genre. Il était très cérémonieux. Zohra avait dû lui dire que je parlais mal l'arabe, et il s'adressait à moi dans un français archaïque, solennel, qui me donnait envie de rire. Zohra lui servait du thé dans la salle, elle apportait un cendrier pour qu'il ne fasse pas tomber la cendre de ses cigarettes sur le tapis. Il avait une façon de tenir sa cigarette bien droite, comme un crayon, l'air maladroit et sincère.

Quand il devait venir, Zohra me faisait mettre ma robe bleue à col de dentelle, celle que M. Delahaye détestait et qu'il avait voulu me faire enlever le jour des photos. J'apportais le plateau avec les petits verres dorés et le sucrier,

et M. Jamah (que j'avais tout de suite surnommé
M. Jamais) me regardait avec des yeux très
doux. Son visage fin et blanc exprimait beaucoup d'émotion, et quand je m'asseyais devant
lui sur les coussins, je surprenais de temps en
temps les coups d'œil furtifs qu'il adressait à
mes jambes. Cela a duré plusieurs mois, et je
finissais par m'amuser de ces rencontres. Je
jouais à la coquette, je disais des sous-entendus,
juste pour qu'il se laisse prendre un peu plus.
En même temps, Abel devenait jaloux, mesquin,
et c'était aussi un jeu pour moi, une manière de
me venger de tout ce qu'il m'avait fait autrefois.
Je jouais à lui faire croire que j'étais heureuse
de ces fiançailles annoncées. Quand il était présent, j'interrogeais longuement Zohra sur
M. Jamais, sa fortune, la maison de sa famille, la
position de ses frères, etc.

Un jour, en passant, il m'a jeté un regard
venimeux. « De toute façon, tu n'en as plus
pour longtemps à rester ici. » Il m'a dit que la
présentation en vue des fiançailles était prévue
pour le mois d'octobre. Il a ajouté : « Puisque tu
aimes les hôtels, ça se fera dans un hôtel au
bord de la mer. La salle a été retenue. »

Je n'ai pas fait mes bagages, pour ne pas les
alerter. J'ai mis toutes mes économies dans mes
vêtements, tout ce que j'avais volé, et tout ce
que j'avais gagné en travaillant chez les Delahaye, et que j'avais caché sous un morceau de
plinthe, dans la pièce où je dormais. J'ai mis les

pièces dans mes poches, et j'ai cousu les billets dans ma blouse, contre mon estomac. J'ai piqué les boucles d'oreilles Hilal sous mon bandeau.

Pour sortir, j'ai attendu que Zohra revienne des courses, et j'ai fait tomber par la fenêtre de la buanderie du linge dans la cour. J'ai dit à Zohra que j'allais le chercher. J'avais le cœur battant, je ne voulais pas qu'elle devine au son de ma voix. L'après-midi, Zohra avait sommeil. Elle a hésité, mais elle était trop fatiguée. Elle m'a donné la clef. « N'en profite pas pour traîner dehors ! »

Je n'en croyais pas mes yeux, c'était trop facile.

« Non, tante, je reviens tout de suite. »

Elle bâillait.

« Tire bien la porte. Et tu relaveras tout. »

Je suis sortie sur le palier. Pour me venger, j'ai emmené le chien, et j'ai fermé la porte à clef, à double tour. Abel avait l'autre clef, et je savais qu'il ne rentrerait pas avant ce soir.

En bas de l'immeuble, j'ai chassé le shi-tzu d'un coup de pied, et j'ai jeté la clef dans la poubelle. Je l'ai enfoncée dans les détritus pour être sûre que personne ne la retrouve. Puis je suis partie par les rues vides, au soleil, sans me presser.

5

Mon premier souci, comme vous l'imaginez, ç'a été de me rendre au fondouk, pour voir Mme Jamila et les princesses. Il y avait bientôt un an que la police de Zohra et d'Abel m'avait arrêtée. Et quand je suis arrivée devant le fondouk, je n'ai rien reconnu. C'était comme s'il y avait eu un tremblement de terre. Le haut mur d'enceinte et la porte à deux battants avaient disparu, et à la place de la cour où s'arrêtaient les marchands ambulants, la terre avait été goudronnée et on avait aménagé un parking pour les autos et les camionnettes qui se rendaient au marché. Les pièces du bas avaient été murées, ou bien fermées par des rideaux métalliques. L'étage seul était resté à peu près identique, sauf qu'il paraissait inhabité, vétuste, abandonné. Le crépi tombait de la façade, les volets étaient cassés. Il y avait même des hirondelles qui nichaient dans le plafond de la galerie. Je ne comprenais pas, j'étais atterrée. J'avais l'impression d'une trahison.

À l'entrée du parking, un gardien était en faction. C'était un grand homme sec, le visage brûlé comme celui d'un soldat, vêtu d'une longue blouse grise et coiffé d'une sorte de turban relâché. Derrière lui, dans la cour, des petits garçons étaient occupés à laver les vitres des voitures avec des seaux d'eau savonneuse et un vieux torchon. Le gardien maintenant m'observait d'un air méfiant. Je n'osais pas lui poser de questions. Peut-être qu'il allait me dénoncer à la police. De toute façon que pouvait-il savoir ? Ce qui me désespérait, c'était de penser qu'à cause de moi, le fondouk n'existait plus. Le propriétaire avait mis ses menaces à exécution, il avait fait expulser Mme Jamila et les princesses pour atteinte à la moralité, et il avait vendu la maison aux banques.

C'est le vieux Rommana, le marchand chez qui j'allais toujours acheter des cigarettes américaines pour Tagadirt, qui m'a donné des nouvelles. Mme Jamila avait été arrêtée et mise en prison, et toutes les princesses étaient parties, mais il savait que Tagadirt était allée vivre de l'autre côté du fleuve, dans un douar qu'on appelait Tabriket. Houriya vivait avec elle. Je lui ai acheté quelques cigarettes, surtout en souvenir d'autrefois. Mais je ne pouvais pas m'attarder dans cet endroit. C'était sûrement du côté du fondouk que Zohra irait me chercher en premier.

J'ai pris le passeur. C'était la fin de l'après-midi, l'estuaire semblait immense. Les bateaux de pêche commençaient à rentrer avec la marée, entourés de vols de mouettes. La ligne de la ville s'estompait dans la brume. De l'autre côté, la rive était déjà dans l'ombre, il y avait des lumières qui scintillaient. Pour la première fois, il me semblait que j'étais libre. Je n'avais plus d'attaches, j'allais vers l'avenir. Je n'avais plus peur de la rue blanche et du cri de l'oiseau, il n'y aurait plus jamais personne qui me jetterait dans un sac et me battrait. Mon enfance restait de l'autre côté de cette rivière.

J'ai eu du mal à trouver la maison de Tagadirt. Le Douar Tabriket était loin du fleuve, dans un quartier en hauteur, fermé par une grande route en construction où roulaient les camions. C'était très pauvre, rien que des baraques de planches couvertes de plaques de tôle ou de Fibrociment calées par des pierres pour résister au vent. Les rues étaient toutes pareilles, des allées de terre bien droites tourbillonnantes de poussière. La grand-route faisait un encore plus grand nuage rougeâtre au-dessus de la ville.

J'ai marché dans les ruelles, au hasard. Avec ma tignasse et ma robe en haillons, je faisais aboyer les chiens. À un robinet, un groupe de femmes et d'enfants remplissait des bidons de plastique. Des garçons circulaient à vélo tout terrain, avec des bidons d'eau ou du bois pour le feu en équilibre sur leurs guidons. Une femme m'a montré la maison de Tagadirt. Elle m'a accompagnée un bout de chemin pendant que son bidon se remplissait tout seul sous le filet d'eau. Au bout d'une rue, elle m'a montré une maisonnette peinte en vert. C'était là.

J'avais le cœur serré, parce que je ne savais pas comment Tagadirt et Houriya m'accueilleraient après ce qui était arrivé. Je pensais qu'elles ne voudraient peut-être pas me recevoir, qu'elles me jetteraient des pierres.

Je n'ai pas eu besoin de frapper à la porte. Quelqu'un avait déjà dû les prévenir, et Houriya est sortie au moment où j'arrivais. Elle m'a embrassée en me serrant très fort, elle répétait : « Laïla, Laïla ! » Elle avait des larmes dans les yeux. Elle avait changé. Elle était plus pâle, un peu grise, avec des cernes de fatigue. Sa robe était tachée de boue, et elle était pieds nus dans des sandalettes en plastique dont elle n'attachait pas les lanières.

J'ai entendu la voix grave de Tagadirt, au fond de la cour. Il y avait une sorte d'auvent en plastique vert ondulé, comme on en voit dans les jardins, qui abritait le brasero. Tagadirt est arrivée, elle aussi était en vert. Elle n'avait pas beaucoup changé. Les petites rides que j'aimais au coin des yeux et de chaque côté de la bouche étaient un peu plus marquées. J'ai remarqué qu'elle boitait un peu. Elle avait une jambe emmaillotée dans un pansement.

On s'est embrassées. J'étais heureuse de la retrouver, de respirer son odeur. Il me semblait que je retrouvais des parentes, une famille après des années et des années d'absence. Tagadirt a fait son thé avec le fameux *gun-powder* qu'elle aime, et de la menthe qu'elle faisait pousser dans des pots près de sa cuisine. J'avais tellement de questions à lui poser que je ne savais pas par où commencer. Houriya m'a parlé de Mme Jamila. Après un bref séjour en prison, elle avait changé de ville. Peut-être qu'elle était allée à Melilla, ou en France. Les princesses étaient parties chacune de son côté. Zoubeïda et Fatima s'étaient mariées, Selima s'était mise en ménage avec son professeur de géographie et Aïcha faisait du commerce. Le fondouk était resté fermé longtemps, et puis le mur avait été abattu. Comme je disais que tout était de ma faute, parce qu'on m'avait arrêtée, la vieille Tagadirt m'a rassurée : « Ça devait arriver. Il y avait longtemps que Mme Jamila ne payait plus de loyer, et les marchands non plus. C'était la maison de tout le monde, ça devait finir comme ça. » J'étais consolée, et en même temps je n'arrivais pas à croire que ce n'était pas la méchanceté de Zohra qui était la cause de tout. Elle était mon démon.

J'ai dit à Tagadirt en montrant sa jambe : « Qu'est-ce que tu as ? »

Elle a haussé les épaules comme si ma question l'ennuyait.

« Ce n'est rien, j'ai été piquée par une araignée, je crois. »

Mais un peu plus tard Houriya m'a dit la
vérité : Tagadirt avait du diabète. À l'hôpital le
médecin avait examiné sa jambe et il avait
confié à Houriya : « Elle est très malade, sa
jambe est gangrenée, il faudrait l'amputer. »
Mais Houriya n'avait rien voulu lui dire. « Elle
continue à croire que c'est une piqûre d'araignée, elle met ses cataplasmes de plantes, elle
dit que ça va mieux, mais elle n'a plus mal parce
que sa jambe est en train de mourir. » C'était
terrible, mais peut-être que d'un autre côté
c'était mieux qu'elle ne sache pas la vérité puis-
qu'elle était condamnée.

La vie au Douar Tabriket n'était pas très
facile, surtout pour moi qui n'avais jamais vraiment connu la pauvreté. Même chez Zohra, je
mangeais tous les jours, et j'avais l'eau et la
lumière. Ici à Tabriket, on avait tout le temps
faim, et même les choses les plus simples manquaient, comme de pouvoir se laver tous les
jours, ou d'avoir du petit bois pour faire bouillir
l'eau pour le thé. C'étaient des enfants qui vendaient le bois mort, qu'ils rapportaient de loin,
de l'autre côté de la route, des collines. Des
petites filles en haillons qui portaient sur leur
dos, accrochés par une corde, des fagots plus
grands qu'elles.

Pourtant notre maison était loin d'être la plus
pauvre. Tagadirt en était fière, parce que c'était

son fils Issa qui l'avait construite, tout seul, en apportant les agglomérés un par un. Issa était maçon, il travaillait en Allemagne. Dans la pièce qui servait de salle, Tagadirt avait placé sa photo, une grande photo un peu tachée. Il lui ressemblait, il avait les mêmes yeux un peu fendus, comme un Chinois.

C'est Tagadirt qui avait choisi de peindre la maison en vert. C'était sa couleur. Elle avait peint en vert les pots de fleurs où elle faisait pousser de la menthe et de la sauge, en vert les chaises et la table basse, elle avait même trouvé une théière anglaise turquoise avec une anse en rotin et un bout de chapeau rond comme un petit pois.

La maison était assez grande pour tout le monde. Il y avait une cour en terre, l'appentis pour la cuisine, la chambre de Tagadirt, la salle où je couchais avec Houriya sur des coussins disposés à même le sol. Il y avait même une chambre pour Issa, avec son lit et son armoire, prête pour le cas où il reviendrait sans prévenir. Tagadirt avait bricolé une sorte de salle de bains en planches, à côté de la cuisine, où on pouvait se verser l'eau avec un seau en zinc et la récupérer dans un bac en plastique pour laver les draps et le gros linge. Houriya et moi, nous allions remplir le seau au robinet de la rue, et nous nous arrosions à tour de rôle en poussant de grands cris. Il n'y avait pas de bain public au douar, les gens étaient trop pauvres et l'eau trop rare. Mais avec la salle de bains de Tagadirt et son seau en zinc, nous vivions dans le luxe.

Depuis que Tagadirt avait mal à la jambe, elle ne travaillait plus. C'était Houriya qui avait repris son travail. Elle faisait de la couture et du repassage pour une teinturerie qui travaillait pour les hôtels. Elle partait chaque matin avant six heures, elle prenait la barque du passeur pour aller en ville. « Trouve-moi aussi un travail », ai-je demandé à Houriya. Elle a secoué la tête. « Ce n'est pas bien pour toi. Il faut que tu fasses autre chose, il faut que tu ailles à l'école. » Elle m'avait acheté des livres de français, d'espagnol, d'anglais, et des cahiers. Tagadirt était de son avis. « Tu ne dois pas devenir comme nous. Tu dois être quelqu'un d'important, comme le *taleb*, le *doctor*. Pas la *khedima* comme nous. » Je ne savais pas pourquoi elles disaient ça. C'était la première fois qu'on ne voulait pas me marier à quelqu'un. C'était la première fois qu'on voyait en moi autre chose qu'une bonne, bonne à rien, tout juste bonne à faire la cuisine de son mari. Je peux dire que ça m'a émue aux larmes, elles étaient vraiment mes bonnes princesses, je les ai embrassées.

Mais je ne pouvais pas rester à la maison pour étudier. C'était au-dessus de mes forces. Alors je prenais mes livres attachés par un élastique, comme les enfants qui vont à l'école, et je cherchais un endroit pour lire tranquille.

Au début, comme il faisait un très beau mois

d'octobre, j'allais jusqu'au grand cimetière au-dessus de la mer, là où on voit si bien l'horizon, et je passais la matinée à lire au milieu des tombes. Quelquefois les oiseaux de mer flottaient devant moi, immobiles dans un courant de vent. Ou bien les gentils écureuils roux sortaient des monticules et me regardaient avec insolence. Mais je n'étais pas très rassurée, depuis ce qui m'était arrivé avec le vieux fils de chien. J'avais peur que pour se venger il n'avertisse la police. Alors j'ai cherché un autre endroit, et j'ai trouvé une bibliothèque de quartier, du côté du Musée d'archéologie. C'était une petite bibliothèque, avec juste quelques grandes tables de lecture et des chaises anciennes très lourdes. Elle était ouverte tous les jours sauf le dimanche et le lundi, et en dehors des moments où les lycéens, à la sortie des cours, venaient faire leurs devoirs, il n'y avait presque personne. Là, pendant ces mois j'ai pu lire tous les livres que je voulais, au hasard, sans aucun ordre, comme la fantaisie me prenait. J'ai lu des livres de géographie, de zoologie, et surtout des romans, *Nana* et *Germinal* de Zola, *Madame Bovary* et *Trois Contes* de Flaubert, *Les Misérables* de Victor Hugo, *Une vie* de Maupassant, *L'Étranger* et *La Peste* de Camus, *Le Dernier des Justes* de Schwarz-Bart, *Le Devoir de violence* de Yambo Ouologuem, *L'Enfant de sable* de Ben Jelloun, *Pierrot mon ami* de Queneau, *Le Clan Morembert* d'Exbrayat, *L'Île aux muettes* de

Bachellerie, *La Billebaude* de Vincenot, *Moravagine* de Cendrars. Je lisais aussi des traductions, *La Case de l'oncle Tom*, *La Naissance de Jalna*, *Mon petit doigt m'a dit*, *Les Saints Innocents*, ou *Premier Amour* de Tourgueniev, que j'aimais beaucoup. Il faisait encore chaud dehors, et la bibliothèque était un endroit bien calme et frais, j'avais l'impression que personne ne viendrait m'y chercher. Dans la bibliothèque, j'ai fait connaissance de M. Rouchdi, qui avait été professeur de français dans un lycée. Quand j'étais fatiguée de lire, je sortais devant la bibliothèque, je m'asseyais sur un muret, dans le petit jardin poussiéreux, et M. Rouchdi venait fumer une cigarette et bavarder. Il ne m'avait rien demandé, mais je crois qu'il était intrigué de me voir lire tant de livres. C'est lui qui m'a donné des indications, qui m'a dit ce que je devrais lire en premier, qui m'a parlé des grands auteurs, de Voltaire, de Diderot, et aussi des modernes comme Colette, de la poésie de Rimbaud que je ne comprenais pas, mais que je trouvais belle. M. Rouchdi était pauvre, mais élégant, avec son complet-veston marron toujours bien repassé, sa chemise blanche et sa cravate bleu sombre. Il fumait beaucoup trop, sa moustache grise était jaunie par le tabac, mais j'aimais bien sa façon de tenir sa cigarette, entre le pouce et l'index, comme s'il montrait quelque chose avec une règle.

Quand la lumière déclinait, je retournais au

Douar Tabriket. Tandis que la barque du passeur glissait sur l'eau pâle de l'estuaire, j'avais la tête toute bruissante des mots que je venais de lire, des personnages, des aventures que je venais de vivre. Je marchais ensuite dans les rues du campement, comme si j'arrivais d'un autre monde. Tagadirt avait préparé de la soupe et des dattes *boukri*, dures et sèches comme du sucre candi, elle avait fait cuire un pain rond dans son four en briques fermé par un bout de tôle, et il me semblait que je n'avais jamais rien goûté de meilleur, que je n'avais jamais mené une vie aussi insouciante. J'avais oublié Zohra, et tout ce qui m'était arrivé auparavant.

Houriya n'arrivait à la maison qu'à la nuit, éreintée, les joues brûlées par la vapeur des fers, les yeux rouges d'avoir cousu toute la journée. Elle geignait un peu, puis elle buvait plusieurs verres de thé, et elle se couchait. Mais elle ne dormait pas. Nous parlions dans la nuit, comme autrefois au fondouk. C'est-à-dire que c'est moi qui parlais toute seule, parce que je n'entendais pas ce qu'elle me disait, et je ne pouvais pas lire sur ses lèvres.

Elle sortait de temps à autre, le samedi soir. On venait la chercher en voiture. Mais elle ne voulait pas que ses amis sachent où elle habitait. Elle attendait sous un acacia malingre, à l'entrée du douar. La voiture l'emportait dans un nuage de poussière, poursuivie par des gosses qui lui jetaient des pierres.

Un soir, pendant que Tagadirt était occupée dehors, Houriya m'a chuchoté dans ma bonne oreille ce qu'elle allait faire : dès qu'elle aurait assez d'argent, elle prendrait le bateau, elle irait en Espagne et, de là, en France. Elle m'a montré ses économies, des liasses de dollars roulés et serrés par un élastique, qu'elle cachait dans une trousse de toilette sous les coussins. Elle m'a dit qu'il ne lui manquait plus que quelques liasses, pour payer le voyage, le passeur. Elle parlait bas, fébrilement, comme si elle avait bu. Moi, j'ai eu le cœur serré en voyant tout cet argent, parce que ça voulait dire que Houriya serait bientôt partie.

« Qu'est-ce que tu as ? » Je l'irritais parce que je faisais une grimace, comme si j'allais pleurer. « Si tu t'en vas, qu'est-ce que je deviens ? Je ne veux pas rester ici avec Tagadirt. » Elle m'a serrée contre elle. Elle essayait de me consoler avec de bonnes paroles, mais je voyais bien qu'elle avait tout décidé. Déjà son cœur n'était plus avec nous.

Elle était sûre d'elle, sous son aspect de poupée. Elle était toute menue, Houriya, avec de petites mains, et son visage au front bombé avait gardé l'expression butée de l'enfance. Elle avait décidé d'échapper à tout ça, ces rues poussiéreuses, cette route rugissante de camions, les toits de Fibrociment où la pluie faisait le bruit d'une avalanche, où le soleil vous brûlait comme un fer rouge. Les murs qui sentent l'odeur d'urine de la moisissure, les puits où l'eau est noire, venimeuse, les enfants nus qui jouent dans les tas d'ordures, les petites filles au visage barbouillé de suie, courbées sous les fagots comme des vieilles. Tout ce qui lui rappelait son enfance, la misère dans la campagne, où même l'eau qu'on boit a goût de pauvreté. Et surtout, ce qu'elle voulait fuir, c'étaient les fêtes avec les messieurs de la bonne société dans leurs limousines noires à glaces teintées, où il fallait faire semblant de rire, d'être gaie, heureuse, parce que le malheur ne plaît à personne. Et fuir toujours les envoyés de cet homme brutal qui, parce qu'on l'avait mariée à lui, croyait qu'il avait tous les droits sur son corps, jusqu'à la torture.

Un soir, elle était revenue saoule, elle avait un regard égaré, presque dément, elle m'a fait peur. À la lumière de la lampe à kérosène, je l'ai vue qui fouillait dans son coussin, elle comptait ses liasses de dollars de contrebande. Elle s'est aperçue que je ne dormais pas, que je la regardais. Elle s'est approchée de moi. « Tu ne m'empêcheras pas de partir, ni toi ni personne ! » Je la fixais sans rien dire. « Je te tuerais, je te tuerais si tu essayais, je me tuerais si je devais rester ici. » Elle a dit ça, et elle a posé sur sa gorge le petit canif qu'elle portait toujours sur elle, pour se défendre contre les *alcahuetes*.

Après cela, elle n'en a plus parlé, et moi non plus je ne lui ai rien dit. J'étais sûre qu'elle allait partir, qu'elle avait rencontré un passeur. Alors l'idée m'est venue de partir moi aussi. Traverser, aller de l'autre côté de la mer, en Espagne, en France, en Allemagne, même en Belgique. Même en Amérique.

Mais je n'étais pas prête. Si je partais, il fallait que ça soit pour toujours, pour ne pas revenir. Je pensais à cela jour et nuit. Je marchais dans les allées du Douar Tabriket, mais je n'étais déjà plus là. J'enjambais les fossés, les flaques de boue, je contournais les groupes d'enfants, ou je remplissais les bidons de plastique au robinet, au bout de la rue principale, mais je faisais tout cela comme en songe.

J'ai commencé à lire des atlas, pour connaître les routes, les noms des villes, des ports. Je me suis inscrite aux cours d'anglais de l'USIS, aux cours d'allemand de l'Institut Goethe. Naturellement il fallait payer les droits, et toutes sortes d'autorisations et de références. Mais je mettais ma fameuse robe bleue à col blanc, que j'avais un peu rallongée avec du galon, et dont j'avais déplacé les boutons, je serrais ma tignasse roussâtre sous un bandeau blanc impeccable, et je leur racontais mon histoire, que j'étais orpheline, sans argent, et un peu sourde d'une oreille, et que j'étais prête à tout pour apprendre, pour voyager, pour devenir quelqu'un. Je pouvais payer en faisant le ménage, ou en écrivant des enveloppes, ou en classant les livres à la bibliothèque, n'importe quoi. Aux services culturels américains, j'avais tapé dans l'œil de la secrétaire, une dame noire opulente. La première fois que je suis entrée dans son bureau, elle s'est écriée : « Oh mon Dieu, j'aime vos cheveux ! » Elle a passé la main sur mes mèches hérissées qui repoussaient le bandeau élastique, et elle m'a inscrite sans rien me demander d'autre.

Chez les Allemands, c'était M. Georg Schön, un grand jeune homme maigre, avec un peu de cheveux blonds frisottés, et un regard gris sérieux et triste. Je l'amusais. Il m'a prise à l'essai dans sa classe. Je récitais parfaitement des listes de mots, des déclinaisons. Je faisais cela avec une voix bien claire, comme si je comprenais ce que je disais, comme si c'était de la poésie. M. Schön m'a dit que j'avais une mémoire hors du commun. C'était peut-être à cause de ma mauvaise oreille.

Le soir, je ramenais les cours chez Tagadirt. Je lisais à la lumière d'une bougie, je faisais mes devoirs. Un jour, devant toute la classe, M. Schön a montré ma copie. Une grosse tache grasse s'étalait au bas de la feuille.

« Qu'est-ce que c'est ? Vous avez mangé en travaillant ? »

Les autres élèves ricanaient.

« Non, monsieur. C'est une tache de cire. »

M. Schön n'avait pas l'air de comprendre.

« C'est que je n'ai pas l'électricité. Je travaille

avec une bougie. Voulez-vous que je recopie tout ? »

Il m'a regardée d'un air perplexe.

« Non, non, ça ira. »

Mais après cela il était devenu un peu étrange. Il me regardait comme s'il pensait toujours à cette tache de bougie sur ma copie. Je n'arrivais pas à comprendre ce qui le troublait. Souvent, il me retenait après la classe, il me posait des questions sur l'endroit où j'habitais, sur les gens qui vivaient là. Je ne comprenais pas où il voulait en venir. J'avais peur qu'il me dénonce à la police. Il avait un drôle de regard embué, toujours triste, et quand il me parlait il se tenait les mains, il tripotait ses doigts. Il me faisait penser à M. Delahaye, mais en plus gentil, en plus doux. C'était cette même façon de regarder un peu de côté, en battant des cils. Il disait qu'il m'obtiendrait une bourse, pour aller étudier en Allemagne, à Düsseldorf. C'était sa ville natale, il voulait que j'aille le retrouver là-bas. Il disait que je ferais de grandes choses, sûrement. J'allais devenir célèbre et riche, j'aurais ma photo dans les journaux.

M. Rouchdi suivait tout ça. Je ne venais plus aussi souvent à la bibliothèque, à cause des cours d'allemand et d'anglais, mais quand je venais, il était là. Il lisait ses livres de philo, au fond de la salle. Au bout d'un moment, il sortait pour fumer sa cigarette, et j'allais le rejoindre dans le jardinet. Quand je lui ai parlé de

M. Schön, il a haussé les épaules : « Mais c'est qu'il est amoureux de vous, voilà tout. » Il m'a considérée d'un air un peu sévère : « Et vous, mademoiselle ? Est-ce que vous êtes amoureuse de lui ? » Sa question m'a fait rire. « C'est à vous de décider, a conclu M. Rouchdi. Vous êtes jeune, vous avez la vie devant vous. » Puis il m'a recommandé de lire *La Conscience de Zéno* d'Italo Svevo. « Qui n'a pas lu ce livre-là n'a rien lu », a-t-il dit énigmatiquement. Après cela, il me parlait différemment. Il me lisait la poésie de Schehadé, d'Adonis. Un jour, pour le taquiner, je lui ai dit : « Je crois que je vais vraiment me marier avec M. Schön. » Tout à coup, il a eu l'air accablé. Il m'a dit : « Je ne vous le conseille pas. » C'était ma vanité, j'étais sûre que M. Rouchdi était amoureux de moi, et je m'amusais à le voir changer de visage quand je lui parlais de mon mariage.

Ma vie studieuse a duré six mois pleins, jusqu'au printemps. J'ai décidé de ne plus aller à l'Institut. Il y avait des difficultés à la maison, Tagadirt se querellait tout le temps avec Houriya, elle l'accusait de profiter, de ne pas lui donner d'argent, même de la voler. Houriya se mettait en colère, elle jetait des insultes grossières, elle sortait en claquant la porte. Elle disparaissait des nuits entières, et moi je restais sans dormir à guetter, comme si j'allais pouvoir entendre le bruit de ses pas dans la ruelle.

Et puis il y a eu ce qui est arrivé, un après-midi, dans la salle de classe. J'étais restée comme d'habitude, après le cours, comme il pleuvait, pour réviser des conjugaisons. M. Schön était debout derrière moi, il suivait par-dessus mon épaule. J'avais mis une robe noire que Houriya m'avait prêtée, assez décolletée dans le dos. C'était la première fois que je mettais cette robe, parce qu'on était au printemps, et que j'en avais assez des tricots et des manteaux. Tout à coup, M. Schön a plongé et il m'a embrassée dans le cou, juste un peu, très légèrement. C'était si rapide que je n'avais pas eu le temps de me rendre compte, ç'aurait pu être une mouche qui s'était posée et repartie. Mais j'ai vu M. Schön derrière moi. Il était tout rouge, il soufflait comme s'il avait couru. Moi, j'aurais fait comme s'il ne s'était rien passé, je trouvais ça un peu ridicule, mais c'était plutôt drôle, cet homme si triste et si froid qui se conduisait soudain comme un petit garçon.

Mais lui s'était reculé. Maintenant il était tout pâle, il avait l'air encore plus triste. Il me regardait de loin, à travers ses iris gris, comme si j'étais un démon. Je ne sais pas ce qu'il a marmonné, je n'ai pas entendu les mots, mais j'ai compris que je devais m'en aller très vite. C'était incroyable, cet homme si grand, si important, un professeur d'allemand de l'université de Düsseldorf qui s'était laissé aller à embrasser dans le cou une petite fille très noire du Douar Tabriket.

Alors j'ai rassemblé mes cahiers et mes livres, et je me suis sauvée sous la pluie fine qui dégoulinait dans mon dos, par le fameux décolleté qui avait fait tant d'effet à M. Schön.

Quelques jours plus tard, j'ai rencontré Aline Bossoutrot, une élève du cours d'allemand, par hasard, en me promenant du côté de la Porte du Vent. Elle m'a dit que M. Schön regrettait beaucoup que j'aie abandonné, qu'il espérait que j'allais revenir, que j'étais sur la liste des élèves qu'il appuyait pour une bourse d'études en Allemagne. Je ne savais pas pourquoi cette fille me racontait tout cela. Peut-être qu'elle sortait avec M. Schön, et qu'il l'avait mise dans la confidence. Elle avait l'air gentille et naïve, et je ne pouvais pas croire qu'il lui avait raconté ce qui s'était passé.

J'ai dit oui, bien sûr, j'allais revenir, le plus tôt possible, mais pour l'instant j'étais très occupée. Je voulais me débarrasser d'elle, je regardais de tous les côtés, je me disais que si ça continuait les sbires de Zohra n'auraient qu'à venir me cueillir. Aline a lu quelque chose dans mon regard, de la défiance, de la peur. Elle s'est penchée vers moi, elle m'a dit : « Laïla, est-ce que tu as des problèmes ? » Elle était la fille d'un grand commerçant français qui avait le monopole des bicyclettes chinoises en Afrique. Est-ce qu'elle pouvait comprendre quelque chose à ma vie ? J'avais surtout peur qu'on me remarque à cause d'elle, si blonde, si chic. J'ai dit, non, non, tout est OK, et je me suis sauvée, je me suis perdue dans la foule, j'ai fait un très grand détour pour arriver jusqu'au passeur.

Après cet incident, j'ai cessé de traverser. Je me sentais en sécurité de ce côté du fleuve. J'ai arrêté tous les cours, j'ai abandonné la bibliothèque du Musée et M. Rouchdi. Pendant des semaines, je n'osais plus sortir du Douar Tabriket. Je restais dans la maison de Tagadirt, dans la petite cour, sous l'auvent en plastique, à écouter le tintamarre de la pluie sur le Fibrociment, à regarder les trombes d'eau remplir les tambours.

C'était un temps long et triste. Houriya attendait un bébé, c'était pour ça qu'elle s'était querellée avec Tagadirt. Je n'ai rien demandé, mais j'ai pensé que c'était son amoureux qui venait la chercher en voiture. L'état de Tagadirt a brusquement empiré. Maintenant elle avait mal à l'aine jour et nuit, ses ganglions étaient durs et noirs comme des olives. Sa jambe était grise et gonflée, et elle ne la sentait pas plus que si elle avait été en bois. Elle passait la journée assise dans un fauteuil à regarder sa jambe, et à maudire l'araignée qui l'avait piquée. Elle accusait aussi les autres filles, Selima, Fatima, Aïcha, à cause de leurs disputes passées. Elle disait qu'elles étaient toutes des sorcières, des jeteuses de sorts. C'était le même mot que Zohra me disait autrefois : *Sahra*. Elle délirait, elle prétendait qu'elles avaient mis une épine dans sa chaussure. J'ai pensé que, tôt ou tard, ce serait moi qu'elle accuserait.

Pour la première fois, j'ai eu envie de partir, très loin. Partir à la recherche de ma mère, de ma tribu, au pays des Hilal, derrière les montagnes. Mais je n'étais pas prête. Peut-être que tout ça n'existait pas, que je l'avais inventé, en regardant mes boucles d'oreilles.

Cette nuit, je me suis blottie contre Houriya, j'ai appuyé mon oreille contre son ventre, comme si j'allais entendre battre le cœur du bébé.

« Quand partons-nous ? » ai-je demandé.

Elle n'a pas répondu, mais avec mes mains j'ai perçu qu'elle pleurait, ou bien qu'elle riait en silence. Plus tard, elle m'a dit à l'oreille : « C'est pour bientôt. Bientôt, dès qu'il y aura deux places dans le bateau pour Malaga. »

Maintenant, nous étions complices. L'après-midi, pendant que Tagadirt se reposait dans sa chambre, au lieu de nous occuper des tâches domestiques, nous avions des conciliabules. Houriya récitait les noms des villes où nous irions, des gens que nous verrions. Moi je ne connaissais que des noms d'écrivains ou de chanteurs. Je lui ai dit : José Cabanis, Claude Simon, et aussi Serge Gainsbourg, à cause de sa chanson *Elisa*. Houriya a dit : « Si tu veux, on ira les voir aussi. » Elle croyait que c'étaient des gens comme elle et moi, des gens qu'on pouvait voir.

Tagadirt sortait de sa chambre en boitant. Elle nous insultait. Elle avait compris que nous allions partir. Elle criait : « Allez où vous voulez, en France, en Amérique, aux démons si vous voulez ! Mais ne revenez pas ici ! »

Avec mes économies, j'avais acheté une radio au marché de la contrebande, près du fleuve. C'était un petit poste noir qui avait dû appartenir à un peintre, parce qu'il était moucheté de peinture blanche. Il s'appelait *Realistic*. Le soir, sur Radio Tangiers, j'écoutais Jimi Hendrix. Il y avait aussi, en fin d'après-midi, l'émission de Djemaa, j'aimais entendre sa voix, très jeune, très fraîche, un peu moqueuse. Il me semblait qu'elle était mon amie, qu'elle partageait ma vie. Je pensais : « C'est comme elle que je voudrais être. » Je notais dans un carnet tous les noms des chanteurs qu'elle présentait, j'essayais de transcrire les paroles des chansons en anglais, *Foxy Lady*. C'était étrange, ce printemps-là, mon dernier printemps africain. La pluie cascadait sur l'auvent en plastique dans la cour, débordait des tambours. Et la voix de Djemaa qui résonnait dans mon oreille, la musique du poste de radio, Nina Simone, Paul McCartney, Simon et Garfunkel, Cat Stevens qui chantait *Longer Boats*, tout cela comme une très longue attente. Et Houriya qui attendait aussi, allongée sur les coussins, les mains posées sur son ventre, déjà elle marchait en se dandinant comme un canard alors qu'elle n'était enceinte que d'un mois à peine. Et le Douar Tabriket autour de nous, qui semblait attendre indéfiniment quelque chose qui n'arriverait jamais. Les enfants sales qui erraient entre les flaques, les voix des femmes qui criaient. Le soir, l'appel à la prière qui résonnait au-dessus du fleuve, qui se mêlait aux clameurs des mouettes retour de la pêche. Et derrière nous, dans la nuit poussiéreuse, la route où avançaient les camions pareils à des insectes nuisibles.

Un soir, Tagadirt était au plus mal. Houriya m'a envoyée téléphoner à son fils. C'était moi qui parlais allemand. Quand je suis revenue, Tagadirt était déjà partie pour l'hôpital où on allait l'amputer. Tout s'est fait très vite. Le lendemain, en fin d'après-midi, nous nous sommes préparées pour le départ. Un camion nous conduirait à Melilla, et la même nuit, le passeur nous ferait embarquer dans le bateau de Malaga.

Nous avons compté fébrilement l'argent. Houriya a gardé ce qu'il fallait pour payer le passeur, et elle m'a donné le reste, une liasse de deux mille dollars serrée dans un gros élastique. Comme j'allais mettre la liasse dans ma poche, Houriya m'a dit : « Pas là ! Tu te ferais tout voler. » Elle a pris un de ses soutiens-gorge, elle l'a rétréci en pinçant les bretelles, et elle a bourré les bonnets avec les liasses entourées de mouchoirs. Elle m'a mis le soutien-gorge. « Maintenant, tu as l'air d'une vraie femme ! Tous les hommes vont te tomber dessus ! » J'avais l'impression de porter deux énormes sacs sur ma poitrine, et les bretelles me sciaient les épaules. « Je ne pourrai jamais, *halti*. Ça me fait mal. Je vais perdre tout ton argent. » Houriya s'est mise en colère : « Cesse de pleurnicher, tu dois t'habituer, c'est toi qui gardes l'argent, il n'y a pas d'autre moyen. »

J'ai dit : « Peut-être qu'on devrait aller voir Tagadirt à l'hôpital ? » Quand je pensais à elle, j'avais des remords, j'étais prête à renoncer. Mais Houriya avait un regard dur, déterminé. Elle avait la même expression que le jour où elle avait posé le canif sur sa gorge. « Non, on lui dira de nous rejoindre plus tard, dès qu'on aura un endroit. »

Nous avons attendu la camionnette au bord de la route jusqu'à la nuit. Déjà nous étions recouvertes de poussière, nous avions l'air de deux mendiantes.

À un moment, la camionnette est passée devant nous. Elle a ralenti, et elle s'est arrêtée un peu plus loin, tous feux éteints. J'avais peur, mais Houriya m'a tirée presque brutalement. Le chauffeur est descendu. Il m'a montrée à Houriya : « Elle est majeure ? » Houriya a dit : « Tu as vu sa poitrine ? Ou bien tu es aveugle ? » Je crois qu'il était surtout étonné de ma couleur. Il devait penser que je venais du Soudan, du Sénégal. Houriya m'a fait monter à l'arrière de la camionnette, et elle est montée à son tour. Nous n'avions pas de bagages, c'était entendu. Juste un sac chacune, avec un peu de linge, et mon fameux poste de radio.

Comme le chauffeur ne démarrait pas tout de suite, elle lui a dit : « Qu'est-ce que tu attends, *coño* ? » Le chauffeur a grommelé, moitié en espagnol, moitié en arabe. Houriya m'a dit : « Ils sont comme ça à Melilla. »

Nous sommes arrivés au port vers quatre heures du matin. Au moment de passer la douane, le chauffeur a frappé au carreau de la glace arrière et nous a fait signe de nous coucher. La plate-forme était encombrée de cartons de linge, sur lesquels il y avait marqué : BLANCO. Pour Houriya et pour moi, qui étions plutôt brunes, c'était comique.

La camionnette est passée lentement devant le poste de douane. Par la vitre arrière, j'ai vu les lampadaires jaunes glisser, puis tout est redevenu noir. Je me suis relevée pour regarder : c'était une ville moderne, laide, avec de grands immeubles sur pilotis. Il crachinait.

Sur le quai, il y avait déjà beaucoup de monde qui attendait le bateau. Des hommes surtout, et aussi quelques femmes enveloppées dans leurs manteaux, l'air frileux. Il n'y avait pas d'enfants.

Houriya et moi, nous nous sommes assises, le

dos appuyé contre les murs des docks, à l'abri de la pluie fine. Houriya s'est endormie, la tête sur mon épaule. Il y avait si longtemps qu'elle attendait ce moment, et tout à coup elle ne pouvait plus résister à la fatigue. J'ai essayé d'allumer mon poste de radio, mais à cette heure-là Djemaa ne parlait plus. Il n'y avait que des craquements qui me faisaient sursauter, comme des insectes du bout du monde.

Un peu avant l'aurore, le bateau s'est rangé contre le quai. Une grosse vedette blanche au pont couvert d'une bâche. Les gens ont commencé à monter. Ils se dépêchaient pour avoir une place dans l'habitacle, et nous sommes montées les dernières. Nous nous sommes assises sur le pont, contre la paroi du garde-corps.

Le passeur circulait sans rien dire. Il tendait la main, et chacun remettait le reste de l'argent. Il enfournait les billets très vite, il disait de temps en temps, de sa voix nasillarde : OK, OK. Autrement, il n'y avait personne qui songeait à parler. Tous écoutaient la vibration de la turbine, en attendant le moment où elle augmenterait pour le départ.

En quelques minutes, tout était prêt. Le marin a rejeté l'amarre, et le bateau a glissé lentement vers le chenal, en se dandinant sur la houle.

C'était ainsi. On partait, on s'en allait, on ne savait pas où, on ne savait pas quand on reviendrait. Tout ce que nous avions connu s'en allait, disparaissait, je pensais à la maison du Mellah, si petite dans l'amas des maisons au bord du fleuve, déjà si loin, sur laquelle le jour se levait, et le Douar Tabriket, les femmes qui faisaient la queue devant le robinet d'eau froide. Peut-être que nous allions mourir là-bas, de l'autre côté de la mer, et ici personne n'en saurait jamais rien.

6

Comment s'est passée la suite du voyage jusqu'à Paris, c'est ce que je ne saurais vous dire.
Moi qui n'étais pour ainsi dire jamais sortie de
chez moi, ayant passé toute mon enfance dans
la cour de Lalla Asma, et le plus loin que j'étais
allée par la suite était au bout d'une avenue, au
quartier de l'Océan, et par la barque du passeur
jusqu'à Salé et au Douar Tabriket, voici que je
prenais un grand bateau rapide, et que je traversais l'Espagne en car jusqu'à Valle de Aran (un
nom que je ne pourrai jamais oublier) puis à
pied dans la montagne enneigée, donnant la
main à Houriya qui s'essoufflait.

Sans savoir où on allait, titubant sur le sentier
à travers la montagne avec les autres, sans savoir
même leurs noms. Chacun pour soi. Le guide
était un jeune garçon en jean et baskets, aussi
brun que les gens qu'il guidait. Malgré les
consignes, certains portaient des bagages, des
valises ou un sac de voyage en bandoulière.

On a passé le col à la tombée de la nuit. Le fond des vallées était tapissé de brume laiteuse, une fumée sans feu. J'ai dit à Houriya : « Regarde, c'est la France. C'est beau... » Elle était très pâle. Elle avait mal au ventre. Le garçon est venu. Il l'a regardée. Il a dit en espagnol : « Elle attend un enfant ? » J'ai dit : « Je ne sais pas. Elle est fatiguée. » Il a haussé les épaules. Houriya les a laissés partir, je voyais la petite troupe descendre le lacet du sentier. Ils ne parlaient pas, ils ne faisaient aucun bruit. C'était si beau, cette vallée ouverte, la rivière de brume. J'ai pensé que même si on mourait maintenant, ça n'aurait pas d'importance, parce qu'on aurait été ici, en haut de la montagne, on aurait vu cette vallée immense, pareille à une porte.

Je ne sais pas pourquoi, pour la première fois, j'ai vraiment pensé à mon pays, comme si c'était ici, dans cette vallée, que je m'en allais très loin, que je laissais tout derrière moi. Je restais en arrière, je m'attardais. J'étais prise dans une douceur, à cause de la brume, de la nuit qui venait. Houriya s'impatientait : « Allons, viens. Nous allons nous perdre. »

Au bas de la montagne, le groupe attendait, à l'orée d'un petit bois. On entendait la rumeur d'un torrent que la nuit cachait déjà. Quand je suis arrivée, l'Espagnol s'est adressé à moi, comme s'il m'attendait pour que je traduise aux autres.

« Nous allons dormir ici. Vous ne pouvez pas

faire de bruit, pas allumer de feu, pas de cigarettes, OK ? » J'ai répété ce qu'il avait dit en arabe et il a ajouté : « Demain, un camion vous conduira à Toulouse, pour votre train. » Il est parti sans attendre la réponse. Nous nous sommes retrouvés seuls dans la forêt.

Je me souviens de cette nuit-là. Après la chaleur du jour, quand nous avions gravi la montagne, il est tombé un froid terrible, humide, qui nous transperçait jusqu'aux os. Nous avons essayé, Houriya et moi, de nous coucher dans les aiguilles mortes, entre les sapins. Mais le froid qui montait de la terre me faisait claquer des dents. Nous n'avions rien, pas même une couverture. Au bout d'un instant, nous nous sommes assises l'une contre l'autre, pour ne pas sentir le froid de la terre. Pour ne pas dormir, nous nous racontions des histoires, n'importe quoi, ce qui se passait au fondouk, ou bien des ragots, des calomnies, nous inventions des anecdotes. Je ne pourrais pas me souvenir de ce que nous disions, seulement que nous parlions l'une après l'autre, en chuchotant, en riant, quelquefois nous oubliions, et les autres se redressaient : « *Skout ! Skout !* »

Les autres ne dormaient pas, eux non plus. À la lueur vague du ciel étoilé, j'ai vu qu'ils s'étaient relevés, ils s'adossaient aux arbres. De temps en temps, on entendait des bruits de pas dans les aiguilles de pin, quelqu'un qui s'accroupissait pour uriner.

Nous avons pu dormir dans la camionnette qui nous emportait vers Toulouse. Au point du jour, elle était sur la route, au bout du bois, et l'Espagnol nous a fait monter très vite. Puis il est reparti vers la montagne, sans même un regard ou un signe d'adieu. Dans la camionnette, j'ai dormi sur l'épaule du jeune Algérien, Abdel. J'aurais pu dormir en marchant tellement j'étais fatiguée. La route tournait, tournait. Par l'ouverture de la bâche, j'ai vu un instant les hauts sapins noirs, les rues des villages, un pont... Puis c'était la gare de Toulouse, la grande salle au plafond haut, les quais où les gens attendaient le train de Paris. Le chauffeur avait donné les billets, les instructions : « Ne restez pas ensemble. Allez chacun de votre côté, ne vous faites pas repérer. » J'ai pris Houriya par la main, je l'ai entraînée jusqu'au bout du quai, là où la verrière s'arrête et laisse passer le soleil. De voir le ciel bleu, je me sentais mieux. Nous avons mangé ce qui restait du pain de Tagadirt, avec des dattes, assises sur un banc. Nous avions beau faire tout ce que nous pouvions pour ne pas attirer l'attention, les gens nous regardaient. Je peux dire que nous ne devions pas avoir l'air de tout le monde, Houriya avec sa longue robe bleue et son *fonara* blanc, et moi avec ma peau noire et mes cheveux emmêlés par le sommeil. Deux vraies sauvages.

Un petit garçon est même venu se planter devant nous, pour mieux nous dévisager, l'air insolent. Houriya baissait la tête, mais moi je me suis mise en colère. Je lui ai dit : « Qu'est-ce que tu veux ? », et comme il ne s'en allait pas, j'ai fait mine de marcher vers lui, et il a décampé. Il y avait des gens aussi étranges que nous sur les quais. Des hommes et des femmes à la peau sombre, aux cheveux d'un noir de jais. Ils étaient mal habillés, ils parlaient une drôle de langue, avec des mots d'espagnol. Houriya m'a chuchoté : « Ce sont des Gitans. Ils voyagent tout le temps, ils n'ont pas de maison. » Je n'en avais jamais vu auparavant. Ils étaient pauvres, avec une sorte d'arrogance dans le regard. L'un d'eux, un jeune homme au visage aigu, a fixé ses yeux sur moi, comme s'il ne pouvait pas se détacher, et pour la première fois depuis longtemps, j'ai senti mon cœur battre, de crainte, d'appréhension, ou quelque chose de ce genre. Houriya m'a tirée par le bras : « Il ne faut pas le regarder, il va nous faire des ennuis. » Le Gitan s'est approché de nous. « Vous venez d'où ? Vous allez à Paris ? » Ses dents blanches brillaient sur son visage sombre. Il se tenait un peu déhanché, comme un voyou. Houriya m'a entraînée vers l'autre bout du quai. Elle répétait : « Tu es folle, Laïla, tu es folle. Il est dangereux. » Puis le train est arrivé, et la cohue des gens autour des portes s'est fermée sur nous. Nous avons trouvé une place dans un compartiment vide, et le train s'est mis en route, lentement, et a quitté la gare. Je regardais les maisons défiler en arrière, je pensais à tout ce que je laissais, les rues bruyantes, les petites maisons entassées de Tabriket, ou la cour de la maison de Lalla Asma, ou encore le fondouk, avec les marchands qui emplissaient autrefois les chambres, les arcades, avec leurs ballots et leurs sacs de fruits secs. Je pensais que peut-être, un jour, je reviendrais, et il ne resterait plus rien de mes souvenirs, plus personne. J'avais le cœur serré, j'avais envie de pleurer, en pensant à Tagadirt dans sa chambre d'hôpital, sa jambe coupée, il me semblait qu'en partant j'avais perdu la dernière personne de ma famille. Houriya s'était endormie en face de moi, sur la banquette, appuyée contre son sac. La lumière du soleil éclairait par moments son visage, ses yeux fermés aux cils très longs, sa bouche où brillaient les incisives blanches.

Je suis allée dans le couloir pour fumer une cigarette. J'avais commencé à fumer sur le bateau, parce que les cigarettes américaines étaient vendues hors taxes à Melilla. J'aimais bien fumer dehors, en regardant la fumée tourbillonner dans le vent. J'aurais eu honte que Houriya me voie, qu'elle dise : « Tu fumes, maintenant ? »

Le train était long, il n'y avait pas grand monde dans les wagons. J'ai commencé à remonter, de wagon en wagon, en passant par les soufflets, et tout d'un coup, j'ai vu le Gitan. Il avait dû me suivre, parce qu'il était seul, au bout du couloir. J'ai fait comme si je ne l'avais pas reconnu, et j'ai voulu retourner vers mon compartiment. Il me barrait le passage. Il était grand, la peau foncée, avec des sourcils très noirs qui se rejoignaient au milieu du front. Il souriait. Il a dit, je crois : « Comment tu t'appelles ? » Il avait un accent étrange en français, comme un Sud-Américain. Il a dit encore : « Tu as peur de moi ? » Je n'ai jamais aimé les présomptueux. Je lui ai dit : « Et pourquoi aurais-je peur de vous, s'il vous plaît ? » En même temps, je suis passée, pour ainsi dire, sous son bras, en me baissant, comme une enfant. Il a marché derrière moi. Je ne voulais pas qu'il sache où était Houriya. Je me suis arrêtée dans le couloir, près des toilettes, et j'ai allumé une autre cigarette. Le Gitan est resté à côté de moi, il regardait par la fenêtre de la portière. Les cahots manquaient nous faire tomber, et le bruit qui venait du soufflet était assourdissant. En criant presque, il m'a dit : « Je m'appelle Albonico ! Et toi ? » Le vent avait bousculé ses cheveux, il avait une longue mèche noire qui barrait sa figure. D'un coup d'œil, j'ai vu qu'il avait une dent en or, et un petit anneau d'or dans les oreilles. Il n'avait pas l'air dangereux. Je lui ai donné un nom imaginaire, Daisy, je crois, et nous avons commencé à parler un peu. Après tout, nous étions dans le même train, nous allions vers Paris, et pour tuer le temps, c'était aussi bien que de regarder par la fenêtre, ou de lire une revue. Et je n'avais pas sommeil. Au contraire, je me sentais impatiente, pleine d'électricité. Lui parlait de musique, parce que c'était son métier. Il jouait, il chantait. À un moment, il a dit : « Attends-moi. » Il est parti vers l'avant du train, et il est revenu avec une guitare. Il a mis un pied sur le rebord de la portière, et il a commencé à jouer. Il jouait une musique étrange, qui faisait comme un roulement mêlé au bruit du train, puis des notes qui éclataient, qui parlaient vite. Je n'avais jamais entendu ça, même sur mon vieux poste. Il jouait, et en même temps, il parlait, il chantait, plutôt il murmurait des mots dans sa langue, ou bien des marmonnements, des humm, ahumm, hem, comme cela. Puis il s'est arrêté. « Ça te plaît, tu aimes ma musique ? » Je devais avoir les yeux qui brillaient, parce qu'il a continué. Il y avait des gens qui venaient voir, des enfants qui sortaient de l'autre bout du wagon. Même un contrôleur en costume bleu sombre et casquette, qui s'est arrêté un instant, et puis qui a continué. Albonico s'est arrêté une seconde, il a dit très vite, entre deux accords : « Tu vois ? Quand je joue, ils ne me demandent pas mon billet », comme si c'était pour ça qu'il m'avait apporté sa guitare. Et moi j'avais envie de danser, je me souvenais quand, les premiers temps, au fondouk, je dansais pour les princesses, pieds nus sur le carrelage froid des chambres, pendant qu'elles chantaient et frappaient dans leurs mains. La musique du Gitan était comme cela, elle entrait en moi, elle me donnait des forces nouvelles.

Houriya est arrivée. Comme vous pouvez le penser, elle n'était pas contente de me voir en cette compagnie. Elle m'a dit, en arabe, les dents serrées : « Viens ! Tu ne dois pas rester avec cet homme. » Elle était sortie du compartiment avec nos sacs, et mon poste de radio, de peur qu'ils ne soient volés. Avec son pull marron et la robe bleue trop longue qui lui donnait l'air d'être vraiment enceinte, elle avait un air maladroit qui m'a émue. Elle était réellement ma seule famille, ma sœur. Elle me tirait par la main, et le Gitan nous regardait partir en riant. Je le détestais de se moquer de nous, de Houriya. Il était si vaniteux ! Houriya n'avait pas peur que je me perde. Elle s'était réveillée, toute seule dans le compartiment, et c'était pour elle qu'elle avait eu peur. C'était elle qui pouvait se perdre sans moi. Je l'ai serrée contre moi, sur le siège, pour la rassurer. « Tu sais, tu es en France, maintenant, tu ne risques rien. Personne ne peut te retrouver. » Nous étions dans la même situation, elle recherchée par son mari, et moi par la bru de ma maîtresse. Et chaque coup de bogies sur les sections des rails nous éloignait de nos bourreaux, élargissait la mer qui nous séparait d'eux.

Je dormais profondément quand le train s'est arrêté à Paris. C'était Houriya qui veillait alors, et qui m'a parlé doucement : « Réveille-toi,

Laïla, nous sommes arrivées. » Il faisait nuit, j'ai vu à travers la vitre des lueurs qui dansaient, tandis que le train tanguait en crissant sur les jonctions. Il pleuvait. Je fixais les gouttes qui couraient sur la vitre, sans pouvoir réagir. Je devais avoir l'air si fatiguée que Houriya a eu peur, elle s'est mise en colère : « Mais qu'est-ce que tu as ? Réveille-toi, il faut descendre. » Je n'arrivais pas à croire que c'était fini, que c'était le bout du voyage. Malgré ma fatigue, j'aurais donné n'importe quoi pour que le train reparte plus loin, et que je puisse me rendormir tranquillement.

Voilà, nous étions à Paris, nous marchions sous la pluie, recroquevillées sous le parapluie pliant de Houriya, avec nos sacs, un filet d'oranges et le fameux poste de radio *Realistic*. Le long du quai, autour de la gare, à la recherche d'un logement pour la nuit, rue Jean-Bouton, dans l'appartement meublé de Mlle Mayer, qui aujourd'hui je crois n'existe plus.

7

Paris, au début, c'était magnifique. Je courais les rues. Je n'arrêtais pas. Houriya, elle, restait enfermée dans le meublé, elle faisait la cuisine, elle observait. Elle avait peur de tout. Comme autrefois au fondouk, c'était moi qui faisais les courses, qui allais partout. Je sortais le matin vers sept, huit heures, avec des sacs en plastique, j'achetais les pommes de terre (nous mangions surtout des pommes de terre bouillies), le pain, des tomates, du lait. La viande, c'était trop cher, et puis Houriya n'avait pas confiance. Elle craignait qu'on ne lui fasse manger du porc.

Il fallait faire des économies. La chambre coûtait cinq cents francs la semaine, plus l'électricité. On ne se chauffait pas. La cuisine était commune à tous les locataires. C'étaient tous des Noirs que Mlle Mayer logeait à quatre dans la même chambre. Elle-même habitait sur le palier et venait à tout moment surveiller ce qui se passait. Au bout de quelques jours, j'avais fait

connaissance de Marie-Hélène, une Guadeloupéenne qui travaillait à l'hôpital Boucicaut, et
de son ami José, un Antillais aussi, et tous les
Africains, Nembaye, Madi, Antoine, Nono qui
était plus petit que moi, très noir, et qui faisait
de la boxe. Je les aimais bien, ils étaient drôles,
ils s'amusaient de tout et parlaient de la propriétaire, Mlle Mayer, en disant « la vieille
bique ». Ou ils disaient « Chibania » parce que
c'était le nom que Fatima, qui nous avait précé-
dées dans la chambre, lui avait donné.
Mlle Mayer avait dit en nous voyant : « En prin-
cipe, je ne loue jamais aux Arabes. » Mais elle
avait fait une exception, peut-être à cause de ma
couleur.

Les premiers temps, j'aimais bien cette ville.
Elle me faisait un peu peur, parce qu'elle était si
grande, mais elle était remplie de choses extra-
ordinaires, de gens hors du commun. Enfin,
c'était ainsi que je la voyais.

D'abord, ce qui m'a étonnée, c'est les chiens.

Ils étaient partout.

Des grands, des gros, des petits courts sur
pattes, des avec des poils si longs qu'on ne savait
pas où était leur tête, où était leur queue, des
tout frisés comme s'ils sortaient de chez le coif-
feur, d'autres tondus en forme de lions, de tau-
reaux, de moutons, de phoques. Certains
étaient si petits qu'on aurait dit des rats, et tremblants comme eux, l'air méchant comme eux.
D'autres étaient grands comme des veaux,

comme des ânes, avec des babines ensanglantées et des joues qui pendent, et quand ils secouaient leur tête, ils éclaboussaient tout de leur bave. Il y en avait qui vivaient dans des appartements des beaux quartiers, et qui roulaient dans des voitures américaines, anglaises, italiennes. Il y en avait qui sortaient dans les bras de leurs maîtresses, tout enrubannés et habillés de petits gilets à carreaux. J'en ai même vu un qui se promenait au bout d'une longue laisse que sa maîtresse avait attachée à sa voiture.

Je ne veux pas dire qu'il n'y avait pas de chiens chez nous. Il y en avait beaucoup, mais ils se ressemblaient tous, couleur de poussière avec des yeux jaunes, le ventre si creux qu'ils auraient pu être des guêpes. Là-bas, j'avais appris à les surveiller. Quand je voyais un chien qui s'approchait trop, ou bien même qui ne s'écartait pas assez vite de mon chemin, je choisissais une pierre bien aiguisée et je levais la main au-dessus de ma tête, et en général, ça suffisait à éloigner l'animal. Je faisais cela sans même y penser. J'y étais tellement habituée que la première fois où, au Jardin des Plantes, un grand chien maigre au bout d'une très longue laisse qui semblait munie d'un ressort s'est approché pour me sentir les talons, j'ai fait le geste. Je n'avais pas la pierre, parce qu'à Paris on ne trouve pas facilement des cailloux dans les rues. Le chien m'a regardée avec étonnement, comme si je jouais à la balle. Mais sa patronne, elle, a compris, et elle m'a insultée comme si c'était à elle que j'avais voulu jeter la pierre.

Après, je ne me suis pas vraiment habituée, mais j'ai fait moins attention aux chiens. Ils appartenaient tous à des gens qui les tenaient en laisse, et par conséquent ils n'étaient pas dangereux, sauf leurs merdes sur lesquelles on pouvait glisser et se rompre les os.

Les rues de Paris me semblaient sans fin. Et certaines étaient réellement sans fin, avenues, boulevards qui se perdaient dans le flux des autos, qui disparaissaient entre les immeubles. Pour moi qui n'avais connu que le monde du Mellah et le bidonville de Tabriket, ou les petites rues bordées de jasmin du quartier de l'Océan, cette ville était immense, inépuisable. Je pensais que même si je voulais parcourir toutes les rues, l'une après l'autre, ma vie n'y suffirait pas. Je ne pourrais voir qu'une petite partie, un nombre restreint de visages.

C'étaient les visages que je regardais, surtout. Comme pour les chiens, il y en avait de toutes sortes. Des gras, des vieux, des jeunes, des en lame de couteau, des très pâles, couleur de terre blanche, et des très sombres, encore plus noirs que le mien, avec des yeux qui semblaient éclairés de l'intérieur.

Les premiers temps, je n'arrêtais pas de dévisager. J'avais l'impression parfois que mon regard était capté, sucé par le regard de l'autre, et que je ne pouvais plus m'en détacher. Alors, j'ai essayé les lunettes noires, comme un masque, mais il n'y avait pas assez de soleil, et je n'aimais pas l'idée que je pouvais perdre un détail, une expression, l'éclat d'un regard.

J'ai eu assez vite des problèmes. Des hommes que j'avais dévisagés me suivaient. Ils croyaient que j'étais prostituée, une petite immigrée de banlieue qui allait chercher de l'or dans les rues du centre. Ils s'approchaient. Ils n'osaient pas m'aborder, ils avaient peur d'un piège. Un jour, un homme un peu vieux m'a prise par le bras. « Et si tu venais dans ma voiture ? On irait acheter un bon gâteau. »

Il serrait fort mon bras, il avait les yeux comme l'homme qui m'avait ennuyée au restaurant, autrefois, avec Houriya. J'étais au courant, comme vous le pensez bien. Je l'ai insulté en arabe d'abord, chien, entremetteur, maudite la religion de ta mère ! Puis en espagnol : *coño, pendejo, maricon* ! Et ça l'a tellement étonné qu'il m'a lâché le bras, et j'ai pu me sauver.

Après, j'ai senti tout de suite quand un homme me suivait. J'étais très douée pour le semer. Mais il y avait des femmes aussi. Elles étaient plus rusées. Elles s'arrangeaient pour me retrouver à un endroit d'où je ne pouvais pas partir, un passage protégé, ou dans un escalier roulant de magasin, ou dans un wagon de métro. Elles me faisaient peur. Elles étaient grandes, blanches, avec des casques de cheveux noirs, des vestes de cuir, des bottes. Elles avaient de drôles de voix rauques, un peu usées. Elles, je ne pouvais pas les insulter. Je m'en allais, le cœur battant, je traversais la rue entre les autos, je courais éperdument.

Un jour, dans les toilettes d'un café, j'ai eu très peur. C'était une grande salle au sous-sol, assez luxueuse, avec un miroir et des petites lampes tout autour. J'étais en train de me laver les mains, et de passer un peu d'eau sur mon front, comme j'avais l'habitude, pour aplatir mes cheveux rebelles, et à ma gauche est venue une femme, plutôt jeune, assez grasse, une femme avec un grand nez, des joues marquées de petites gerçures, et des cheveux blonds en chignon. Elle a commencé à se maquiller, et moi je l'ai regardée, juste une ou deux fois, très vite, dans le miroir, le temps de voir qu'elle avait les yeux d'un bleu un peu vert. Avec un petit pinceau, elle accrochait du noir à ses cils.

Et tout d'un coup, elle s'est mise en colère. J'ai entendu sa voix qui disait, avec un drôle de ton, méchant, métallique, la voix de Zohra quand elle se fâchait : « Pourquoi est-ce que tu me regardes ? Qu'est-ce que j'ai ? » Je me suis tournée vers elle. Je ne comprenais pas ce qu'elle disait.

« Réponds, petite garce, pourquoi tu me regardes comme ça ? »

Ses yeux étaient un peu globuleux, si pâles

que je voyais la pupille au centre, il me semblait qu'elle s'ouvrait et se fermait comme celle d'un chat. J'ai balbutié : « Je ne vous ai pas regardée... » Mais elle s'est avancée vers moi, pleine d'une rage froide qui m'a fait peur. « Si, tu m'as regardée, menteuse, t'avais les yeux rivés sur moi, pendant que je ne te regardais pas, j'ai senti tes yeux qui me bouffaient. » J'ai reculé vers l'autre bout des toilettes, tandis qu'elle marchait vers moi. Elle m'a attrapée par les cheveux, à pleines mains, et elle a penché ma tête en avant vers le lavabo. J'ai cru qu'elle allait me frapper, me cogner la tête sur la plaque de marbre, et j'ai hurlé. Elle m'a lâchée. « Saleté, va ! Petite ordure ! » Elle a pris ses affaires. « Ne me regarde pas. Baisse les yeux ! Je te dis de baisser les yeux ! Si tu me regardes, je te tue ! » Elle est sortie. J'avais si peur que je ne tenais pas sur mes jambes. Mon cœur cognait dans ma poitrine, j'avais la nausée. Je ne suis plus jamais retournée dans les toilettes des sous-sols.

C'est comme cela que j'apprenais peu à peu ma nouvelle vie. Houriya, elle, n'arrivait pas à me suivre. Alourdie par sa grossesse, elle ne bougeait presque pas, ne sortant de la chambre que pour aller cuisiner, quand Marie-Hélène n'était pas là. Les Antillais lui faisaient peur. Elle disait qu'ils étaient sorciers. Mais je pensais qu'elle disait cela parce qu'ils étaient noirs comme moi. Houriya comptait ses économies tous les soirs. Il n'y avait que trois mois que nous avions quitté Melilla, et déjà les réserves avaient diminué de moitié. À ce train, avant l'automne, nous n'aurions plus rien.

Houriya avait l'air si sombre que je la consolais comme je pouvais. Je l'embrassais, je disais : « Tout va s'arranger, tu verras. » Je lui promettais mille choses, que nous allions trouver du travail, un joli appartement au bord du canal de l'Ourcq, et que nous pourrions vivre une vie normale, loin du taudis de Mlle Mayer.

C'est par Marie-Hélène que nous avons été sauvées. Alors que nous n'avions plus de quoi payer le loyer, à la fin de l'été, et que j'envisageais de reprendre mon vieux métier de voleuse, l'Antillaise m'a demandé un jour, dans la cuisine : « Et pour vous, ça irait, de travailler à l'hôpital ? » Elle a demandé ça avec indifférence, mais dans ses yeux, j'ai compris qu'elle avait tout deviné, et qu'elle avait pitié de nous.

C'était un bon travail de fille de salle. J'ai été engagée tout de suite. Comme j'étais noire, elle m'a présentée comme sa nièce, elle a dit que j'avais des papiers, j'étais guadeloupéenne. Les autres s'étonnaient que je ne comprenne pas le créole, et Marie-Hélène a tout expliqué : « Elle est née là-bas, mais sa mère est venue tout de suite en métropole, alors elle a tout oublié. » Je n'ai même pas eu à changer de prénom, Laïla c'est un nom de là-bas. Elle m'a inscrite sous son nom de famille : Mangin.

Je travaillais de sept à une heure à Boucicaut,

j'avais un demi-salaire, mais ça payait le loyer et quelques dépenses. L'argent de Houriya pourrait durer encore un peu. De plus, je pouvais manger à la cantine. Marie-Hélène gardait une place à côté d'elle, et elle remplissait son plateau pour moi. Elle était très douce, j'aimais bien son regard un peu humide. Elle était capable aussi de colères redoutables. Un jour que Mlle Mayer reprochait je ne sais plus quoi à Houriya et menaçait de la mettre à la porte, Marie-Hélène a pris un couteau de boucher dans la cuisine, elle a marché droit sur la propriétaire : « Je ne vous conseille pas d'essayer de mettre qui que ce soit à la porte. Avec tout l'argent que vous nous faites payer, espèce de vieille bique vicieuse ! »

C'étaient les fêtes que j'aimais bien, surtout. De temps en temps, pour un anniversaire, ou pour une autre occasion, les Noirs fermaient tous les rideaux, et l'appartement était plongé dans la pénombre. Les Africains jouaient du tambour, de grands tambours de bois couverts de peau, très doucement, du bout des doigts, et à la lumière des bougies, les garçons dansaient. Nono, le boxeur camerounais, dansait presque nu et quelquefois tout nu, au milieu du couloir, on entendait les rires dans les chambres, Marie-Hélène dont la voix éclatait, dans sa langue-violon. José, le copain de Marie-Hélène, avait sorti son saxo et jouait un air de jazz, un slow, avec de temps à autre une exclamation qui grinçait.

Mlle Mayer se barricadait dans sa chambre ces jours-là, elle n'osait pas en sortir tant que la fête durait. Houriya ne sortait pas non plus, mais elle écoutait la musique. Et moi je passais mon temps à entrer et à sortir, je respirais l'odeur de la fumée, de la cuisine, je me faufilais au milieu des gens qui dansaient, j'aidais Marie-Hélène à ramasser les verres. J'apportais à Houriya des platées de nourriture, du riz-coco, des ragoûts de poisson, du plantain frit. Je dansais aussi, avec les Africains, ou avec un grand Noir antillais aux yeux verts, un certain Denys. Et comme il me serrait un peu trop, Marie-Hélène l'avait repoussé d'une bourrade : « Fais attention, cette fille-là est honnête, c'est ma nièce ! » Quand la fête était finie, j'aidais Marie-Hélène à faire le ménage. Elle avait du mal à se baisser pour ramasser les assiettes en papier, les Kleenex. Elle a ricané : « Eh bien, je ne serai pas la seule. » Comme je la regardais sans comprendre : « Oui, la seule à avoir un bébé, quoi, tu ne t'en doutais pas ? » Elle m'a considérée avec commisération. « Vraiment, tu es naïve, tu ne sais rien de la vie. Qu'est-ce qu'elle t'a appris, ta mère ? » J'ai compris qu'elle parlait de Houriya. « Elle n'est pas ma mère, tu sais. » Marie-Hélène s'est mise à rire. « Oui, enfin, qui que ce soit, elle aura son gosse avant moi. »

C'était la première fois qu'on en parlait. Je sentais bien que j'aurais dû lui dire des choses, me confier, mais je ne savais pas faire ça. Je ne

120

savais qu'inventer des histoires, parce que depuis que j'avais perdu ma maîtresse, c'est tout ce que j'avais pu faire. Une fois, j'ai commencé : « Je ne t'ai pas dit que je n'ai pas de parents ? » Marie-Hélène m'a interrompue brusquement : « Écoute, Laïla, pas maintenant. Un jour, on se parlera. Mais pas maintenant. Je n'ai pas envie d'entendre ça, et toi tu n'as pas envie d'en parler. » Elle avait raison. Peut-être qu'elle avait compris que je ne dirais pas la vérité.

J'ai continué d'explorer Paris, tout l'été. Il faisait un temps magnifique, un ciel bleu sans un nuage, les arbres étaient encore très verts, brillants. Les orages d'août avaient grossi la Seine. L'après-midi, en sortant de l'hôpital, je marchais le long de la rivière, j'allais jusqu'aux ponts qui joignent les deux rives devant la grande église. Je n'étais pas encore rassasiée de marcher dans les rues, les avenues. Maintenant, j'allais plus loin. Je prenais quelquefois le métro, le plus souvent l'autobus. Je n'arrivais pas à m'habituer au métro. Marie-Hélène se moquait de moi, elle me disait : « Tu es bête, c'est bien, au contraire, en été il fait frais, en hiver il fait chaud. Tu n'as qu'à t'asseoir dans un coin avec un bouquin, personne ne fait attention à toi. » Mais ce n'était pas à cause des gens. C'était d'être sous terre qui me donnait le vertige. Je guettais la lumière du jour, j'avais un poids sur la poitrine. Je ne supportais que la ligne aérienne, près de la gare d'Austerlitz, ou du côté de Cambronne. Je prenais le bus au hasard, j'allais jusqu'au terminus. Je ne lisais pas les noms des rues. Je cherchais à voir le plus possible, les gens, les choses, les immeubles, les magasins, les squares.

Et puis je marchais dans tous ces quartiers : Bastille, Faidherbe-Chaligny, la Chaussée-d'Antin, l'Opéra, la Madeleine, Sébastopol, la Contrescarpe, Denfert-Rochereau, Saint-Jacques, Saint-Antoine, Saint-Paul. Il y avait des quartiers bourgeois, élégants, qui dormaient à trois heures de l'après-midi, des quartiers populaires, des quartiers bruyants, de longs murs de brique rouge pareils à l'enceinte d'une prison, des escaliers, des rampes, des esplanades vides, des jardins poussiéreux pleins de gens bizarres, des squares à l'heure du goûter des enfants, des ponts de chemin de fer, des hôtels louches peuplés de filles en cuir noir, des magasins luxueux qui étalaient des montres, des bijoux, des sacs à main, des parfums. J'étais arrivée avec des sandales de cuir. À l'automne, elles tombaient en morceaux. Dans un magasin du côté de la porte d'Italie, j'ai acheté des tennis blancs en plastique, très laids, mais avec lesquels je pouvais faire des kilomètres.

Je marchais sans parler à personne. De temps en temps, des gens me regardaient, faisaient mine de m'aborder. Depuis ce qui s'était passé dans les toilettes du Regency, je ne regardais plus les gens dans les yeux. Je marchais l'air absent, comme si je savais où j'allais. Pour le cas où quelqu'un m'aurait suivie, j'entrais dans des immeubles, j'attendais dans l'obscurité, au fond d'un passage, je comptais jusqu'à cent, et je repartais.

Il y avait des endroits étranges, du côté des gares surtout. La rue Jean-Bouton, le quai de la Gare. Des jeunes garçons vêtus de blousons trop larges, des filles maigres, en jeans, en spencers. Leurs cheveux lavés au chlore, leur visage aigu, avec un regard absent, vide. Un jour, en rentrant chez nous, j'ai été prise dans une bagarre. C'était terrifiant, incompréhensible. D'abord, des hommes et des femmes qui couraient, en se bousculant, qui poussaient des cris rauques. Des Turcs, je crois, ou des Russes, je ne sais pas. Ensuite un petit groupe de jeunes en blousons de cuir, tenant à la main des matraques, des battes de base-ball. Ils sont passés tout près de moi, et comme je restais pétrifiée sur le bord du trottoir, l'un des garçons en cuir m'a poussée du plat de la main. J'ai vu son visage grimacer, sa bouche, ses yeux qui me fixaient une seconde, durcis et secs comme les yeux d'un lézard. Puis ils sont partis. J'étais tombée à genoux devant le caniveau, et je n'osais pas bouger. J'ai entendu la sirène de la police, et j'ai eu juste le temps de courir jusqu'à la porte de l'immeuble de Mlle Mayer.

Dans l'appartement, Houriya tremblait. Quand je suis entrée dans la pièce sombre, j'ai

123

allumé la lumière, et je n'ai pas reconnu son regard, un regard de bête traquée. Ça m'a fait quelque chose, parce que je l'avais connue si insouciante, si gaie.

« Qu'est-ce que tu as ? » Elle ne répondait pas. Elle regardait mes jambes, et je me suis aperçue que ce qu'elle fixait, c'était mon pantalon déchiré aux genoux, une tache de sang s'élargissait sur le tissu. Je lui ai dit : « Je suis tombée, j'ai dû manquer la marche. » Mais je savais qu'elle n'était pas dupe. Elle a dit, d'une voix étouffée : « Je voudrais m'en aller, je ne peux plus. » C'est moi qui ai dit, en tranchant, comme elle avant de partir : « C'est impossible. Tu ne peux pas retourner. Toi et moi, nous sommes bonnes pour la prison. Ton enfant, tu ne le verrais même pas. Ils te l'enlèveraient. » Je disais ça pour moi aussi. Pour ne pas oublier ce qu'ils m'avaient fait, quand j'étais enfant. Enlevée, fourrée dans un sac, battue et vendue. Et ces mains qui passaient sur moi, la brûlure dans mon ventre. La mémoire revenait tout d'un coup comme un acide dans la gorge. « Plutôt mourir. » J'ai dit cela, comme elle l'avait dit, à Tabriket, en posant un couteau sur sa gorge.

C'est vers la fin de l'été que j'ai fait connaissance du docteur Fromaigeat. Je pense qu'elle avait dû me remarquer quand je poussais dans les couloirs le chariot de linge à nettoyer. Le docteur Fromaigeat était neurologue, elle consultait au troisième, mais elle allait et venait sans cesse d'un service à un autre. Elle avait demandé mon nom à Marie-Hélène, et d'autres renseignements. Un jour, Marie-Hélène m'avait prise à part, à l'heure du repas. Elle parlait toujours avec la même voix, lente et chantante, mais c'était dans la profondeur de ses grands yeux dorés que je pouvais lire ses sentiments. De la gêne, et une sorte d'ironie, ou de méfiance. Elle a dit : « Tu sais, Laïla, tu fais ce que tu veux, mais je voulais te signaler qu'il y a quelqu'un de haut placé qui s'intéresse à toi. » Comme je la regardais sans comprendre, elle a dit : « C'est le docteur Fromaigeat, elle dirige le service de neurologie, elle veut t'aider. Elle est prête à te trouver du travail, si tu veux, tu peux la rencontrer. » J'étais réticente parce que je ne voulais pas, justement, faire connaissance de qui que ce soit, rencontrer qui que ce soit de nouveau. Je voulais continuer à glisser entre les gens, entre les choses, comme un poisson qui remonte un torrent.

Marie-Hélène s'est irritée : « Il faut tout de même que tu penses à ton avenir, je ne peux pas continuer à te faire venir ici sans papiers, c'est trop risqué, c'est moi qui risque de perdre ma place. » C'était la première fois qu'elle me faisait sentir qu'elle me rendait un service. Si j'avais pu, j'aurais simplement quitté l'hôpital, mais Houriya était déprimée et seule, nous avions terriblement besoin d'argent. J'ai dit : « Qu'est-ce que je dois faire ? » Marie-Hélène m'a donné une bourrade. « Enfin, qu'est-ce que tu imagines ? Cette dame te propose seulement de travailler chez elle, de faire le ménage et les courses, c'est tout. Tu travailleras tous les jours, et tu pourras manger chez elle à midi. Elle t'attendra chez elle demain après-midi, et tu peux commencer immédiatement. C'est bien ça que tu cherches ? » J'ai baissé la tête. Je ne voulais pas contrarier Marie-Hélène. C'est vrai qu'elle avait fait beaucoup. Juste parce qu'elle avait de la sympathie, qu'elle aimait bien mes cheveux, ma peau noire, mes yeux comme les siens, des yeux de gazelle, disait ma maîtresse. Elle m'a embrassée. « Écoute, si tu veux, je viendrai avec toi, pour te présenter. Je demanderai à Cécile de me remplacer demain après-midi. »

Elle a fait comme elle a dit. Je ne crois pas qu'elle avait de réelles mauvaises intentions. Elle pensait m'aider, et peut-être qu'au fond elle était un peu envieuse, elle aurait voulu, elle aussi, que quelqu'un d'important la remarque. Elle était si humble, Marie-Hélène, si trompée par la vie, avec sa fille et les années où son ex-mari la battait chaque soir. Il lui manquait une incisive du jour où il l'avait poussée, la figure en avant, contre une armoire à glace. Elle voulait que je m'en sorte. Elle disait : « Regarde-moi, ma vie c'est rien du tout. » Elle voulait que je quitte Houriya. Elle voulait que je devienne quelqu'un.

La maison de Mme Fromaigeat était à Passy,

dans une petite rue tranquille, un grand portail de fer et deux piliers, le chiffre 8 en fer forgé, une façade blanche avec un toit pointu et une petite fenêtre sous le toit, que j'ai aimée tout de suite.

Marie-Hélène m'a présentée au docteur Fromaigeat. J'avais tellement entendu parler d'elle, j'avais peur de la rencontrer, je croyais rencontrer une de ces femmes du grand monde, comme Mme Delahaye à Rabat, avec ses bijoux en or et son tailleur gris impeccable, et un visage pâle avec des yeux froids, je m'étais préparée à l'idée que je m'enfuirais au premier mot désagréable. Mme Fromaigeat était tout le contraire. Elle était toute petite, vive, très brune, les yeux pétillants de malice, et avec ça vêtue bizarrement, un pantalon kaki trop large, et une sorte de longue blouse bleu ciel comme un tablier de campagne. Quand elle m'a vue, elle m'a embrassée. Elle s'est exclamée : « Mais elle est ravissante ! » Elle nous a préparé du thé et des gâteaux, elle ne restait pas en place, elle sautillait à travers l'appartement comme un moineau. « Laïla, il faudra bien t'occuper de moi, veux-tu ? Je n'ai pas d'enfants, tu seras ma fille, c'est toi qui vas tout organiser dans cette maison. Marie-Hélène m'a dit que tu t'occupais autrefois d'une vieille dame infirme ? Eh bien, moi je ne suis pas si vieille et pas du tout infirme, mais j'ai besoin que tu me traites comme si je l'étais, tu comprends ? » Je buvais le thé, je hochais la tête. J'avais du mal à croire qu'elle parlait ainsi de ma maîtresse, comme si réellement, ç'avait été mon travail, m'occuper d'une vieille infirme. Et au fond, je comprenais que c'était vrai, ç'avait été vraiment mon travail, depuis que j'étais toute petite.

J'ai bien aimé travailler chez Mme Fromaigeat. Je restais chez elle toute la journée, je nettoyais la maison. J'avais retrouvé les gestes que je faisais autrefois, à la maison du Mellah, chez Lalla Asma. Je commençais par balayer la cour, puis le porche, je ramassais les feuilles qui tombaient des marronniers, les brindilles, les scories des immeubles voisins. Puis je lavais les carreaux, je secouais les tapis. Je balayais la moquette avec un balai de racines que j'avais trouvé à la cave. Un matin, Madame est venue, elle a éclaté de rire : « Mais non ! Laïla, il faut utiliser l'aspirateur. » J'avais peur de cette machine qui grondait et sifflait et qui avalait tout, même les bas et les rideaux de tulle. Puis je m'y suis habituée.

J'allais faire les courses dans le quartier. Comme les magasins du coin étaient trop chers, je prenais le bus et j'allais jusqu'au marché d'Aligre, où j'achetais les oranges par paquets de deux kilos, les tomates, les courgettes, les melons. La cuisine débordait de fruits. Madame était ravie. Elle laissait un billet de cent francs sur la petite table de l'entrée, et dans une soucoupe, je déposais le change, je m'efforçais de dépenser le moins possible. Je préparais sa salade, chaque jour différente, avec des olives de Tunisie, des raisins secs, des figues, des pâtissons, des kiwis, des avocats, des okras, des carambles. Et de grandes feuilles de romaine, de frisée, de batavia, de la mâche, du pissenlit, des feuilles de courge, de chayote, du chou rouge. Je remplissais un grand bol blanc que je laissais sur la table, au centre d'une belle nappe blanche, avec l'argenterie qui brillait, et le pichet d'eau fraîche. Puis je m'en allais. Je retournais à l'appartement de Mlle Mayer, et là tout me semblait gris, triste, malheureux. Houriya était vautrée sur le sofa, elle grignotait du pain. Elle était amère. « Tu m'abandonnes. Tu me laisses toute seule, et je passe ma vie à pleurer. Est-ce pour cela que je t'ai amenée ici ? » Elle était jalouse, envieuse. « Maintenant que tu n'as plus besoin de moi, maintenant que tu as trouvé mieux que moi, tu vas t'en aller, tu vas m'oublier, et moi je mourrai dans ce trou noir sans personne pour me secourir ! » J'essayais de la rassurer, je lui promettais que, dès que j'aurais économisé assez d'argent, nous irions vers le sud, à Marseille, à Nice. Je lui parlais comme à une enfant.

Peut-être qu'elle avait raison. Je voulais m'en aller. Je voulais être le plus loin possible de la rue Jean-Bouton, des hôtels minables, des trafiquants de came sur le trottoir, et des bandes de jeunes qui couraient avec leurs battes, pour frapper les Arabes et les Noirs sur leur passage.

Je ne me sentais bien que lorsque je poussais le portail de fer du 8, et que j'entrais dans la vieille maison silencieuse où j'avais tout rangé et tout agencé, comme si Lalla Asma était encore là, que c'était elle la véritable maîtresse de la maison.

Je pensais que, depuis que j'étais enfant, les gens n'avaient pas cessé de me prendre dans leurs filets. Ils m'engluaient. Ils me tendaient les pièges de leurs sentiments, de leurs faiblesses. Il y avait eu Lalla Asma, et puis sa belle-fille Zohra, et Mme Jamila, et Tagadirt, et maintenant, c'était Houriya. J'avais l'impression d'étouffer. Avec elle, je ne pourrais jamais m'en sortir. Il faudrait retourner, vivre à nouveau au Douar Tabriket, enfermée chez Tagadirt, avec comme seul horizon le bout de la ruelle défoncée et le pont de la future voie rapide, et les rats qui grincent sur les toits.

Ce n'était pas très gentil de ma part, j'en suis d'accord avec vous, mais je ne pouvais plus. À l'heure où je devais rentrer chez nous, rue Jean-Bouton, je suis restée chez Madame. J'ai continué à ranger la cuisine. J'astiquais les casseroles, les carreaux de faïence, les robinets. Je faisais cela pour ne pas réfléchir, pour ne pas penser.

Madame est rentrée un peu plus tôt. Quand elle m'a vue, elle n'a rien dit, elle a tout compris. Elle m'a embrassée, avant même d'ôter son imper et de lâcher ses clefs. Elle a dit : « Ça me fait bien plaisir, ma chérie, j'atten-

130

dais ce jour-là, j'étais sûre qu'il arriverait. » Je ne savais pas trop ce qu'elle voulait dire. Elle m'avait déjà montré la chambre du fond, à côté de la cuisine, celle qui avait une sortie sur le palier de l'escalier de service. C'est là que j'avais posé mon sac, avec mon vieux transistor, tout ce que je possédais. Madame n'a pas posé de questions. Elle a fait tout de suite comme si c'était convenu, comme si j'habitais là depuis des mois et des années. Après Houriya, c'était reposant. Même Marie-Hélène était fatigante, elle voulait savoir, elle prenait parti. Je ne pensais même plus à Nono. Lui aussi m'enfermait dans ses nasses. Il voulait qu'on sorte ensemble, il voulait que j'accepte d'être sa fiancée. Il était gentil, il avait un bon rire, et je m'amusais bien avec lui, mais j'avais toujours peur qu'il ne se fasse ramasser par la police, parce qu'il était camerounais, sans papiers. J'avais l'impression que, tôt ou tard, il serait pris, et je ne voulais pas qu'on me prenne avec lui.

Chez Madame, c'était le repos. Ici, je savais que rien ne pouvait arriver. C'était un quartier bien, une petite rue courbe, de petites maisons avec des jardins, des immeubles riches, des enfants blonds en uniforme. La police ne venait pas rôder par ici. Les premiers temps, après mon installation à Passy, je dormais tout le temps. Il me semblait qu'il y avait des années que je n'avais pas dormi, parce que je vivais sous la menace d'avoir à m'en aller, ou parce que je craignais d'être reprise par la police de Zohra. Et à la rue Jean-Bouton, les disputes des Noirs et de Mlle Mayer, et les Punks qui couraient dans la ruelle armés de bâtons pour frapper les Arabes. Et la sirène de la police qui criait souvent, la nuit les ululements sinistres des ambulances.

Alors, je dormais jusqu'à neuf ou dix heures. Quelquefois, c'était Madame qui me réveillait. Elle écartait le rideau, et la lumière du soleil se glissait entre mes paupières. Je voyais par la fenêtre la vigne rouge. J'entendais pépier les oiseaux. Je restais en boule sur le lit, pour retarder le moment de me lever, et Madame s'asseyait au bord, elle passait doucement sa paume sur ma joue, comme si j'étais un petit chat. Sa voix aussi me caressait. Elle disait des mots très doux, qui glissaient comme dans un rêve. « Ma chérie, ne bouge pas, reste comme ça, ici, c'est ta maison, laisse-moi te bercer, tu es ma petite fille, tu es celle que j'attendais, laisse-moi te protéger, avec moi tu n'auras plus rien à craindre, je vais bien m'occuper de toi. Tu es ma fille, mon petit enfant... » Elle disait des mots comme ceux-là, tout près, contre mon oreille, bien d'autres choses, avec sa voix rocailleuse très grave et douce, et sa main chaude et sèche qui glissait sur mon visage, qui caressait mes cheveux dans le cou, ses doigts qui s'ouvraient dans mes boucles. Je ne sais pas si j'aimais cela. C'était étrange, c'était un rêve qui s'étirait, il me

132

semblait que je flottais sur un nuage. Je frissonnais, je sentais une onde qui parcourait mon dos, qui remontait mon ventre, je sentais avec précision chaque nerf de ma peau, depuis mes pieds jusqu'à mes mains, et je ne pouvais pas bouger. Puis je m'endormais, et quand j'ouvrais à nouveau les yeux, il faisait grand jour et Madame était partie travailler. Alors, je me levais, j'allais à la salle de bains et je prenais une longue douche fraîche pour me réveiller.

Je n'allais plus très loin pour les courses. Maintenant, j'avais peur de quitter ce quartier, de m'éloigner de la rue tranquille, de perdre de vue la grille du numéro 8. J'allais à la boulangerie au bout de la rue, et près de la station du métro, j'achetais les fruits, les légumes, les fromages. Alors l'argent ne suffisait plus. Pour ne pas demander, je puisais dans mes propres économies. Je pensais que Mme Fromaigeat m'avait engagée parce que j'étais maligne, que je savais acheter, et je ne voulais pas qu'elle sache que j'étais devenue paresseuse, que je ne lui faisais plus faire d'économies. Et puis, plusieurs fois, parce que je n'avais plus assez d'argent, j'ai volé des choses, des paquets de saumon, des biscuits, ou bien du linge pour la maison. Je n'avais pas perdu la main, j'étais toujours aussi habile et les commerçants du quartier étaient naïfs, ils ne se méfiaient pas de moi. Une seule fois, j'ai eu un problème. Je n'ai pas compris tout de suite, mais ça m'a laissé une impression étrange, comme s'il y avait un secret, un sens secret que je ne parvenais pas à saisir. C'était une des vendeuses de la supérette, une jeune femme osseuse, avec des cheveux filasse. Quand je suis passée, elle me regardait fixement, et j'ai cru qu'elle m'avait repérée, qu'elle m'avait surprise en train de voler un cendrier. J'allais le sortir de ma poche pour le payer, mais elle a seulement dit, très lentement, en insistant sur chaque mot : « Alors, c'est toi la nouvelle ? » J'ai balbutié : « La nouvelle quoi ? » Elle me fixait toujours de ses yeux pâles et froids. Elle a dit : « Oui, oui, joli cœur. » Et elle a tout mis dans le sac, elle me l'a tendu, sans prendre mon argent. Je me suis sauvée en courant, comme si elle allait me rappeler.

Quelquefois, l'après-midi, j'appelais Houriya au téléphone. Pour que Mlle Mayer lui passe la communication, je lui racontais que j'étais loin, en Angleterre, en Amérique. Elle disait : « Ah bon ? » avec sa petite voix flûtée. L'instant d'après, j'entendais la voix basse et rauque de Houriya. Elle me parlait en arabe, je lui répondais en français.

« Où es-tu ?

— À Paris, pas en Amérique.

— Quand est-ce que tu reviens ?

— Je ne sais pas. Écoute, je suis très occupée avec mon travail.

— Ouaha...

— Si, je t'assure, je n'ai absolument pas le

temps. Et puis c'est loin, à l'autre bout de la ville.

— Ouaha, ouaha.

— Pourquoi dis-tu "ouaha"? Tu ne me crois pas? »

Un silence.

« Écoute, je viendrai te voir dès que je pourrai me libérer. Tu n'as besoin de rien? Tu as encore de l'argent?

— Ça va. Il y en a encore un peu.

— Je dois te laisser. Je te rappellerai.

— Pourquoi tu me mens? Tu ne viendras pas, jusqu'à ma mort.

— Écoute, je ne te mens pas. Je ne peux pas venir maintenant. Mais je te rappellerai.

— Bon.

— Au revoir.

— *Salama*, Laïla.

— *Salama, halti.* »

J'avais honte. Il aurait suffi d'une demi-heure de métro, et j'y étais. Mais rien que l'idée d'entrer dans la rue Jean-Bouton me donnait la nausée. C'était comme s'il y avait un mur qui me séparait de cet endroit.

Nono est venu un matin. Je ne sais pas comment il avait trouvé l'endroit, sans doute avait-il tiré les vers du nez à Marie-Hélène. Pourtant elle se méfiait de lui, mais il avait dû se renseigner à l'hôpital. Quand je suis sortie pour les courses, il était là. Il avait dû attendre un bon moment dans une encoignure de porte, avec

juste son blouson de cuir, dans le vent froid de
l'automne. Il reniflait. Il était enrhumé. Il avait
l'air vraiment content de me voir, et je n'ai pas
pu l'envoyer promener. Il était intimidé.

« Tu as changé.

— Ah oui ? En mieux ? »

Il souriait. « Tu as l'air d'une madame maintenant. »

C'était à cause des habits que Mme Fromaigeat m'avait achetés. Un pantalon fuseau noir,
un pull à col en v, et un foulard rouge que
j'avais noué autour du cou.

Je pensais que j'aurais horreur de rencontrer
quelqu'un de mon autre vie, mais j'étais étonnée, parce qu'en fait j'étais assez contente de
revoir Nono.

Il m'a accompagnée pendant les courses. Il
portait les paquets. Il avait des épaules larges,
un cou épais. Avec ça, un visage de gamin, et
j'étais étonnée de sa taille. Il me semblait beaucoup plus petit. Les commerçants le trouvaient
sympathique, blaguaient avec lui. Il y en a un
qui a dit : « C'est votre frère ? » Pour la première fois depuis des semaines, je m'amusais. Je
sortais d'un rêve.

Nono m'a donné des nouvelles de la rue Jean-
Bouton. Mlle Mayer avait eu des ennuis. La
police avait fait une descente. Elle ne déclarait
pas tous les occupants du garni. Ils l'avaient
menacée d'une amende. « La vieille bique ! Elle
pleurait ! Elle disait : C'est pas de ma faute ces

136

Noirs-là ils sont tous pareils ! Je ne les reconnais pas !

— Et ma tante ? »

C'était comme cela que j'appelais Houriya. Elle n'avait rien dit. Elle avait entrouvert sa porte, et elle l'avait refermée aussitôt. Elle avait peur de la police. Elle croyait qu'on venait l'arrêter pour la renvoyer à son mari. Mais les policiers avaient assez à faire avec les Antillais et les Africains. Nono s'était enfui par la gouttière. C'est pour cela qu'il était venu.

« Où t'es maintenant ? »

Il a eu un geste vers l'autre côté de la ville, comme si ça pouvait se voir d'ici.

« Un copain m'a prêté un garage, c'est là que je dors...

— C'est où ? »

Il a réfléchi.

« C'est un nom bizarre, ça s'appelle la rue Javelot. » Il a montré un bout de papier où était griffonnée une adresse : 28 rue du Javelot. J'ai pensé que c'était un beau nom pour un guerrier camerounais.

« La nuit, ça va, mais le jour, c'est trop sombre, alors je vais m'entraîner au gymnase. J'ai un combat le mois prochain, le patron dit que je peux passer professionnel, il me donnera tous les papiers. »

Quand on est revenus au 8, il avait l'air frigorifié, et je l'ai fait entrer pour boire un café. Il était étonné par la maison. Il marchait tout doucement, comme s'il avait peur de faire craquer le plancher. On a traversé le salon, jusqu'à la grande cuisine blanche. Son étonnement m'amusait. Moi, il y avait longtemps que je connaissais les maisons des riches ; depuis la villa de Mme Delahaye, rien ne me paraissait extraordinaire. Mais Nono était comme un enfant devant de nouveaux jouets. Il examinait la cafetière électrique, le grille-pain, il faisait coulisser les tiroirs sur roulement à billes, il faisait tourner les paniers en inox.

« C'est vraiment riche, ici.

— C'est vrai, ça te plaît ? »

Il a eu son rire sonore.

« C'est mieux que le garage où je suis ! »

J'ai mis mon bras autour de son cou.

« Si tu deviens un boxeur célèbre, tu pourras t'acheter la même maison. »

Il a réfléchi.

« Si ça arrive, c'est avec toi que je me marierai. »

Il avait l'air si sérieux que j'ai éclaté de rire. « Arrête tes conneries. Si tu deviens un boxeur célèbre, tu ne penseras plus à moi, tu te marieras avec une belle poupée blonde ! »

Nono m'a regardée avec reproche.

« Pourquoi tu dis ça ? C'est avec toi que je me marierai. »

Il a pris l'habitude de venir presque chaque matin, sauf les week-ends parce que Mme Fromaigeat restait à la maison. Il m'aidait à porter les courses, et je lui faisais un petit déjeuner copieux, avec des œufs, des tartines grillées et de grandes tasses de lait chaud.

Mme Fromaigeat ne disait rien, mais un jour, quelqu'un a dû lui parler, parce qu'elle a changé de visage. Elle est devenue brusque, méchante, elle me grondait pour un oui ou pour un non. Ou bien elle rentrait à l'improviste, l'air furieux, comme si elle avait oublié quelque chose, un trousseau de clefs, un dossier, n'importe quoi. Mais c'était pour voir si j'étais avec Nono, pour nous surprendre. Moi, j'ai compris tout de suite, et j'ai dit à Nono de ne plus venir, de m'attendre dans la rue. Il se moquait de moi : « Ta patronne, elle est jalouse ! »

Ça m'ennuyait bien qu'elle soit devenue comme ça. J'avais l'impression que quelque chose se préparait. Je ne savais pas quoi. Entre-temps, Mme Fromaigeat m'avait donné une lettre mystérieuse. Il y avait écrit en tête : *Police nationale. Commissariat du XVIᵉ arrondissement.* C'était une convocation en vue de ma régularisation. Mme Fromaigeat savait bien ce que c'était. Elle avait tout comploté, elle était amie avec le commissaire. Elle avait fourni les certificats de résidence, les déclarations sur l'honneur. Tout était prêt. Elle a fait semblant de chercher à comprendre. Elle m'a dit : « Je crois qu'ils vont accepter la demande de régularisa-

tion et puis tu pourras prendre la nationalité. »
J'étais sidérée. J'ai failli dire : « Mais je n'ai rien
demandé ! » Et puis je me suis souvenue de
Zohra, de son mari, de leur appartement où ils
m'avaient enfermée pendant des mois, et du
Douar Tabriket, des rats qui galopaient sur les
toits en faisant grincer leurs griffes sur les tôles.
J'ai dit : « Merci. » Elle m'a embrassée.

Peut-être que maintenant, Madame regrettait.
Quand j'étais revenue du commissariat, un peu
rouge parce qu'il faisait chaud, et puis l'employé était un peu trop empressé, j'ai dû tout
raconter, les papiers que j'avais signés, les
empreintes digitales, la dictée, et puis le nom
qu'il avait choisi : Lise Henriette. Il trouvait que
ça m'allait. Mme Fromaigeat avait ri, elle frappait dans ses mains, elle était enthousiaste
comme si tout ça était pour elle. Bien sûr, je ne
lui ai pas raconté l'employé qui s'était penché
sur moi, sa main sur ma nuque, et quand il avait
demandé doucement : « Comment dit-on je
t'aime en arabe ? » et que j'avais répondu :
« Saafi... », le plus gros mot que je connaissais,
parce que c'était celui que Houriya criait aux
hommes qui l'emmerdaient à Tabriket. Elle
n'aurait pas compris. Elle n'aurait pas compris
comme tout ça m'était égal, que c'était trop
tard, que ce n'était pas à moi qu'il fallait donner
ces papiers, mais à Houriya.

Madame s'est radoucie un peu. Elle m'a dit :
« Tu ne vas pas t'en aller ? Dis, tu ne vas pas me

laisser tomber ? » Elle parlait comme Houriya, comme Tagadirt. Les gens étaient tous pareils.

Je serais restée longtemps avec elle, je crois même que j'y serais encore, s'il ne s'était pas passé cette chose, la nuit. J'ai du mal à comprendre comment c'est arrivé. C'était après le dîner, on avait parlé. Depuis quelque temps, je fumais avec elle des cigarettes américaines, et on parlait. On regardait un peu la télé du coin de l'œil, sans vraiment suivre. Il faisait encore chaud, c'était la fin septembre, les fenêtres étaient grandes ouvertes, il y avait un peu de pluie qui tombait sur les feuilles. Tout était tranquille rue des Marronniers, on n'aurait jamais pu croire que c'était dans une si grande ville où il se passait des choses terribles.

Mme Fromaigeat avait fait son thé du soir, des feuilles et des fleurs, un goût de poivre et de vanille, un peu écœurant. Je me suis endormie sur le canapé. J'avais l'impression de flotter. Non, je ne dormais pas, mais je sentais mon corps très léger, et je ne pouvais plus bouger les bras ni les jambes. Il me semblait que le visage de Madame était tout près de moi, brillant comme un astre, avec un sourire étrange, et ses yeux noirs, allongés, pareils à des yeux de chatte. Elle parlait, doucement, elle répétait : « Mon tit'enfant, mon tit'enfant » comme si elle ronronnait. Et je sentais sa main sèche et chaude qui glissait sur ma peau, par ma chemise déboutonnée, qui jouait avec les boutons de mes seins. J'avais le cœur qui battait à se rompre. J'entendais sa voix qui marmonnait : « mon tit'enfant », et je voulais qu'elle arrête, qu'elle se taise, je voulais qu'elle disparaisse, je voulais retourner dans un endroit où il n'y aurait personne, je voulais le cimetière où j'allais, au-dessus de la mer, avec le soleil qui faisait briller les stèles blanches dans l'herbe, les stèles sans nom, et les oiseaux suspendus dans le vent, leurs ailes coupantes comme des faux.

Le matin, quand je me suis réveillée, j'avais la bouche sèche, mal à la gueule. Je ne me souvenais pas bien de ce qui s'était passé. J'avais dormi sur le canapé du salon, mais j'étais enveloppée dans le peignoir de soie japonais de Madame. C'est ça d'abord qui m'a frappée, cette odeur de cuir de Russie qui entêtait. J'ai erré à travers la maison vide, en me cognant aux meubles. Je ne savais pas ce que je cherchais, je n'arrivais pas à penser à quelque chose. J'ai fait chauffer de l'eau pour mon café. Le soleil entrait dans la cuisine, au-dehors il faisait doux, la vigne vierge commençait à roussir dans l'encadrement de la fenêtre, et il y avait une bande de moineaux qui jacassaient.

Et tout d'un coup, comme ça, en buvant mon café, c'est devenu clair : il fallait que je m'en aille d'ici. Je sentais mon cœur battre très fort, la douleur de mon front cognait. Je tournais en rond, je renversais des chaises. Je disais : « La vieille bique ! La vieille bique ! » comme Marie-Hélène quand elle parlait de Mlle Mayer.

Maintenant je me souvenais de ce que Lalla Asma me racontait, elle disait : « Ne bois pas du thé d'une personne que tu ne connais pas, parce que tu boirais quelque chose que tu ne voudrais pas. » Elle parlait d'un homme qui invitait les filles à boire au café et leur faisait boire un breuvage, et quand elles étaient endormies, il les emmenait chez lui, les violait et leur coupait la gorge.

Et je me souvenais des thés que Madame me servait, ses yeux noirs qui brillaient pendant que je dodelinais de la tête. Hier, elle avait dû forcer sur le Rohypnol, et j'avais perdu connaissance. Je la détestais. Elle m'avait trompée. Elle n'était pas mon amie. Elle était quelqu'un comme les autres, comme Zohra, comme M. Delahaye, comme l'employé au commissariat. Je la haïssais, je l'aurais tuée. « La conne, la vieille conne ! »

Je me suis habillée. J'ai remis le jean et le pull que j'avais en arrivant, j'ai jeté pêle-mêle tout ce que Mme Fromaigeat m'avait acheté. La petite chaîne en or, avec la plaque où était gravé son nom, je l'ai jetée aux chiottes, et j'ai tiré la chasse, mais la trombe d'eau n'a pas réussi à l'avaler. J'ai cherché ce que je pouvais faire pour me venger. Je ne voulais pas voler, je ne voulais rien prendre de chez elle. Je voulais seulement l'effacer de ma mémoire, elle, ses prétextes. Je suis allée dans son bureau, et j'ai commencé à jeter par terre tous ses livres, je les prenais dans la bibliothèque, je regardais le titre, et je le jetais au milieu de la pièce. Et puis j'ai été prise par une sorte de frénésie, j'envoyais voler les livres de plus en plus vite, ça faisait un grand bruit de papier qui se déchire, ça cognait aux murs. J'ai fait la même chose avec ses photos, avec ses lettres, avec ses papiers. Je crois que je parlais en même temps, je criais, je l'insultais, en arabe, en français, tout ce que je savais. Ça m'a fait du bien.

Quand j'ai eu fini, le bureau et le salon de Madame ressemblaient à un champ après une tornade. Alors, j'ai pris mon sac, mon vieux poste de radio, et je suis partie.

8

La rue du Javelot, c'était l'endroit le plus extraordinaire de Paris. D'abord, je ne voulais pas croire que ça existait. Quand Nono est venu me chercher avec sa moto (ou plutôt la moto qu'il avait empruntée) et que nous sommes entrés sous la terre, je croyais qu'il prenait un raccourci, qu'on passait un tunnel. Mais la rue tournait sous la terre, dans une galerie bétonnée, avec les portes des garages, et le bruit de la moto résonnait comme l'enfer. Il y avait aussi des autos qui roulaient avec leurs phares allumés, qui klaxonnaient. Après tout ce qui s'était passé, j'étais fatiguée, je m'étais accrochée au blouson de Nono, j'avais l'impression qu'on était perdus, je ne savais plus où j'allais, ce qui allait se passer. Je crois que le Rohypnol n'avait pas cessé de faire de l'effet.

Après, je suis tombée très malade. L'appartement de Nono, sous la terre, était petit, il n'y avait jamais de lumière, sauf par un puits qui descendait jusqu'à la cuisine. En fait, ce n'était pas un appartement, mais un garage, ou une cave. On avait aménagé un w.-c. pour tout le sous-sol et une cuisine. Le reste était divisé en cellules de béton, avec des lourdes portes de fer zébré d'éraflures et des plafonds en voûtains. Mais c'était bien, parce qu'on n'entendait pas de bruit, sauf de temps en temps le glouglou d'une canalisation, ou bien le bruit de respiration des ventilateurs. Je ne savais pas ce que j'avais. Je restais couchée presque tout le temps sur le matelas que Nono avait mis dans sa chambre, pour moi seule. Lui dormait dans la salle — c'était plutôt un garage, avec le sol en ciment peint en gris et une grande porte à deux battants. D'ailleurs, il garait là sa moto. Il dormait par terre sur des couches de carton, comme un clodo. Il était gentil, il m'avait donné sa chambre. Il était désespéré de me voir comme ça, immobile sur le matelas. Je fumais, je toussais. Je n'avais pas de forces, même pour bouger un bras, même pour tourner la tête. Je ne mangeais plus. Je n'avais jamais faim. Quelquefois, la salive emplissait ma bouche, il fallait que je me penche sur le côté pour cracher. Je n'avais plus mes règles. C'était comme si tout s'était arrêté au fond de moi.

Nono disait que c'était un yanjuc, un juju, un sort. Il avait l'air de bien connaître le sujet. Il disait tout ce qu'il fallait faire, jeter du sel dans le feu, poser des plumes ou des brins de paille,

146

dessiner des signes sur le sol, souffler de la fumée. Je l'écoutais. Je buvais chaque parole, chaque rire qu'il avait. Il était la seule personne qui me rattachait à l'extérieur. Quand il revenait de l'entraînement, il sentait la rue, la sueur, les gaz des autos. Je lui prenais la main, sa main carrée, avec des doigts durs et la peau des paumes douce comme un galet usé. « Raconte-moi ce que tu as vu dehors, ce qui se passe dans les rues. » Il racontait qu'il avait vu un accident, un bus était rentré dans une bagnole, lui avait enlevé l'aile. Il racontait qu'il avait vu des Écossais qui jouaient de la cornemuse, qu'il avait revu Marie-Hélène. Il donnait des nouvelles de la rue Jean-Bouton. « Et ma tante Houriya ? » Il secouait la tête. « Je ne l'ai pas vue. Mais il paraît que Mme Fro... » Il n'arrivait pas à dire le nom, ça le faisait rire. « Ta patronne, il paraît qu'elle te cherche. Elle t'en veut à mort. C'est cette vieille bique qui t'a jeté un juju. Je vais la tuer ! » Il n'avait dit à personne que j'habitais chez lui, même pas à Marie-Hélène. Si Madame me retrouvait, elle me ferait jeter à la porte de la France comme une criminelle. Pourtant, je ne lui avais rien volé : c'était à moi qu'elle avait pris quelque chose, qu'elle avait menti.

Je faisais des cauchemars. Je ne savais plus si c'était la nuit ou le jour. Il me semblait que j'étais dans le ventre d'un très grand animal, qui me digérait lentement. Un jour, j'ai crié, et Nono est venu. Il m'a caressé la figure. Il me parlait doucement, comme à une enfant. Quand il a voulu retourner sur ses cartons, je l'ai retenu. Je l'ai serré le plus fort que j'ai pu. Je sentais les muscles de son dos comme des cordes. Il s'est mis contre moi, il a éteint la lampe. Il avait tout son corps bandé, il tremblait, et je ne sais pas pourquoi, ça m'a paru drôle que ce soit lui, et pas moi, qui ait peur. Nous n'avons rien fait cette fois, j'ai seulement dormi contre lui. Nono ne bougeait pas. Il avait mis son bras autour de moi, et il respirait dans mon cou. Un soir, il m'a fait l'amour, très doucement. Il s'excusait, il disait : « Je te fais mal ? » C'était la première fois pour moi, et pourtant ça ne m'a pas étonnée. J'avais l'impression que j'avais connu cela depuis très longtemps.

Et puis tout est allé un peu mieux. J'ai commencé à bouger, j'allais jusqu'à la cuisine. Je disais à Nono, à l'heure du petit déjeuner : « Est-ce qu'il fait beau ? — Attends, je vais voir. » Il poussait un tabouret, il ouvrait le vasistas, et il arrivait en se contorsionnant à sortir la moitié du corps jusque dans le puits de lumière. Il revenait avec de la suie sur son T-shirt. « Le ciel est tout bleu ! » Il s'attendait que je monte avec lui sur sa moto, pour aller faire un tour.

Quand je suis ressortie pour la première fois, j'ai pris l'escalier, à côté de la porte du garage, puis l'ascenseur, et je suis montée jusqu'en haut de l'immeuble. C'était le matin, Nono était parti travailler dans la salle d'entraînement. Tout était très silencieux, juste la secousse à chaque étage. Je suis montée tout en haut, au quatorzième. C'était un bureau, des assurances, des avocats ou des armateurs, quelque chose comme ça. Je suis entrée dans les bureaux, et sans m'arrêter, j'ai marché jusqu'à la grande vitre. Les secrétaires ont vu cette fille noire, avec sa masse de cheveux, son jean fatigué et son regard fixe, et elles ont eu très peur. Je crois que pour la première fois j'ai réalisé que je pouvais faire peur à quelqu'un, moi aussi.

Je me suis appuyée sur la vitre et j'ai regardé. Un instant, je suis restée figée par le vertige. Je n'avais jamais vu une ville de si haut. Il y avait des rues, des toits, des immeubles, de grands boulevards à perte de vue, des places, des jardins, et plus loin encore, les collines, et même les méandres de la rivière qui brillait au soleil. C'était comme en haut de la falaise, dans le cimetière au-dessus de la mer, avec les mouettes qui planaient contre le ciel. Il y avait des fumées, et les carrosseries des voitures qui brillaient, toutes petites comme des scarabées. Le bruit me donnait le vertige, un grondement sourd et continu qui montait de partout à la fois percé par des coups de klaxon, par des sirènes d'alarme de la police, le hurlement des ambulances. J'avais les mains posées sur la vitre épaisse et je ne pouvais pas détacher mon regard de ce que je voyais. Le ciel était barré par un grand nuage noir, avec des rayons de soleil d'un côté, des rayons de pluie de l'autre ! Je vous jure que je n'avais jamais rien vu d'aussi beau.

J'ai entendu derrière moi un bruit de voix un peu plaintives, une femme qui disait doucement, mais je ne comprenais pas tout de suite : « Mademoiselle ! Mademoiselle ! Vous ne vous sentez pas bien ? » Je me suis retournée, je l'ai regardée en souriant. J'avais des larmes dans les yeux, parce que je me sentais heureuse tout à coup. « Non, ça va bien, ça va très bien, je — je voulais juste admirer le paysage. » Mon sourire n'a pas dû la rassurer, parce qu'elle s'est écartée. Elle était jeune, pâle, avec de longs cheveux blonds et des yeux verts. Avec elle, il y avait d'autres femmes, une un peu corpulente, et une autre qui ressemblait à Mme Fromaigeat. Elles avaient dû appeler la sécurité, parce que quand je suis sortie du bureau, vers l'ascenseur, les portes métalliques se sont ouvertes et un homme habillé en bleu portant des menottes à la ceinture est sorti et m'a dévisagée. Je suis entrée dans l'ascenseur, et tout s'est refermé. J'étais très fatiguée, un peu ivre. Quand j'ai retrouvé le garage, au sous-sol, je me suis allongée sur le matelas et j'ai dormi une grande partie de la journée. Même Nono, en rentrant de la salle de boxe, ne m'a pas réveillée. Il m'a regardée dormir, assis le dos contre le mur, sans faire de bruit, comme s'il était mon grand frère.

Après cela, j'ai recommencé à sortir. Je ne me rendais pas compte que j'étais restée enfermée tout ce temps. Dehors, le ciel avait pâli, le soleil courait bas entre les nuages, il faisait froid. Même les arbres au bord de la Seine avaient changé. Leurs feuilles jaunes tombaient dans le vent.

J'ai pensé à Houriya. Dès que j'ai pu marcher, je suis allée à pied dans la direction de la gare de Lyon. J'avais froid. Nono m'avait prêté son blouson de cuir, à peine trop grand aux épaules. J'aimais bien, il sentait l'odeur de Nono, il était usé aux coudes, j'avais l'impression qu'il me protégeait, dans le genre d'une armure.

La rue Jean-Bouton était toujours pareille. On aurait dit que j'étais partie hier. Les hôtels miteux, les sacs-poubelle, les dealers. Au bout de la rue, avant le cul-de-sac, il y avait la porte de l'immeuble, en fer noir, avec des vitres sales. J'ai sonné, et c'est un Noir que je ne connaissais pas qui est venu m'ouvrir. Il était petit et maigre, avec un bouc. Il m'a regardée sans rien dire, puis il est retourné vers la cuisine, où il était en train de laver des marmites. Marie-Hélène avait toujours des hommes à son service. La porte de Mlle Mayer était entrouverte, la lumière allumée. J'ai traversé le couloir sans faire de bruit et j'ai frappé à la porte de la chambre.

Quand Houriya est venue, j'ai eu du mal à la reconnaître. Elle était très grosse, et elle avait des cernes sous les yeux. Mais son visage s'est animé en me voyant. « Je t'attendais, j'avais rêvé que tu viendrais aujourd'hui. » C'était toujours ce qu'elle disait. « Tu vois, je suis venue. » Elle ne m'a rien demandé, ce que j'avais fait, où j'étais allée. Peut-être que pour elle, terrée au fond de cet appartement, le temps ne passait pas aussi vite. « Je m'ennuyais, je me disais chaque jour : est-ce qu'elle va venir aujourd'hui, est-ce qu'elle va téléphoner ? »

En quelques minutes, j'avais rassemblé toutes ses affaires. J'ai bourré le linge dans les sacs, les médicaments, les boîtes d'avoine, tout. Houriya avait très peur de sortir, parce que ça faisait des mois qu'elle n'avait pas payé le loyer. Mais moi je ne craignais plus Mlle Mayer, ni personne. J'ai claqué la porte en sortant, si fort qu'un morceau de plâtre du plafond est dégringolé dans les escaliers. J'étais contente, j'avais l'impression qu'une nouvelle vie était en train de commencer. J'ai mis la main sur le ventre de Houriya : « Il bouge ? » Elle avançait doucement, en soufflant. « Oui, il n'arrête pas, c'est un petit démon. »

Les premiers jours à la rue du Javelot, c'était la fête. J'étais si heureuse d'avoir retrouvé Houriya que je ne la quittais plus. Nono avait apporté un énorme appareil stéréo et tout ce qu'il fallait, et une télévision en couleurs grand écran. Quand je lui ai demandé où il avait trouvé ça, il a évité la question avec son rire, et la musique a rempli les murs du garage. Il avait invité des amis africains, et on a dansé sur des cassettes, de la musique africaine, du raï, du reggae, du rock. Ensuite, ils ont sorti leurs petits tambours djun-djun, et ils ont commencé à jouer, et aussi d'un instrument étrange, une sanza, que Hakim, un copain de Nono, avait amené dans une petite sacoche, comme une harpe en miniature qui faisait un son glissant et doux qui semblait venir de tous les côtés à la fois.

On buvait du Coca avec du rhum, de la vodka, des bières. Houriya fumait cigarette sur cigarette sur le divan, dans une pose alanguie. Puis elle a essayé de danser, comme elle savait, en frappant le sol de la plante des pieds et en se déhanchant, mais son gros ventre et ses seins gonflés l'empêchaient. Pour la première fois depuis son arrivée, elle riait. Elle avait tout oublié, la rue Jean-Bouton, la vieille bique. La musique montait de la terre, elle devait vibrer dans tous les murs de l'immeuble, résonner du haut des trente et un étages jusqu'aux rues voisines, rue du Château-des-Rentiers, Tolbiac, Jeanne-d'Arc, jusqu'à la Salpêtrière et à la gare de Lyon. Elle mettait du sable rouge sur les murs, de la terre d'Afrique. Hakim jouait, assis en tailleur, penché sur la sanza, la sueur coulait sur ses joues, sur sa barbiche. Il avait l'air d'un sorcier. Et Nono, presque tout nu, tout brillant de sueur, frappait du bout des doigts sur les tambours, et Houriya faisait claquer la plante de ses pieds nus sur le ciment, avec le tintement de ses bracelets de cuivre.

L'ascenseur était verrouillé. J'ai traîné Houriya dans les escaliers, jusqu'en haut de l'immeuble, à la petite porte qui conduit aux toits — c'était Nono qui avait fait sauter le cadenas — par l'échelle des pompiers. Il faisait déjà nuit. Mais, à Paris, la nuit ne tombe jamais complètement. Il y avait une lueur rouge au-dessus de la ville, comme une cloque. Hakim et Nono sont venus nous rejoindre. On s'est installés sur le gravier du toit, près des bouches d'aération. Nono a commencé à jouer du tambour, et Hakim a fait grincer la sanza. On chantait, juste des sons, ah, ouh, eho, ehe, ahe, yaou, ya. Très doucement. On était jeunes. On n'avait pas d'argent, pas d'avenir. On fumait des joints. Mais tout cela, le toit, le ciel rouge, les grondements de la ville, le haschich, tout cela qui n'était à personne nous appartenait.

Et puis on a fait cela chaque soir. C'était notre cinéma. Le jour, on restait cachés sous la terre, comme des cafards. Mais, la nuit, nous sortions des trous, nous allions partout. Dans les couloirs du métro, à la station Tolbiac, ou plus loin, jusqu'à la gare d'Austerlitz. Hakim, le copain de Nono, vendait des choses d'Afrique noire, des bijoux, des colliers, des colifichets. Lui s'en foutait. Il faisait cela pour payer ses études d'histoire à la fac, Paris VII, il habitait à la cité U d'Antony. Il me parlait de son grand-père Yamba El Hadj Mafoba, qui avait été tirailleur dans l'armée française, et qui s'était battu contre les Allemands. Dans le couloir du métro, le tam-tam résonnait chaque soir, à Place-d'Italie, à Austerlitz, à la Bastille, à Hôtel-de-Ville. Ça faisait un roulement dans les couloirs, tantôt menaçant comme un orage qui gronde, tantôt très doux et régulier comme un cœur qui bat.

Je connaissais tous les musiciens. J'allais de station en station, je m'asseyais contre le mur, et j'écoutais. À Austerlitz, il y avait un groupe de Wolofs, à Saint-Paul, les Maliens et les Cap-Verdiens, et à Tolbiac, c'étaient les Antillais et les Africains. Eux aussi me connaissaient. Quand j'arrivais, ils me faisaient des signes, ils s'arrêtaient de jouer pour me serrer la main. Ils croyaient que j'étais africaine ou antillaise. Ils croyaient que j'étais la petite amie de Nono. Peut-être que c'est lui qui se vantait.

C'est comme ça que j'ai commencé à sortir avec Hakim. J'allais le retrouver à Tolbiac ou à Austerlitz. Il abandonnait son comptoir de fétiches, il le confiait à ses copains. On marchait dans la nuit, au hasard, dans le vent froid. On allait vers le fleuve. Hakim parlait du grand fleuve Sénégal. Il ne l'avait jamais vu. Mais son père lui avait raconté, quand il était enfant, l'eau très lente et les trains de billes qui descendaient vers la mer. Et son grand-père, El Hadj, qui maintenant avait perdu la vue, parlait quelquefois aussi du fleuve, avec des mots si précis et si vrais que c'était comme si l'eau boueuse et jaune descendait devant ses yeux, avec les pirogues chargées de femmes et d'enfants, et les aigrettes blanches qui s'envolaient devant l'étrave. Moi je parlais de l'estuaire du Bou Regreg, comme si c'était comparable. Mais c'était mon seul fleuve, celui que j'avais vu d'abord quand j'avais quitté la maison de Lalla Asma, celui que je traversais tous les jours pour retourner au Douar Tabriket.

On s'asseyait dans les cafés et on parlait. Hakim était grand et mince, toujours élégant dans son costume noir. Il racontait des choses étranges. Un jour, il m'a apporté un petit livre usé, qui avait été lu par des quantités de mains graisseuses. Ça s'appelait *Les Damnés de la terre*, et l'auteur s'appelait Frantz Fanon. Hakim me l'a donné mystérieusement : « Lis-le, tu comprendras beaucoup de choses. » Il n'a pas voulu me dire quoi. Il a seulement posé le livre sur la table du café devant moi. Il a dit : « Quand tu auras fini, tu pourras le donner à quelqu'un d'autre. » J'ai mis le livre dans mon sac, sans chercher à en savoir davantage.

Il n'aimait pas Nono. Il disait qu'il était comme un oiseau, il sautillait, il s'amusait, il se parfumait, et c'était tout ce qu'il savait faire. Il ne respectait même pas son métier de boxeur, il disait qu'il était aliéné, un pion des Blancs, un jouet, et quand il serait cassé, les Blancs le jetteraient à la poubelle. Il l'appelait parasite, parce qu'il se faisait héberger par son ami, ce mystérieux Yves qui voyageait à Tahiti, à l'autre bout du monde. Je lui en ai voulu, parce que Nono ne méritait pas qu'on dise du mal de lui. Il y avait quelque chose que Hakim ne voulait pas me dire, quelque chose dans la vie de Nono. Plusieurs fois, Hakim a voulu me prévenir. Il commençait : « Sais-tu ce que c'est d'être aliéné ? » J'ai dit : « C'est quand on est fou, non ? » Hakim a eu son fameux sourire ironique. « C'est une mauvaise réponse, mais peut-être qu'au fond elle s'applique à lui. » Mais il ne voulait pas continuer à en parler.

Un dimanche qu'il pleuvait, il m'a emmenée à la porte Dorée, pour voir le musée des Arts africains. Je crois que je n'étais jamais entrée dans un musée auparavant.

Dans le musée, Hakim était enthousiaste, presque exalté. Je ne l'avais jamais vu comme ça. Il m'a pris la main : « Regarde, les masques fon. » Il parlait d'une voix un peu sourde, étranglée. « Regarde, Laïla. Ils ont copié, tout volé. Ils ont volé les statues, les masques, et ils ont volé les âmes, ils les ont enfermées ici, dans ces murs, comme si tout ça n'était que des colifichets, des panoplies, comme si c'étaient les

objets qu'on vend au métro Tolbiac, des carica-
tures, des ersatz. » Je ne comprenais pas bien ce
qu'il disait. Je sentais sa main qui serrait la
mienne, comme s'il avait peur que je ne
m'échappe. « Regarde les masques, Laïla. Ils
nous ressemblent. Ils sont prisonniers, et ils ne
peuvent pas s'exprimer. Ils sont arrachés. Et en
même temps, ils sont à l'origine de tout ce qui
existe au monde. Ils sont enracinés très loin
dans le temps, ils existaient déjà quand les
hommes d'ici vivaient dans des trous sous la
terre, le visage noirci par la suie, les dents bri-
sées par les carences. » Il s'approchait des
vitrines, il appuyait son poing. « Ah, Laïla, il faudrait les libérer. Il faudrait les emporter loin
d'ici, les ramener là où ils ont été pris, à Aro
Chuku, à Abomey, à Borgose, à Kong, aux
forêts, aux déserts, aux fleuves ! » Le gardien
s'approchait, tout à coup inquiété par les éclats
de voix, par le poing de Hakim tambourinant
sur la vitre. Mais Hakim m'emmenait plus loin,
il tombait en arrêt devant un placard dans
lequel étaient exposés des bouts de poterie cas-
sée, des bâtons à fouir, une sorte de pelle en
bois. « Regarde, Laïla : le moindre objet de là-
bas est un trésor, un joyau magnifique. » J'ai vu
le masque dogon à la bouche furieuse, le
masque songye, pareil à la mort, clouté de pus-
tules, et les poupées ashanti, debout comme
une armée de fantômes, et le long visage du
dieu fang, les yeux clos, qui avait l'air de rêver.

Je regardais les tessons, les bouts de bois noircis, usés par les mains, écorchés par le temps. Je ne sais plus ce que disait l'écriteau. Quelque chose d'ashanti, je crois. « Ce sont nos os et nos dents, tu vois, ce sont des morceaux de nos corps, ils ont la même couleur que notre peau, ils brillent la nuit comme des vers luisants. » Peut-être qu'il était fou, lui aussi. Et en même temps, ce qu'il disait me faisait frissonner, c'était profond comme une vérité. Nous avons marché encore dans le musée, devant des boucliers, des tambours, des fétiches. Il y avait même une longue pirogue monoxyle, un peu mangée par les termites, comme si tout cela avait été déposé là par un naufrage, quand les eaux du fleuve inconnu s'étaient retirées.

Mais le bruit mou des pas du gardien irritait Hakim, et on est sortis très vite du musée. Il étouffait de rage. Il m'a dit : « Tu as vu ? Il surveillait que je ne vole rien. Que je n'emporte pas en courant les ossements de mes ancêtres. » Il avait une expression de fatigue, il avait l'air plus vieux. « Et tu as vu ? Ces fers forgés, ces balustres, en forme de, je ne sais pas quoi, des sagaies, des flèches, le costume de Banania ! »

Après, on a pris le train jusqu'à Évry-Courcouronnes pour aller rendre visite à son grand-père.

El Hadj Mafoba vivait tout seul dans un grand immeuble blanc vers Villabé, près de l'autoroute. L'ascenseur ne marchait pas. La porte d'entrée était défoncée, et le carrelage de l'escalier s'en allait par plaques. Il y avait des enfants partout. Pendant que nous montions l'escalier, un gros garçon très blanc descendait quatre à quatre, une voix de femme haut perchée appelait : « Salvador ! *¿ Adonde vas ?* » Il y avait un groupe de jeunes Arabes, en train de fumer assis sur les marches, et encore un peu plus haut, deux filles qui descendaient et un petit blond à lunettes qui criait : « Merde, attendez-moi ! C'est moi qui vous ai fait sortir. » Et les filles lui disaient : « Grâce à toi, p'tit con, on sort que jusqu'à six heures. »

Le vieil homme était seul dans sa chambre, assis sur une chaise en fer devant la fenêtre, comme s'il pouvait voir dehors.

« Bonjour, grand-père. »

El Hadj a mis ses mains sur le visage de son petit-fils. Il souriait puis il a tendu la tête.

« Tu as amené quelqu'un ? »

Hakim riait. « Tu as l'oreille fine, on ne peut pas te tromper, grand-père.

— Qui est-ce ? »

Hakim m'a conduite jusqu'à lui. El Hadj a mis ses mains sur mon visage en les faisant glisser doucement le long de mes joues, et ses doigts ouverts ont effleuré mes paupières, mon nez, mes lèvres.

« Elle ressemble à Marima, a-t-il murmuré. Qui est-ce ? »

J'ai marmonné mon nom. J'avais la gorge serrée. C'était la première fois que je rencontrais

160

un homme aussi impressionnant. Il était très beau, avec son visage couleur de pierre noire, parcheminée, et ses cheveux blancs et frisés qui dessinaient une auréole. Il n'y avait pas d'autre chaise, alors je me suis assise par terre, contre le mur, pendant que Hakim faisait bouillir de l'eau pour le thé.

El Hadj parlait doucement, lentement, d'une voix un peu rocailleuse, en appuyant sur les mots, qu'il choisissait avec soin. Il ne s'adressait pas à moi en particulier, ni à son petit-fils. Il raisonnait tout haut, comme s'il égrenait des souvenirs, ou comme s'il inventait un conte. Et puis, en sirotant son verre de thé, il a parlé simplement de ce que j'attendais, le grand fleuve Sénégal qui roule des eaux rouges et convoie les arbres morts et les crocodiles. J'écoutais sa voix, tantôt gutturale, tantôt chantante, et il parlait de son village natal, qui s'appelait Yamba comme lui, un village aux murs de boue où les femmes dessinaient avec un doigt trempé dans l'amarante. Il me parlait de son père et de sa mère, et des dix enfants qu'ils avaient faits, du bruit des voix le matin, et lui, qui était le plus jeune, devait marcher deux heures pour arriver à l'école du fleuve et psalmodier le Coran jusqu'au soir. En parlant, il chantonnait et se mettait à balancer le haut de son corps, comme quand il avait huit ans, et sa voix devenait aiguë et claire comme une voix d'enfant.

« Tais-toi, grand-père, tu vas ennuyer Laïla... »

Hakim était resté debout près de la porte, comme s'il allait partir.

« Comment ennuyer ? C'est toi qui ne veux pas. » Il s'adressait à moi, le visage tourné de côté, éclairé par la fenêtre. « Il ne veut pas lire le livre saint. Il ne veut pas entendre parler du Prophète. Il n'aime que son... comment s'appelle-t-il ? son Fano...

— Fanon.

— Oui, Fano, Fanon. Je reconnais qu'il dit de bonnes choses. Mais il oublie l'important, le plus important. »

Il laissait un long silence, pour que je dise :

« Qu'est-ce qui est important, El Hadj ?

— Que même l'homme le plus insignifiant est un trésor aux yeux de Dieu. »

Comme Hakim s'irritait, le vieil homme corrigeait avec malice :

« Mais laissons cela. Il n'y croit pas. Et toi, Laïla, est-ce que tu y crois ?

— Je ne sais pas.

— Mais son... Fanon dit des choses très justes, c'est vrai que les riches mangent la chair des pauvres. Quand les Français sont arrivés chez nous, ils ont pris des jeunes hommes pour les faire travailler aux champs et des jeunes filles pour servir à leur table, faire la cuisine et coucher avec eux dans leurs lits, parce qu'ils avaient laissé leurs femmes en France. Et pour faire peur aux petits Noirs, ils leur faisaient croire qu'ils les mangeraient.

162

— Et ils les ont envoyés à la boucherie en France, sur les champs de bataille, en Tripolitaine. »

El Hadj se fâchait.

« Mais ça, ce n'était pas la même chose, on se battait contre l'ennemi de l'humanité.

— Vous saviez pourquoi vous alliez mourir ?

— On le savait... »

Il y a eu un silence, pendant que El Hadj fumait rêveusement devant la fenêtre ouverte. La pluie tombait tranquillement. El Hadj portait une grande chemise africaine bleu pâle bordée de blanc, sans col, et un pantalon noir, et il était chaussé de gros souliers de cuir verni noirs, et de chaussettes de laine. Il se tenait immobile, assis bien droit sur sa chaise, la cigarette entre ses longs doigts.

Quand on est partis, il a de nouveau touché mon visage, effleuré mes yeux et mes lèvres. Il a dit lentement : « Comme tu es jeune, Laïla. Tu vas découvrir le monde, tu verras, il y a de belles choses partout dans le monde, et tu iras loin pour les trouver. » C'était comme s'il me donnait sa bénédiction. Et j'ai senti un frisson de respect et d'amour.

En sortant de l'immeuble, à la nuit tombée, j'ai vu pour la première fois le camp des Gitans, sur le terre-plein boueux, entre les voies de l'autoroute, pareils à des naufragés sur une île.

9

Comme ça, j'ai pris l'habitude de rendre visite à El Hadj. J'allais une fois par semaine, un peu plus, un peu moins. Ce qui était bien, c'est qu'il ne m'attendait pas, ou du moins il ne laissait pas voir qu'il avait pu attendre. Quand j'entrais dans la petite chambre, ce n'est pas à Hakim qu'il s'adressait. Il savait que j'étais là, il tournait la tête : « Laïla ? » Hakim disait que les aveugles sont ainsi, ils ont un autre sens, ils sentent mieux les odeurs, comme les chiens.

Dans le train pour Évry, il y avait une bande de garçons et de filles, douze, treize ans à peine, encore des enfants. Dépenaillés, insolents, bruyants, mais j'aimais bien les voir. Ils m'amusaient, ils se passaient une cigarette, ils faisaient des grimaces, ils disaient très fort des grossièretés en regardant du coin de l'œil l'effet que ça faisait sur les banlieusards grognons. Un peu avant Évry, deux contrôleurs sont arrivés pour les arrêter, et la bande d'enfants s'est sauvée en sautant par la fenêtre sur le talus, juste avant la gare. Ils se suspendaient à l'extérieur, accrochés à la vitre, et ils lâchaient en criant.

C'est comme cela que j'ai rencontré Juanico.

À présent, je quittais tôt le squat du Javelot, j'allais travailler une heure ou deux dans le quartier, je faisais le ménage chez Béatrice, qui était rédactrice dans un journal, dans le Ve arrondissement, et chez un couple de retraités rue Jeanne-d'Arc. Houriya restait à faire la cuisine, elle sortait un peu vers midi, elle allait se promener toute seule, avec son gros ventre, dans le jardin des immeubles, au-dessus de nos têtes. Elle a fait la connaissance de M. Vu, un Vietnamien qui était gérant d'un restaurant, dans notre quartier.

Je ne voyais pas beaucoup Nono. Quand je partais, il dormait encore dans la salle-garage, sur ses feuilles de carton. Depuis la fois où il m'avait enlacée, après mon arrivée, je ne l'avais pas invité à se coucher contre moi. Je ne voulais pas. J'avais peur que ça ne devienne une histoire, si vous voyez ce que je veux dire. Je crois que ça le rendait très malheureux, mais il restait gentil avec moi, comme s'il ne s'était rien passé.

L'après-midi, j'allais retrouver Hakim dans un café près de la Sorbonne. Hakim l'appelait le café de la Désespérance parce qu'il disait que ça ressemblait à l'entrée de l'Enfer. Il apportait les livres, les cahiers, et je commençais à travailler. Il avait décidé que je devais brûler les étapes et me présenter au bac en candidate libre, ou à la capacité en droit. Pour le français, l'histoire et la philosophie, je n'avais aucun mal. Les leçons de Lalla Asma étaient exceptionnelles, elle m'avait façonnée à l'âge où d'autres jouaient à la poupée ou restaient des heures devant des dessins animés. Hakim me faisait lire des passages de Nietzsche, de Hume, de Locke, de La Boétie. Il m'apportait des photocopies. Il prenait ça très à cœur. Je crois que, tout d'un coup, c'était devenu plus important pour lui que de réussir à ses propres examens.

Il avait mis son grand-père dans le secret, et quand j'allais à Évry-Courcouronnes, El Hadj demandait : « Alors, où en es-tu de la philosophie ? » On discutait des problèmes de morale, de la violence, de l'éducation, des idées sociales, de la liberté, etc. Et toujours il disait des choses très belles, comme si elles venaient du fond du temps et qu'il les avait retrouvées intactes dans sa mémoire.

Il disait : « Dieu fend le grain et le noyau, il fait sortir le vivant du mort et le mort du vivant. » Il disait : « Sais-tu ce qu'est la frappante ? C'est la journée où les hommes seront comme des papillons épars et les monts comme de la laine cardée. » Il disait : « Je me réfugie auprès du Seigneur de l'Aurore, contre le mal, contre la nuit qui se déroule, contre le mal de celles qui soufflent sur les nœuds, contre le mal du jaloux quand il jalouse. » Il tournait son visage vers la fenêtre, et c'était comme si les mots venaient du plus profond de lui, doux et sonores.

Il parlait du Prophète, et de Bilal, son esclave, qui avait le premier lancé l'appel à la prière. Après l'hégire, quand le Prophète avait rendu son dernier soupir dans les bras d'Aïcha, Bilal était retourné en Afrique, il avait parcouru les forêts jusqu'au grand fleuve qui l'avait conduit sur le rivage de l'océan. Il parlait de cela comme s'il avait connu Bilal, comme si c'était arrivé dans sa propre famille, et je voyais Hakim, assis par terre, qui buvait ses paroles. Je n'ai jamais oublié l'histoire de Bilal, et pour moi aussi, c'était ma propre histoire.

Hakim voulait que je vienne le voir à la cité U d'Antony. Là-bas, c'était un autre monde. Ça ne ressemblait pas à la rue du Javelot, ni aux stations de métro, et on était bien loin de Courcouronnes. C'était immense, entouré de beaux jardins verts comme à la campagne, avec des pies et des merles. Il y avait des étudiants du monde entier, des Américains, des Italiens, des Grecs, des Japonais, des Belges, même des Turcs et des Mexicains. Hakim m'invitait au resto U, il payait mon déjeuner avec des tickets. Je mangeais des raviolis, des lasagnes, des plats que je ne connaissais pas. Comme dessert, j'essayais les petits-suisses, les profiteroles, les beignets aux pommes, la frangipane. Hakim me regardait m'empiffrer, ça avait l'air de l'amuser. Lui était habitué. Il mangeait à peine, il grignotait un bout de biscotte. Il trouvait tout dégueulasse.

Après, il voulait que je monte dans sa chambre. Il disait qu'il voulait me montrer ses livres. Mais je n'avais pas envie de me disputer avec lui. Je savais qu'il voulait m'embrasser, et tout, et je n'avais pas envie que ça devienne comme ça avec lui. Je voulais qu'on reste amis, qu'on continue à aller voir El Hadj, pour l'écouter parler du Prophète.

Je savais bien que ça l'embêtait. Il était jaloux, parce qu'il croyait que Nono était mon petit ami. Mais il n'osait rien dire. On allait dans le salon, on s'asseyait sur le sofa, et je sortais de mon sac *Par-delà le bien et le mal.* « Explique-moi pourquoi Nietzsche parle de contrat. Tu m'as dit qu'il n'avait rien inventé, que c'était Hume qui avait dit que toutes les sociétés reposent sur un contrat. » Il me regardait derrière ses verres. Avec sa barbiche et ses lunettes d'acier, il avait l'air d'un homme dur. Je suppose qu'il voulait ressembler à Malcolm X, et pour ça aussi il ne sortait jamais sans avoir repassé ses chemises blanches et choisi sa cravate. Il ne voulait pas ressembler aux Africains de Nanterre ou aux Antillais des Saules avec leurs piggytails et leurs dreadlocks. Il détestait tout ça et, en même temps, il souffrait pour eux. Un jour, il m'a dit : « Tu sais ce qui me fait le plus mal ? C'est de les regarder et de penser que même pas la moitié d'entre eux arrivera à l'âge adulte. C'est comme si tu étais dans le couloir de la mort. »

Il parlait aussi de l'Afrique, des règlements de compte, des mercenaires au Biafra, des enfants qui mouraient de faim, de sida, de choléra.

Il aimait bien Nietzsche, mais c'était tout de même Fanon qu'il préférait. Il me lisait aussi des morceaux de *Maîtres et esclaves* de Roberto Frayre. Mais il n'aimait pas les romans, ni les poésies, sauf Mahmoud Darwich et Timagène Houat. « Les romans, c'est de la merde. Il n'y a rien là-dedans, ni vérité, ni mensonge. Juste du vent. » Il acceptait à la rigueur Rimbaud et John Donne, mais il en voulait à Rimbaud d'avoir mal parlé des Noirs et d'avoir trempé dans des trafics. Un jour, je lui ai dit : « Au fond, tu penses comme ton grand-père, que tout a été dit dans le Coran. » Je croyais qu'il se mettrait en colère, mais après avoir réfléchi, il a répondu : « C'est vrai, il ne peut pas y avoir de poésie plus grande que celle-là, c'est terrible que tout ait été dit il y a plus de mille ans, et qu'on sache qu'on ne pourra jamais faire mieux. » J'ai dit : « Alors, on peut peut-être faire pire ? » Il m'a regardée avec étonnement, je crois que c'est quelque chose qu'il n'arrivait pas à comprendre.

J'avais deux vies. Le jour, avec Houriya, et les ménages chez ma rédactrice, et les courses dans le quartier chinois, et tout le monde trouvait que j'étais bien gentille. J'allais même voir Nono s'entraîner dans sa salle de boxe, à Barbès. Et puis les rendez-vous d'étude avec Hakim, à la Sorbonne, ou près de la rue d'Assas,

et il était très fier de me montrer à ses camarades étudiants : « C'est Laïla, elle est autodi-
dacte. Elle se présente au bac en candidate libre
cette année, section littéraire. »

La nuit, tout changeait. Je devenais un cafard.
J'allais rejoindre les autres cafards, à la station
Tolbiac, à Austerlitz, à Réaumur-Sébastopol.
Quand j'arrivais par le tuyau du couloir et que
j'entendais les coups du tambour, ça me faisait
frissonner. C'était magique. Je ne pouvais pas
résister. J'aurais traversé la mer et le désert, tirée
par le fil de cette musique-là.

Les Africains étaient plutôt à la Bastille ou
à Saint-Paul, et à Réaumur-Sébastopol,
c'étaient les Antillais. Mais il y avait quelquefois Simone. C'est Nono qui me l'a fait
connaître, la première fois. Il y avait beaucoup
de monde dans les couloirs, mais j'ai réussi à
me faufiler au premier rang. Elle était grande,
très noire de peau, avec un visage un peu long
et des yeux arqués, elle était coiffée d'un turban fait avec des chiffons rouges, et elle portait
une longue robe rouge sombre. J'ai pensé
qu'elle ressemblait à une Égyptienne. « C'est
Simone, elle est haïtienne », a dit Nono. Elle
avait une voix grave, vibrante, chaude, qui
entrait jusqu'au fond de moi, jusque dans mon
ventre. Elle chantait en créole, avec des mots
africains, elle chantait le voyage de retour, à
travers la mer, que font les gens de l'île quand
ils sont morts. Elle chantait debout, presque

sans bouger, et puis soudain elle se mettait à tourner en battant des hanches, et sa grande robe s'ouvrait autour d'elle. Elle était si belle que j'en étais suffoquée.

Un soir, elle m'a parlé. Il y avait eu une descente de police, et tout le monde s'était dispersé. On s'est retrouvées seules dans la station, au bout d'un long couloir. Il fallait passer. Je lui ai donné un ticket, et nous avons pris le métro vers Place-d'Italie. Elle s'est assise sur un strapontin, et moi à côté d'elle. Dans le wagon crasseux, elle avait l'air d'une princesse, avec ses paupières lourdes, sa lèvre inférieure qui faisait un ourlet, ses pommettes larges et lisses. Elle m'a demandé qui j'étais, d'où je venais. Je ne sais pas pourquoi, je lui ai dit ce que je ne confiais à personne, ni à Nono, ni à Marie-Hélène, ni à Hakim, que je ne savais pas qui j'étais ni d'où je venais, qu'on m'avait vendue, une nuit, avec mes boucles d'oreilles qui représentaient le premier croissant de la lune. Elle m'a regardée un long moment, elle m'a souri, elle était émue, je crois. Elle m'a serré la main, ses mains étaient larges et chaudes, pleines de force. Elle a dit : « Tu es comme moi, Laïla. Nous ne savons pas qui nous sommes. Nous n'avons plus notre corps avec nous. » C'était étrange de l'entendre parler ainsi, avec les cahots du wagon et les éclats de lumière des stations qui passaient sur son visage, qui éclairaient ses iris d'un brun transparent comme une gemme.

Elle m'a emmenée chez elle. Elle habitait une petite maison avec un petit jardin, dans une petite rue, qui avait un nom bizarre, Butte-aux-Cailles. Elle vivait là avec son ami, un médecin haïtien, très grand et mince, élégant, et d'autres gens, des Haïtiens, des Dominicains aussi. Ensemble, ils parlaient cette langue douce et rapide, que je ne comprenais pas. S'il n'y avait pas eu Simone, je crois que je serais repartie tout de suite, parce que ces gens-là me faisaient peur, surtout Martial Joyeux, l'ami de Simone, qui me regardait d'un œil fixe, comme s'il voulait lire dans mon âme. Il y avait aussi quelques Blancs, un homme d'un certain âge, qui se disait critique d'art et qui ressemblait un peu à M. Delahaye, des femmes habillées à l'africaine, portant de lourds colliers de colifichets dans le genre de ceux que vendait Hakim. La fumée des cigarettes et du hasch faisait des volutes lourdes qui s'enroulaient autour des rayons des spots lumineux, en suivant les notes d'une musique lente qui avait l'air de sortir de tous les côtés, du sol, même des fenêtres.

Personne ne s'occupait de moi. J'étais debout devant l'entrée de la salle, je fumais en essayant de voir Simone, son turban écarlate, ses boucles d'oreilles en or.

Le critique d'art est venu vers moi, il m'a dit quelque chose à voix basse, et comme je ne comprenais pas, il s'est penché sur mon oreille pour répéter. « Elle est sublime. » Je crois que c'est ce qu'il disait. « Elle est toute l'âme du martyrologe. » Je n'ai dit ni oui ni non. Peut-être qu'il pensait que je ne comprenais pas. Je l'ai regardé bien en face, et fort, pour qu'il entende, j'ai récité Aimé Césaire :

À moi mes danses
mes danses de mauvais nègre
à moi mes danses
la danse brise-carcan
la danse saute-prison
la danse il-est-beau-et-bon-et-légitime-d'être nègre.

Le critique m'a regardée sans bouger, puis il a éclaté en applaudissements. Il criait : « Écoutez, écoutez cette jeune fille, elle a quelque chose à vous dire ! » Et Simone a commencé à chanter, rien que pour moi. J'ai su qu'elle chantait pour moi parce qu'elle était debout au fond de la salle et qu'elle a tendu la main vers moi, et sa voix chantait des paroles en français, très douces et qui glissaient dans la musique des tambours.

Et puis j'ai fumé des cigarettes de hasch. J'avais déjà été dans des endroits où on faisait ça. Au fondouk, de temps en temps, les princesses se réunissaient dans une des chambres et elles fumaient à tour de rôle, et ça sentait une odeur de feuille, un peu âcre, un peu sucrée. Ça m'enivrait et ça m'endormait.

Là, ce n'était pas pareil. C'est un Haïtien qui

m'a donné la cigarette, et comme il y avait la musique, et la voix de Simone qui s'enroulait doucement, j'ai respiré la fumée, très fort, comme si je voulais qu'elle me traverse de part en part. J'ai bu aussi de l'alcool, du whisky, de la bière, du rhum. Je me rappelle que je ne pouvais plus m'arrêter. Bien entendu, j'ai été bientôt complètement ivre, non pas inconsciente, mais vraiment ivre, comme ils montrent quelquefois au cinéma. J'étais debout devant Simone, et je chantais moi aussi, je répétais ses paroles, je dansais en même temps. J'étais ivre, mais je n'avais pas perdu la tête, au contraire. Tout était devenu très clair. Je répétais les paroles d'une chanson, au fur et à mesure, sur le rythme des petits tambours qui parlent.

> *J'entends la ville qui bat*
> *Dans mon cœur dans mon sang*
> *Nous autres*
> *Loin perdu la mer*
> *... Manjé té*
> *pas fé*
> *Yich pou lesclavaj...*

Le monde vacillait comme dans un séisme, je voyais les murs ondoyer, et les silhouettes des gens s'effilocher, et la couleur écarlate du turban de Simone qui grandissait, emplissait toute la salle. Le docteur Joyeux s'est occupé de moi. Il m'a allongée sur le sofa, et Simone m'a essuyé le visage avec une serviette trempée dans l'eau froide. Elle avait des gestes très doux, très maternels. Elle parlait lentement, et j'avais l'impression qu'elle continuait à chanter, rien que pour moi, de sa voix grave, un peu rauque, mais ça n'était pas le roulement doux des tambours, c'était le bruit de mon cœur dans mes oreilles.

Les gens sont partis les uns après les autres. Peut-être qu'ils avaient peur que je ne cause un problème. C'étaient des gens importants, des critiques d'art, des cinéastes, des politiciens. Ce sont toujours eux qui s'en vont en premier.

D'ailleurs, l'ami de Simone se disputait un peu avec elle. C'était drôle, je les entendais très loin, comme si je flottais au-dessus de mon corps, et qu'ils parlaient devant quelqu'un d'autre. Puis ils m'ont laissée sur le sofa, et ils sont partis dans la chambre. Et j'entendais la voix grave du docteur, et les cris de Simone, d'abord comme s'il la battait, ou la torturait, ensuite elle s'est mise à geindre en cadence, et j'ai compris qu'ils faisaient l'amour.

Je grelottais de fièvre sur mon sofa. À un moment, je suis allée vomir dans la cuisine, je titubais, je renversais des chaises. Il y avait encore deux Haïtiens en train de boire. Quand ils m'ont vue dans cet état, ils sont allés chercher le docteur. J'entendais qu'ils parlaient de moi en créole, et Martial Joyeux a dit : « Elle est peut-être mineure, il vaut mieux la ramener

175

chez elle. » Je crois qu'il a téléphoné un peu partout, jusqu'à ce qu'il retrouve Hakim. C'est ainsi qu'il a eu l'adresse du garage de la rue du Javelot. Je commençais à comprendre que le monde est étroit, quand on tire sur le bon fil, on a tout qui vient, c'est-à-dire que ceux qui comptent pour quelque chose sont liés les uns aux autres, et ils amènent tous les autres, les rien du tout comme Nono et moi avec eux. Je pensais à tout cela pendant que l'ami de Simone téléphonait. J'avais le cerveau qui bouillait. En même temps, je voyais le visage de Simone, ses grands yeux de vache égyptienne, qui exprimaient une détresse profonde, et tout d'un coup, j'ai compris pourquoi elle avait dit que nous étions semblables, que toutes les deux nous n'avions plus notre corps, parce que nous n'avions jamais rien voulu et que c'étaient toujours les autres qui avaient décidé de notre sort.

Elle est restée dans la petite maison, pendant que Martial et un de ses copains m'ont emmenée en voiture. Dehors, il pleuvait. Les flaques frissonnaient sur le pavé noir de la rue. La voiture roulait dans les rues silencieuses et vides. Je crois qu'ils cherchaient une pharmacie de nuit, et le toubib est allé acheter un médicament pour moi, des gouttes de Primpéran, ou quelque chose. Et ils m'ont déposée dans la rue, devant la porte. Ils m'ont fait descendre, ils m'ont assise le dos contre la porte du garage. Martial Joyeux m'a regardée en silence. Le copain du toubib a dit une phrase en créole. Je m'en fichais. Ç'aurait pu aussi bien être du javanais. Et puis ils sont partis, les deux feux rouges ont tourné la rue, ont disparu.

10

Après, il y a eu l'hiver. Jamais je n'avais eu aussi froid. Tagadirt m'avait raconté autrefois tout ce qu'il y a en France en hiver : le ciel gris-noir, les lumières allumées dans les rues à quatre heures, la neige, le verglas, et les arbres tout nus, tordus comme des spectres. Mais c'était encore plus dur que ce qu'elle avait dit.

Le bébé de Houriya est arrivé en février. Quand le bébé est né, j'ai pensé que c'était peut-être la première fois que ça arrivait, un enfant qui naissait sous la terre ; si loin de la lumière du jour, comme au fond d'une immense grotte.

C'est peut-être à cause de ça que j'ai commencé à penser au Sud, à retourner vers le soleil. Pour que le bébé ait du soleil sur sa peau, pour qu'il ne continue pas à respirer l'air pourri de cette rue sans ciel.

Avec Nono, on faisait des plans. Il allait gagner son match des poids plume, il pourrait acheter une auto, et on descendrait tous vers le sud avec Houriya et le bébé par la grande route qui passe par Évry-Courcouronnes, avec ses huit voies qui sont comme un fleuve. On irait à Cannes, à Nice, à Monte-Carlo et même jusqu'à Rome, en Italie. On attendrait avril, ou mai, pour que le bébé soit bien grand et puisse supporter le voyage. Ou même juin, puisque je devais me présenter au bac. Mais on n'irait pas au-delà, parce que ça serait trop long, trop tard, qu'on ne partirait plus. Juin était bien. Justement, le grand match de sélection avait lieu le 8. Nono s'entraînait tout le temps. Quand il n'était pas à la salle du boulevard Barbès, il boxait dans son garage. Il s'était fabriqué un punching-ball avec un sac de patates qu'il avait rembourré avec des chiffons.

Il faisait froid dans la rue du Javelot. Heureusement, Nono avait ramené un radiateur électrique qui soufflait en faisant un bruit d'avion. Pour ne pas dépenser trop, Nono m'avait montré comment il avait trafiqué le compteur, en perçant à la chignole sur le côté du capot un petit trou pour bloquer la roue avec une aiguille à tricoter. Quand le contrôleur risque de passer, on enlève l'aiguille et on masque le petit trou avec un peu de pâte à modeler bleue. L'argent manquait. Nono s'entraînait, il n'avait pas le temps de travailler et la bourse suffisait à peine. Quand il rentrait, le soir, il s'écroulait de fatigue. Son député socialiste lui avait promis une carte de séjour s'il remportait le match, et il ne voulait pas la manquer. Houriya, les derniers temps, ressemblait de plus en plus à la reine des abeilles. Elle restait couchée sur le lit, à côté du chauffage qui ronronnait, énorme et inutile, le visage tout bouffi par la grossesse. Elle ne voulait pas qu'une assistante sociale s'occupe d'elle. Elle ne voulait pas de docteur non plus. Elle avait peur qu'on ne la dénonce à la police, qu'on ne la renvoie à son mari. Elle était en sûreté sous terre, comme une araignée dans son cocon, à fabriquer son bébé. Personne ne pourrait la trouver là. Le seul danger, c'était l'ami de Nono, mais, aux dernières nouvelles, il se plaisait à Bora Bora. Il n'y avait pas trop de risque qu'il débarque à Paris au milieu de la pluie et du grésil.

Quand le moment d'accoucher est venu, Houriya a réclamé une femme, pas un médecin. Nono était affolé. Il courait dans tous les sens, il perdait la tête. Comme je ne savais pas où aller, j'ai pris le train jusqu'à Évry-Courcouronnes et je suis allée au camp gitan. Juanico a trouvé la femme. Il a discuté avec elle en manouche, et elle a accepté de venir pour cinq cents francs. Elle s'appelait Josefa, c'était une grande femme un peu hommasse, avec un visage long et anguleux, et des mains fortes. Elle ne parlait presque pas le français, mais elle s'est radoucie quand elle m'a entendue lui parler en espagnol. Elle avait l'accent dur des Galiciennes.

Je l'ai ramenée par le train. Avant d'aller rue du Javelot, elle a voulu faire quelques courses, pour elle et pour la future maman. Elle a acheté du coton, du sparadrap, de la Betadine, des compresses, des choses comme ça, et aussi des herbes chez le Chinois, du thym, de la sauge et un onguent dans une boîte ronde décorée d'un tigre. Elle a acheté aussi du Coca, des biscuits, des cigarettes.

Elle s'est installée dans le garage, elle a accroché un drap au travers de la pièce où se trouvait Houriya, pour que personne ne la dérange. Elle est restée là trois jours, presque sans sortir, sans parler. Elle trouvait que ça sentait mauvais, elle brûlait des bouts d'encens, elle fumait ses cigarettes. Ces journées-là, Nono et moi, nous ne pouvions pas rester en place, nous étions tout le temps dehors. Après le travail chez Béatrice, j'allais le retrouver dans la salle d'entraînement, à Barbès. Il boxait contre son ombre, il sautait à la corde. Je m'asseyais dans un coin et je le regardais bouger. Tout le monde croyait que j'étais sa petite amie. Même le député socialiste est venu me parler. Il ne disait pas « Nono » ou « Léon », mais il parlait de lui en disant son nom de famille, Adidjo. Il disait : « Il faut qu'Adidjo travaille, il ne faut plus qu'il déconne, dis-le-lui. » Je crois qu'il faisait allusion aux fréquentations de Nono, aux types qui cassaient les pavillons et les autos, aux sonos qu'il ramenait de temps en temps et qu'il revendait. Le député était un petit homme avec des cheveux en brosse, l'air d'un sportif, d'un policier. Je n'aimais pas qu'il vienne me parler. Je n'aimais pas qu'il dise comme ça « Adidjo » comme s'il avait des droits, comme s'il était du même bord. Une fois ou deux, il avait essayé de savoir où j'en étais avec la loi, si j'avais une carte de séjour. Je n'aimais pas qu'il me pose des questions, je n'aimais pas qu'il tutoie tout le monde, comme s'il n'y avait pas de différence entre lui et nous, mais peut-être qu'il était simplement amical. Il était amputé du bras gauche, et c'était peut-être pour ça. Il allait vers les gens, il leur disait, en parlant fort : « Tiens, aide-moi à mettre mon pull, tu veux ? » Il avait l'amitié un peu agressive. Il disait presque tous les jours à Nono : « Ne t'en fais pas, ta carte c'est une affaire réglée. » Comme s'il pouvait y avoir quoi que ce soit de « réglé ».

Et puis Houriya a accouché d'une fille. Quand je suis revenue de chez Béatrice la rédactrice, le bébé était là, accroché à la poitrine de Houriya. La sage-femme était fatiguée. Elle avait bu plusieurs verres de vin et elle s'était endormie profondément sur le sofa. Même la lumière du néon ne l'a pas réveillée.

Houriya avait l'air de somnoler, elle aussi. La chambre sentait une odeur forte, d'urine, de sueur, une odeur un peu aigre. S'il y avait eu une fenêtre quelque part, je l'aurais ouverte en grand, pour faire entrer l'air, le soleil. J'ai pensé qu'il fallait que le bébé s'en aille très vite, sinon il ne vivrait pas sous terre.

Les jours qui ont suivi, la fièvre est retombée. On était tous épuisés, comme si chacun avait fabriqué le bébé. Nous dormions à tour de rôle, en suivant le rythme des tétées. Houriya avait les bouts des seins gercés, elle avait du mal à allaiter. Il y avait du sang dans son lit. La sage-femme est revenue, elle a fait boire du lait et de l'anis à Houriya, elle lui a massé les tétons avec une pommade grasse. Houriya grelottait de fièvre, et le bébé hurlait. À la fin, Béatrice la rédactrice a envoyé une copine qui était interne, et elle a emmené Houriya et son bébé à la maternité. Il fallait qu'elle soit bien malade, parce qu'elle s'est laissé emmener sur une civière sans rien dire.

J'allais la voir tous les après-midi. Elle était avec d'autres mamans, dans une jolie chambre bien blanche, au rez-de-chaussée ; par la fenêtre, on voyait des cyprès, des troènes, des moineaux qui voltigeaient. Même le ciel gris était magnifique. J'apportais des gâteaux secs, du thé dans une thermos. Pour l'amuser, je racontais n'importe quoi à Houriya. Je lui disais qu'on allait donner un nom au bébé. On l'appellerait Pascale, parce qu'elle était née au bon moment, avant que ne soit pris le décret d'application de la nouvelle loi du sang. Houriya était d'accord, mais elle voulait qu'on ajoute Malika, parce que c'était le nom de sa mère. C'est ainsi que le bébé s'est appelé Pascale Malika. Au registre de l'état civil, elle a voulu donner le vrai nom du père, Mohammed, pour que la fille ne soit pas de père inconnu. Même Hakim était venu la voir. Il avait regardé cette petite chose rouge et vivante, écrasée de sommeil dans le berceau, à côté de Houriya. Il avait dit : « Elle a bien l'air d'une petite Française. »

Houriya était tout à coup inquiète : « Mais si je veux rentrer chez moi, ils ne me l'enlèveront pas ? » Je l'ai rassurée comme j'ai pu. « Personne ne pourra te l'enlever. Elle est à toi, rien qu'à toi. » Je pensais que c'était la première fois que Houriya avait quelque chose à elle, et malgré tout ce qu'elle avait subi, et l'incertitude de l'avenir, elle avait de la chance.

L'arrivée de Pascale Malika avait vraiment tout changé rue du Javelot. J'ai compris que plus rien ne serait comme avant, et ça valait mieux. D'abord, Houriya ne pensait plus à s'en aller. Elle ne voulait plus retourner chez elle. Maintenant qu'elle avait le bébé, elle se sentait plus forte, la ville et les gens ne lui faisaient plus peur. Chaque matin, elle enveloppait le bébé dans un grand châle, et elle allait dehors, dans les jardins, dans les rues ou bien elle rendait visite à son copain, M. Vu. Pour qu'elle ait du travail, j'ai demandé à Béatrice de l'engager à ma place. Béatrice a acheté un berceau pour le bébé ; et chaque matin, Houriya allait travailler chez elle. Béatrice et son mari ne pouvaient pas avoir d'enfant, alors ils étaient émus de voir cette petite fille qui dormait chez eux. Et puis Houriya a pris l'habitude de la laisser plus longtemps, pendant qu'elle allait faire des courses, ou quand elle suivait ses cours d'alphabétisation. Pascale Malika avait une jolie chambre, Béatrice et son mari avaient enlevé le bureau et les étagères pleines de livres, ils avaient retapissé en rose, et c'était très calme, avec de la lumière et du soleil. Quand Houriya revenait dans le trou noir de la rue du Javelot, pour la nuit, le bébé criait et pleurait, ne voulait pas dormir. Ils ne l'ont pas dit, mais je crois que, dès le début, Béatrice et son mari ont pensé à adopter Pascale Malika.

J'ai revu Simone. Un soir, je suis retournée au métro Réaumur-Sébastopol. Il me semblait qu'il y avait des années que je n'étais pas revenue. Quand j'ai entendu les coups du tambour résonner de loin dans le couloir, ça m'a fait frissonner. Je ne savais pas à quel point ça m'avait manqué. Et en même temps, tout ce qui s'était passé, avec la naissance du bébé, m'avait changée, peut-être vieillie. Comme si maintenant je percevais ce qu'il y avait derrière tous ces gestes, tous ces actes, le sens caché de cette musique.

Dans le couloir, à la croisée des tunnels, les joueurs étaient assis, ils frappaient sur les tambours. Il y avait ceux que je connaissais, les Antillais, les Africains, et d'autres que je n'avais jamais vus, un garçon avec des cheveux longs, la peau couleur d'ambre, de Saint-Domingue, je crois. Simone ne chantait pas. Elle était assise, le dos contre le mur, le visage masqué par des lunettes noires. Je me suis installée à côté d'elle, et quand elle m'a reconnue, elle a eu un sourire, mais j'ai vu que sa joue droite était tuméfiée.

« Qu'est-ce qui t'est arrivé ? »

Elle a haussé les épaules, elle ne m'a pas répondu. La musique des jumbés, des djundjuns roulait doucement, c'était très lent, très calme. Ça roulait sous la terre, jusqu'à l'autre bout du monde, pour réveiller la musique de l'autre côté de l'eau. Comme un chant, comme une langue. J'en avais besoin, ça me faisait du bien, c'était pareil à la voix du muezzin qui passait au-dessus des toits et qui entrait dans la cour de Lalla Asma, pareil à la voix de mes ancêtres du pays des Hilal.

À un moment, il a dû y avoir un signal que la police arrivait, et tout le monde est parti très vite, les tambours, les spectateurs, et je me suis retrouvée seule avec Simone, comme la fois où j'étais allée chez elle. Mais elle m'a demandé, elle avait une voix étouffée, angoissée : « Laïla, est-ce que je peux aller chez toi cette nuit ? » Elle savait où j'habitais depuis le soir où Martial m'avait déposée devant la porte du garage. Je ne lui ai pas demandé pourquoi. On est rentrées à pied à travers Paris, dans la bruine.

Elle a passé deux jours chez nous. Elle restait sans bouger, couchée sur un matelas que Nono avait apporté. Elle buvait un peu de Coca, et elle se rendormait. Elle était bourrée de sédatifs. Elle a raconté un peu ce qui lui était arrivé, son ami était devenu fou, il l'accusait de le tromper, il l'avait battue, et ils s'étaient mis à deux pour la violer. Elle ne voulait pas que je prévienne la police. Elle disait que ça ne servirait à rien, que le docteur Joyeux était important, il avait des amis partout, il travaillait à l'Hôtel-Dieu et personne ne la croirait.

Une nuit, il est venu la chercher. J'ai entendu l'auto s'arrêter derrière la porte du garage. Je ne sais pas comment il a deviné que Simone était cachée chez moi. Il avait des espions partout. Il n'a pas fait d'esclandre. Il a seulement tapoté à la porte coupe-feu, un bruit léger que j'entendais dans mon sommeil. Quand j'ai allumé, j'ai vu Simone assise sur son lit, les yeux grands ouverts, comme si elle l'attendait. Il lui parlait doucement derrière la porte, avec son créole chantonnant, sucré. J'ai dit à Simone : « Tu veux que je lui dise de s'en aller ? » Elle avait un regard étrange, fasciné, à la fois effrayé et attiré. Je voyais sa joue enflée, le sang qui avait séché sur l'arcade sourcilière, et je sentais la colère, la honte. « Ne l'écoute pas, ne réponds pas. Il va finir par s'en aller. » Mais c'était plus fort qu'elle. Simone a commencé à lui parler à travers la porte. Elle ne voulait pas réveiller le bébé, elle chuchotait à voix basse, d'abord en français, des injures, puis en créole.

Elle a fini par ouvrir la porte. Dans la pénombre, la Mercedes était arrêtée, les phares allumés. Il n'y avait pas d'autre bruit que le ronflement des bouches d'aération qui se déclenchaient de proche en proche. Ils sont restés là, à parler, toute la nuit. À un moment, je me suis réveillée. J'avais froid. La porte du garage entrouverte laissait passer un souffle humide. J'ai vu la Mercedes, maintenant tous feux éteints, et Simone et son ami qui continuaient à parler, assis sur le siège arrière. Et au matin, elle était repartie avec lui, sans me dire un mot. J'avais du mal à comprendre comment une telle femme pouvait être à ce point liée à un tel homme.

J'ai pris l'habitude d'aller chez Simone, les après-midi quand Martial Joyeux n'était pas là, pour apprendre à jouer et à chanter. Elle passait la journée presque sans bouger, toute seule dans la petite maison de la Butte-aux-Cailles, les volets fermés. Elle dessinait un grand triangle avec des bougies allumées, dans la salle du bas, et au centre elle mettait ce qu'elle aimait, les fruits du marché, des mangues, des ananas, des papayes. Je n'osais pas lui demander pourquoi. Je ne lui demandais jamais rien et c'est pour ça qu'elle m'aimait bien. Elle était sorcière, elle était droguée aussi, elle fumait du crack avec

188

une petite pipe en terre noire. Elle était belle, avec ses grands yeux d'Égyptienne, son front bombé qui brillait comme un marbre noir.

Elle jouait sur un piano électronique relié à deux baffles. Elle mettait le son très bas, très grave, pour que je l'entende mieux. Elle m'a dit que je devais faire de la musique, parce que j'avais une oreille qui n'entendait pas, et que tous les grands musiciens avaient un problème, ils étaient sourds, ou aveugles, ou simplement un peu fêlés.

Le docteur Joyeux ne rentrait pas de la journée. Il était tout le temps à la Salpêtrière, il s'occupait des fous. Il était fou lui-même.

Il n'aimait pas ce que faisait Simone, avec ses bougies et ses offrandes, il se serait mis en colère s'il avait su. Mais Simone faisait tout disparaître avant qu'il arrive, elle rangeait les bougies et l'encens, elle remettait le tapis à sa place, les chaises, les fauteuils.

Elle s'était mis dans la tête de m'apprendre à chanter. Je m'asseyais par terre à côté d'elle, en tailleur, et elle avait tendu sa longue robe sur ses jambes, comme une corolle écarlate. Elle jouait de la main gauche sur le clavier, sa main large, légère qui courait sur les notes, juste trois, quatre, cinq mesures, ou un accord prolongé, et je devais suivre avec la voix. C'est pour ça qu'elle jouait de la main gauche, pour pouvoir chanter du bon côté, près de ma bonne oreille. Je ne lui ai rien dit, mais elle savait que j'étais à moitié sourde. C'est incroyable qu'elle ait eu l'idée de m'enseigner la musique, comme si elle avait compris que c'était ça qui était en moi, que c'était pour ça que je vivais.

Nous avons passé beaucoup d'après-midi ensemble, dans la maison de la Butte-aux-Cailles. On faisait de la musique, on buvait du thé, on fumait, on bavardait. On riait sans savoir pourquoi. J'avais l'impression de n'avoir jamais eu d'amie comme Simone. Ça me rappelait le temps du fondouk, les princesses pour qui je dansais, et qui m'emmenaient au bain, ou dans leurs cafés du bord de mer. Simone avait tout d'une princesse. Seulement, il y avait quelque chose de tragique en elle, que je ne comprenais pas bien, comme une part de sa vie qui restait secrète, une part de folie.

Elle m'apprenait à chanter sur la musique de Jimi Hendrix, *Burning in the midnight lamp*, *Foxy Lady*, *Purple haze*, *Room full of mirrors*, *Sunshine of your love*, et *Voodoo child*, bien sûr, et la musique de Nina Simone, *Black is the color of my true love's hair*, *I put a spell on you*, et Muddy Waters, et Billie Holiday, *Sophisticated Lady*, mais je ne chantais pas les paroles, je faisais juste des sons, pas seulement avec mes lèvres et ma gorge, mais du plus profond, du fond de mes poumons, des entrailles. Juste quatre, six mesures, et elle m'arrêtait, et encore, encore. Sa main dansait sur le clavier, et je devais faire la même chose une octave au-dessus, ou c'est elle qui jouait en

grave, et je devais suivre, et chanter : « Babeli-
boo, baabelolali, lalilalola... »

Quelquefois elle parlait de son île, à l'autre
bout du monde, et de la musique qui franchit la
mer jusqu'à la terre ancienne d'où ses ancêtres
ont été enlevés et vendus. Elle disait les noms
des nations, ils résonnaient étrangement,
comme les paroles d'une musique.

« Ibo, Moko, Temne, Mandinka, Chamba,
Ghana, Kiomanti, Ashanti, Fon... »

Comme les noms de mes propres parents,
que j'avais oubliés.

Elle parlait de la pauvreté. Elle disait : « Le
Haïtien est l'homme qui a le visage le plus dur
du monde. » Elle disait : « C'est le Noir qui tra-
hit le Noir, comme du temps de Dessaline. »
Elle disait : « Quand on a faim, on tourne les
yeux vers l'intérieur. » Elle parlait de la rue
Césars, à Port-au-Prince, elle parlait du cœur qui
bat dans la foule, de sa mère Rose Carole, qui
chantait vaudou, autrefois, pour faire venir les
morts, elle battait le tambour, et il y avait un œil
ouvert au centre d'un grand triangle, dans la
cour de sa maison, comme celui que Simone
dessinait avec ses bougies. Elle racontait, elle
chantait, elle parlait avec les tambours, elle
voyait venir les loas, jusqu'ici, jusque dans sa
rue. Elle disait leurs noms, les noms des plantes,
lazam, lame véridique, les fruits de l'âme vraie,
les papayers, et le géant zaman, sombre, qui
couvre l'île de son ombre. J'écoutais, c'était si

beau que je m'endormais. Pour moi elle jouait sur le clavier, toujours les mêmes notes qui revenaient, graves, ou bien elle frappait du bout des doigts sur le tambour qui parle, sur le rada, sur le djun-djun, et le roulement me pénétrait comme dans les couloirs de Réaumur-Sébastopol, il montait en moi et m'emplissait tout entière, et j'étais pareille au serpent qui danse devant le dresseur, pareille aux Aïssaoua des fêtes, je tournais sur moi-même jusqu'au vertige.

On ne parlait plus. Seulement elle, accroupie au milieu de sa robe, balançant son buste, et jouant sa musique, et chantant son chant africain qui allait jusque de l'autre côté de la mer, et moi qui répétais ses mouvements, ses phrases, jusqu'au mouvement de ses yeux et aux gestes de ses mains, sans comprendre, comme si une force magnétique me liait à elle.

Elle faisait cela jusqu'à ce que les flammes des bougies se noient dans leur cire.

Quand c'était fini, nous étions épuisées. Nous dormions par terre, sur les coussins épars, dans l'odeur de la fumée. Dehors, le monde bougeait, peut-être, les métros, les trains, les voitures, les hommes couraient comme des insectes fous, les gens qui achetaient, vendaient, comptaient, multipliaient, engrangeaient, investissaient. J'oubliais tout. Houriya, Pascale Malika, Béatrice et Raymond, Marie-Hélène, Nono, Mlle Mayer et Mme Fromaigeat. Tout ça glissait, s'écoulait. La seule image qui venait, qui me submergeait, c'était le grand fleuve Sénégal, et l'embouchure de la Falémé, la berge tranchée dans la terre rouge, le pays d'El Hadj. C'était là que la musique de Simone m'avait amenée.

Un soir, Martial Joyeux est revenu plus tôt que prévu. Il a ouvert la porte de la salle, il est resté sur le seuil un bon moment, à regarder. Dehors, il faisait nuit. Les bougies moribondes devaient faire une lueur indécise, et je devinais le regard du docteur qui fouillait la pénombre. Il n'a rien dit. Il a traversé la salle, en butant contre les tambours de Simone, et il est allé droit vers la salle de bains. Il devait être terriblement en colère, pour passer en silence à travers ce capharnaüm. Simone m'a fait lever, elle m'a poussée vers la porte. « Va-t'en, va-t'en vite, s'il te plaît. » Elle avait l'air terrorisé. Je lui ai dit : « Viens, toi aussi. Ne reste pas ici. » J'étais sûre que si elle avait pu venir maintenant, elle aurait été libre. Mais elle n'y a même pas pensé. Elle m'a mis de l'argent dans la main. « Va-t'en, prends un taxi pour rentrer, il fait froid. » Je ne sais pas pourquoi, j'ai pensé à cet instant que je ne la reverrai plus. Elle ne pouvait pas se décider, c'est pour ça qu'elle était esclave. Si elle avait pu se décider, rien qu'une fois, elle n'aurait plus eu peur de Martial, ni d'être seule, elle n'aurait plus eu besoin de sniffer ses saletés, ni de prendre son Temesta. Elle aurait été libre.

Du côté d'El Hadj, ça n'allait pas très bien non plus. Le vieux soldat avait peur de l'hiver. J'allais dès que je pouvais par le train, par le bus, à Courcouronnes, jusqu'à la route de Villabé. La campagne était glacée, il y avait du givre sur les talus. De grands champs gris où clopinaient des corneilles. Dans le petit appartement de la tour B, El Hadj était assis devant la fenêtre. Il avait mis un gros pull par-dessus sa chemise bleue, et il portait un bonnet fourré même pour dormir. Il rêvait tout haut du grand fleuve qui coule si lentement à travers le désert, où la lumière resplendit jusque dans la nuit. C'était peut-être pour ça que j'allais le voir, pour qu'il me parle du fleuve. Il racontait aussi la rivière Falémé, et les villes, Kayes, Médine, Matam, et son village de Yamba. Comme s'il glissait encore sur une longue pirogue, avec les femmes et les enfants, en regardant passer les maisons accrochées aux rives, les vols des grues, les cormorans. Il m'avait parlé de Marima pour la première fois, sa petite-fille, la sœur de Hakim. Elle était morte là-bas, un été, en allant voir sa mère. Elle avait contracté la leucémie pendant la saison des pluies. Le froid était entré en elle, l'avait glacée jour après jour et l'avait tuée. El Hadj ne m'a pas montré de portraits. Ça ne lui aurait servi à rien. Il m'a seulement montré son livret scolaire, parce qu'il était fier de ses résultats. Elle était en terminale à Saint-Louis.

Il lui arrivait d'oublier qu'elle était morte. Il me parlait comme si j'étais elle, la nouvelle Marima. Il avait une cassure au fond de lui, très profonde, comme un os brisé qui ne cesse pas de faire mal. Il n'avait jamais voulu retourner là-bas. « Ils ont tout démoli, il y a des routes partout, tu vois, des ponts, des aéroports, et toutes les pirogues ont l'arrière coupé pour mettre un moteur. Qu'est-ce qu'un vieux comme moi irait faire là-bas ? Mais quand je serai mort, je veux que tu m'emmènes chez moi, pour qu'on me mette dans la terre à côté de mon père et ma mère, à Yamba, au bord de la Falémé. C'est là que je suis né, c'est là que je dois retourner. » Je lui promettais que j'irais avec lui, même si je savais que c'était plutôt impossible. Moi aussi, j'avais un cimetière où je voulais bien qu'on m'enterre.

Ou encore, il parlait de ce qu'il avait vu, en Arabie, lorsqu'il avait embrassé la pierre noire de l'ange Gabriel. L'eau de la source Zem Zem, qu'il avait rapportée dans une petite bouteille en plastique, et le plateau d'Arafat, où le vent du désert brûle les yeux des voyageurs. Il avait le visage tourné vers la fenêtre, je voyais le grand mur blanc des immeubles alentour, on entendait le grondement de la nationale pas très loin, là où se trouvait l'île des Gitans. Mais lui n'était pas ici, il était ailleurs, dans sa lumière. Je suis restée avec El Hadj jusqu'à ce que la nuit tombe. J'ai fait son thé, j'ai lavé la vaisselle, j'ai rangé ses affaires. Peut-être que je savais au fond de moi que je ne le reverrais pas. Comme lorsque Lalla Asma avait commencé à tomber dans la cuisine, et que j'avais compris qu'elle s'en allait.

C'était l'hiver qui le tirait. Il avait toujours froid. Hakim avait acheté un radiateur à bain d'huile qui marchait jour et nuit, et il faisait si chaud dans la petite pièce que l'eau ruisselait sur les carreaux. El Hadj s'arrêtait de parler pour tousser, une grosse toux qui faisait un bruit de forge dans la caverne de ses poumons et qui me faisait mal. Hakim m'avait dit qu'il souffrait d'œdème, une maladie qui l'empêchait de respirer. Mais je pensais que c'était seulement le froid, le vent et la pluie, le ciel qui roulait des nuages gris, et le soleil si pâle, que c'était à cause de cela qu'il s'épuisait.

Quand je sentais qu'il était bien fatigué, je m'en allais. J'embrassais sa main, et lui appuyait un instant sa paume sur mon front, descendait sur mes yeux, sur mon nez, mes joues, mes lèvres. Il disait : « Au revoir, ma fille », comme si j'étais vraiment Marima. Peut-être qu'il croyait vraiment que j'étais elle. Peut-être qu'il avait oublié. Peut-être que c'était moi qui étais devenue semblable à elle, à force de venir auprès de son grand-père, à force de l'écouter raconter ce qu'il avait vécu là-bas, au bord du fleuve. Moi-même, je ne savais pas bien qui j'étais.

En repartant vers Courcouronnes, je traversais l'île des Gitans. Je faisais un détour, pour voir Juanico. Un soir, il est venu vers moi, comme s'il m'attendait. Il avait un air bizarre. Il m'a demandé une cigarette. Il a dit, d'une voix un peu étouffée : « Brona vend un petit. » Comme je n'avais pas l'air de comprendre, il a répété, avec une sorte d'impatience : « C'est vrai ce que je te dis, Brona vend son bébé. » La nuit tombait. Les réverbères allumaient des étoiles jaunes le long de la route, et pas très loin, au bout du terre-plein cimenté, le bâtiment du supermarché était éclairé comme une sorte de château fabuleux.

J'avais le cœur qui battait fort. J'ai marché derrière Juanico, le long du sentier à chiens qui allait droit vers le camp des Gitans. Je marchais vite. Je n'arrivais pas à croire ce que Juanico m'avait dit. Il me semblait que c'était ma propre histoire qu'il racontait, quand des inconnus m'avaient jetée dans un grand sac et m'avaient emmenée, m'avaient vendue, de main en main, jusqu'à ce que j'arrive chez Lalla Asma.

Juanico m'a conduite à une cabane en planches avec un toit de tôle, accotée à un trai-ler blanc. Il y avait quelques enfants, à la fri-mousse éclairée par une lampe à gaz posée sur le sol. Autour de la cabane, des tas de détritus, des cartons, des boîtes rouillées, un caddie boi-teux. Il y avait des gens dans la roulotte, des femmes, des hommes, en train de manger, un bruit de télé. Des chiens attachés à des chaînes, le poil jaune, hérissé. Juanico a ouvert la porte de la cabane. Sur un lit de camp, assise sur un matelas en plastique qui se relevait à chaque bout, Brona était assise. Elle avait deux enfants à côté d'elle, une fille de six ans environ et un garçon de douze au regard aigu, intelligent. Ils parlaient en roumain. Juanico a posé des questions à la femme. Elle avait un visage mince, des cheveux d'un blond un peu cuivré, des yeux très verts, petits, vifs comme ceux d'un animal. Elle écoutait ce que disait Juanico, et son regard allait de lui à moi, comme si elle essayait de jauger la vérité. Puis elle s'est levée, elle est allée vers le fond, et elle a écarté un rideau. Dans l'alcôve, il y avait une poussette noire, et dans la poussette un bébé endormi. « C'est une fille », a dit Juanico. Il a ajouté, plus bas, en confidence : « Je lui ai dit que tu connaissais des gens riches, des médecins, des avocats, autrement elle ne t'aurait pas montré son enfant. » Je ne savais pas quoi répondre. Je regardais le bébé endormi, presque entièrement caché par les tricots et les linges. « Comment s'appelle-t-elle ? » ai-je demandé.

Brona a secoué la tête. Elle avait un visage maintenant dur et fermé. « Elle n'a pas de nom, a répondu Juanico après un assez long silence. Ceux qui l'achèteront lui donneront un nom. »

Mais quand je suis sortie de la maison, Juanico a dit tout bas : « Tu sais, ce n'est pas vrai. La petite fille, elle a un nom déjà. Elle s'appelle

Magda. » J'ai pensé à Béatrice la rédactrice, à ce qu'elle avait dit à propos de l'enfant de Houriya, que si sa mère ne pouvait plus s'en occuper, elle aimerait l'adopter. J'ai dit à Juanico : « Écoute, si vraiment cette femme doit vendre sa fille, je connais quelqu'un qui l'achète. » J'ai dit ça avec la gorge serrée, parce que je pensais en même temps que quelqu'un avait dû dire la même chose autrefois, quand j'avais été volée, et que Lalla Asma avait dû répondre, elle aussi : « Moi, je peux l'acheter. » Il faisait gris et sombre ce soir-là, les autos roulaient de chaque côté de l'île des Gitans en faisant un grondement, dans le genre d'une rivière en crue. Juanico m'a accompagnée jusqu'à l'arrêt du bus, et je suis retournée à Paris.

11

El Hadj est mort trois jours après. C'est Hakim qui m'a fait prévenir par un copain. Je m'apprêtais à aller suivre le cours de philo au café de la Désespérance, quand la nouvelle est arrivée. J'ai pris tout de suite le train pour Évry-Courcouronnes. Il faisait toujours le même ciel gris et bas, on aurait dit que les jours n'étaient pas passés. On parlait même de neige à la radio.

La porte du petit appartement était entrouverte. Je suis entrée doucement, comme s'il était encore là et que je ne voulais pas le faire sursauter. La cuisine où il restait d'habitude était vide, et dans la chambre, le store était à demi baissé. J'ai vu d'abord Hakim de dos, près du lit, et puis d'autres gens que je ne connaissais pas, des voisins sans doute, des gens âgés, et une femme, grande et forte, j'ai pensé que ça pouvait être la mère de Hakim, mais elle était trop jeune, et elle avait plutôt un type arabe, la peau blanche, avec des cheveux permanentés et teints au henné. Peut-être que c'était seulement la femme de ménage, ou bien la concierge de l'immeuble. El Hadj était couché sur le lit, tout habillé, toujours avec sa longue chemise bleue sans col, et son pantalon gris au pli impeccable. Il avait même aux pieds ses grosses chaussures noires cirées, comme s'il s'apprêtait à partir en voyage. Je ne l'avais jamais vu comme ça : sa figure était fermée comme un poing, ses yeux aux paupières bouffies, sa bouche, même son nez, tout fermé, serré, avec une expression de douleur et de tristesse, et je pensais à ce qu'il racontait du fleuve Sénégal, de son village de Yamba et de la rivière Falémé, tout ce qu'il aimait au monde, et il était mort si loin, tout seul dans sa chambre, au huitième étage de la tour B de l'ensemble de la route de Villabé.

Maintenant, personne ne disait rien. Hakim me regardait pendant que je touchais le front de son grand-père, juste une seconde, le temps d'effleurer du bout des doigts sa peau froide, grumeleuse. C'était trop calme, trop silencieux. J'aurais voulu qu'il y ait du bruit, comme dans les films, qu'on entende des femmes pleurer à longs sanglots pathétiques et exagérés, qu'il y ait un brouhaha de voix d'hommes en train de boire le café des morts, ou comme chez les chrétiens, un marmonnement de prières. Un chien qui hurle dans la cour, même un glas. Mais il n'y avait rien. Seulement les éclats de la télévision quelque part, en haut de l'immeuble. Les visiteurs se retiraient d'un air consterné, en évitant de me regarder. J'aurais voulu que les joueurs de tam-tam du métro soient là et qu'ils jouent sans arrêt, en faisant rouler une musique comme le grondement du tonnerre à travers la forêt, le long des fleuves, et Simone chanterait de sa voix grave *Black is the color of my true love's hair*. La grosse dame aux cheveux de henné est sortie doucement. Je trouvais qu'elle ressemblait à Lalla Asma. Elle avait le même regard un peu égaré des presbytes derrière leurs verres. Je ne sais pas pourquoi, je l'ai prise par le poignet, je l'ai ramenée vers le lit : « S'il vous plaît, restez encore un peu, ne partez pas. » Elle a secoué la tête. Elle avait une voix rauque, étouffée. « Il était gentil. » Elle a dit cela comme si elle s'excusait. Elle s'est dégagée lentement. Elle repoussait mes doigts, elle les défaisait un à un. Elle avait une expression d'effroi dans ses yeux verts, il me semblait que ses pupilles noires nageaient au centre de ses iris.

Finalement, c'est Hakim qui l'a libérée. Il me tenait par les épaules, comme on fait avec une folle hystérique. Hakim était mon frère. J'étais Marima. Je sentais sur ma figure les doigts usés de El Hadj, qui passaient doucement sur mes yeux, sur mes joues, sur mes lèvres. Je n'arrivais plus à respirer. Il y avait quelque chose qui se gonflait en moi, dans ma poitrine, qui obstruait ma gorge. « C'était mon grand-père, c'est vrai, maintenant qu'est-ce que je vais devenir ? » Je balbutiais des paroles incohérentes, les mots m'étouffaient. Hakim croyait que je pleurais, mais ce n'étaient pas des larmes, c'était de la colère, j'aurais voulu tout casser dans cet immeuble, j'aurais voulu crever le ciel opaque qui avait empêché El Hadj de voir, casser les vitres et les stores, casser les wagons, les glaces des autobus, les rails du chemin de fer, le bateau qui mettait tant de temps à rejoindre les rives du fleuve Sénégal et Yamba sur la rivière Falémé.

Hakim me serrait si fort que je me suis écroulée par terre, à côté du lit, et je voyais tout ce qui avait ôté la vie à El Hadj, l'urinal, les flacons de cortisone. Tout ce qui était tombé, et que personne n'avait eu le temps de nettoyer pour la parade funéraire.

Il m'a tenue un bon moment serrée contre lui, parce que je crois que lui aussi avait besoin qu'on le console. À un moment, il m'a embrassée, et j'ai senti les larmes sur ses joues. Puis c'était fini. Je me suis relevée, et je suis partie. Je n'ai pas regardé le corps du vieil homme couché tout habillé sur son lit. Je croyais bien qu'il ne retournerait pas chez lui au bord du fleuve. Il resterait à Villabé, au cimetière on lui trouverait une petite place, et en guise de fleuve il entendrait la rumeur des autos sur l'autoroute. Est-ce que ces choses-là ont une importance ? Dans le train, désert à cette heure-là, je regardais la nuit tomber à travers la glace sale.

Je crois que je pensais plus à Magda qu'à El Hadj. J'avais la nausée aux lèvres. Je n'avais rien mangé ni bu depuis le matin.

Avant d'entrer dans Paris, je me suis laissé piéger par les contrôleurs. D'ordinaire, je surveille très bien, et je sais descendre au moment où ils montent. Mais ce jour-là, je m'étais oubliée, j'étais dans un rêve, engourdie, comme après qu'on a eu très mal. Peut-être qu'ils m'avaient déjà repérée. Quand je les ai vus, ils étaient sur moi. Ils sont venus droit vers moi, en ignorant les autres passagers. Des gamins gitans — ceux que j'avais rencontrés la première fois avec Juanico — ont détalé en leur montrant leur doigt, mais c'était moi que les contrôleurs voulaient. Au début, ils étaient polis, presque cérémonieux.

« Mademoiselle, vous n'avez pas de titre de transport, veuillez nous montrer une pièce d'identité. » Comme je leur ai dit que je n'en avais pas, et d'une, et que même si j'en avais, ils n'avaient aucun droit à me la demander, et de deux, ils sont devenus beaucoup moins polis. « Dans ce cas, vous allez venir avec nous au poste... »

Ils formaient un couple bizarre, l'un grand et fort, avec un double menton et une petite moustache blonde, l'autre, petit et brun, l'air nerveux, avec un accent de Toulouse. Ils m'ont chacun prise par un bras, et ils m'ont fait remonter le train de wagon en wagon, jusqu'à la motrice.

Ils m'ont fait m'asseoir entre eux sur une banquette dure, à côté de la porte. Je leur ai dit qu'ils commettaient un abus de force, qu'ils n'avaient pas à recourir à la violence, mais ça les a laissés indifférents. Le train continuait à rouler vers Paris, et maintenant il faisait nuit. Mes deux gardiens se parlaient au-dessus de moi, comme si je n'étais pas là, ils se donnaient des nouvelles du bureau, ils racontaient leurs potins. J'aurais pu les attendrir en leur racontant que mon grand-père était mort, et que c'était à cause de ça qu'ils avaient réussi à me surprendre. Mais je n'avais pas envie qu'ils aient pitié de moi en quoi que ce soit. Pour rien au monde, je n'aurais voulu me servir d'El Hadj pour obtenir une faveur de ces mercenaires.

À Austerlitz, ils m'ont emmenée dans un petit bureau derrière les guichets. Ils m'ont laissée attendre une bonne heure, et durant tout ce temps, ils sont restés devant la porte à fumer des cigarettes et à échanger leurs potins. Je pensais que j'étais un bien petit poisson pour des hommes si forts avec leurs uniformes, leurs menottes et un pistolet automatique. Mais peut-être qu'ils pensaient qu'il n'y a rien d'insignifiant dans la vie, il y a des gens qui aiment à le croire.

Leur chef est arrivé, il a voulu m'interroger. Il s'est mis tout près de ma figure. Il criait :

« Votre nom ?

— Laïla.

« — Vous êtes majeure ?

— Je ne sais pas. Oui. Non. Peut-être.

— Où sont vos parents ?

— En Afrique. »

Là, les choses se gâtaient. Le chef était un petit homme insignifiant, qui s'appelait M. Castor, c'est du moins le nom que j'ai pu déchiffrer à l'envers sur une enveloppe posée sur son bureau.

« Tu n'as pas de papiers ? »

Le tutoiement était signe d'énervement.

Pour calmer le jeu, j'ai eu une bonne idée.

« Vous pouvez appeler mon avocate.

— Tu veux une claque ? »

Ce n'était pas le bon moyen de les calmer. J'ai concédé :

« Bon, ce n'est pas vraiment mon avocate. C'est la dame qui s'occupe de moi. Une éducatrice, quoi. »

Le mot leur a plu. J'ai donné le nom et le téléphone de Béatrice. Rédactrice, éducatrice, ça n'était pas très différent. Je ne voulais surtout pas qu'ils remontent jusqu'à la rue du Javelot. Nono et Houriya avaient assez d'ennuis comme ça. Heureusement, dès que j'ai été à Paris, j'ai fait comme les commandos dans les films de guerre, j'ai enlevé tout ce qui pouvait servir à m'identifier.

Béatrice est venue tout de suite dans sa petite auto anglaise. Elle a tout payé, le billet, l'amende, elle a même eu droit à un sermon.

Il pleuviotait. Le balai de l'essuie-glace crissait sur le pare-brise, comme s'il pleuvait du sable. J'ai dit à Béatrice :

« Je ne peux pas rentrer chez moi. »

Elle m'a regardée une seconde, elle cherchait quoi répondre.

« Si tu veux, tu peux venir dormir chez moi. Raymond ne dira rien. »

Rien ne pouvait me faire plus plaisir. J'ai mis ma tête sur son épaule. Ce soir-là, j'avais besoin de croire que j'avais quelqu'un, une amie, une grande sœur.

Je suis restée un bon moment chez Raymond et Béatrice. Je crois que j'étais très fatiguée. Je ne m'en étais pas aperçue, parce que j'allais et je venais, il y avait tout ça, le bébé de Houriya, Nono, les cours, les courses, et Simone qui était chez nous, et El Hadj qui était mort. Maintenant, tout d'un coup, je n'avais plus de force, comme quand j'étais partie de chez Madame, et que Nono m'avait emmenée à la rue du Javelot.

Je suis restée dix jours, ou peut-être un mois, je ne pourrais dire. Dehors, il faisait froid, sombre, il neigeait peut-être. Je restais couchée sur le matelas, dans la partie du salon qui servait de bureau, mais Béatrice avait enlevé son laptop, elle s'était branchée dans sa chambre à coucher. Il y avait des livres partout, dans des cartons, sur les étagères. Je passais mon temps à lire, au hasard, des romans, des livres d'histoire, même des poésies. Je lisais Malaparte, Camus, André Gide, Voltaire, Dante, Pirandello, Julia Kristeva, Ivan Illich. Tous les mêmes. Les mêmes mots, les mêmes adjectifs. Ça n'était pas coupant. Ça ne faisait pas mal. Frantz Fanon me manquait. J'essayais d'imaginer ce qu'il aurait dit, comment il aurait parlé de la religion, son rire ironique devant de telles élucubrations. La poésie, c'était étranger. Comme si cela ne me concernait pas, ça n'était pas pour moi. En même temps, j'aimais bien collectionner les mots. Les mots, pour chanter, pour les lancer dans la chambre, les écouter rebondir, se briser en mille morceaux, ou au contraire tomber à plat sur le sol dans le genre d'un fruit blet. J'avais un cahier ouvert, tout le jour j'alignais des mots que j'avais trouvés, des bouts de phrases :

climat
ombres
oiseau-lyre
calandre de l'aube
diffracte
les vagues cognent
tric-trac du ciel

Ça ne voulait rien dire. Béatrice rentrait vers six heures, elle ouvrait la porte, elle faisait entrer avec elle une bouffée de ville, du bruit, de la fumée. Raymond venait plus tard. Il apportait du vin. On dînait tous les trois à la cuisine, des pâtes au pistou, du fromage. J'aimais bien être avec eux. Ils étaient si sûrs, prévisibles, si attendrissants.

Je retardais le moment de parler de Magda. Je me disais que, dès que j'aurais prononcé son nom, je n'aurais plus qu'à m'en aller. Il y aurait à nouveau la rue ouverte, les gens qui vous poussent, l'éclat des autos, et l'entrée de la rue du Javelot comme un corridor qui conduit au centre de la terre.

Ils parlaient de leur métier. Béatrice racontait le journal, les coups de gueule du patron, les coups de fil, des problèmes auxquels je ne comprenais rien, comme si tout ce monde-là était codé. Raymond parlait par monosyllabes. Il était stagiaire dans un bureau d'avocats à Sarcelles, ou à Fleury-Mérogis, loin, il s'occupait des affaires des autres.

J'essayais d'imaginer Magda chez eux, Magda dans la petite chambre repeinte en rose, un beau lit tout blanc, et les pendeloques à musique qu'on accroche dans ce pays au-dessus des bébés, pour leur apprendre la patience. Magda courant vers la cuisine, tendant ses petits bras vers Raymond, criant : « Dada ! » Et lui : « Julie ! » ou : « Romie ! » En tout cas, il n'était pas question qu'ils sachent jamais son vrai nom. Un jour, peut-être, elle aurait grandi, je serais pour elle comme sa tante, et je lui apprendrais la vérité : « Je vais te dire aujourd'hui ton vrai nom, celui avec lequel tu es née. » Ou peut-être ce serait Juanico. Elle le croiserait dans le couloir du métro, à Réaumur-Sébastopol, et il l'appellerait, il crierait : « Magda ! Ma cousine ! »

Ils l'ont appelée Claire, parce que c'était le nom de la mère de Raymond. Et Johanna, parce que Béatrice aimait ce nom-là. Elle chantait : « *Gimme hope, Johanna.* » Elle avait eu quinze ans pendant la guerre du Vietnam, comme beaucoup d'autres.

Je n'ai jamais su combien ils avaient payé. J'étais restée dehors, dans le vent, j'écoutais le bruit du fleuve des autos autour de l'île. Il y avait des corbeaux dans le ciel, comme pour le jour de ma naissance, mais ils ne criaient pas d'épouvante.

C'est à cette époque-là que tout est arrivé. Peut-être que c'était à cause du départ de Houriya chez M. Vu. J'étais seule, maintenant. Pour gagner un peu d'argent, je m'étais fait engager par une association de sourds-muets, pour poser une carte sur les tables des restaurants, avec un porte-clefs, et ramasser les oboles. Je faisais très attention quand j'allais placer mes porte-clefs dans les restaurants du centre commercial, ou quand j'allais écouter la musique du métro Réaumur. Je ne passais jamais deux fois par le même endroit, j'évitais les corridors déserts, les portes cochères, je ne regardais personne dans les yeux.

Je pouvais deviner les loubards de loin. Ils faisaient des petits groupes, dans la rue, du côté d'Ivry, ou bien du côté de la place Jeanne-d'Arc. Dès que j'apercevais un groupe, je traversais les rues entre les autos, je me perdais de l'autre côté. J'étais si rapide et habile, personne n'aurait pu me suivre. Quelquefois, j'avais l'impression que c'était la jungle, ou le désert, et que ces rues étaient des fleuves, de grands fleuves d'eau tourbillonnante semée de rochers, et que je m'élançais d'un rocher à l'autre, en dansant. Le bruit des klaxons, les grondements des moteurs venaient du sol et montaient par mes jambes, emplissaient mon ventre. Cet homme, pourtant, je ne l'ai pas vu venir. Sur la grande esplanade balayée par le vent, éclairée par les réverbères, il est apparu, un homme comme tout le monde, avec sa gabardine et sa chapka, les mains dans les poches, un visage un peu gris, et moi j'étais occupée à compter l'argent que j'avais ramassé chez les Vietnamiens, cent ou cent cinquante francs, en quelques minutes, rien qu'en posant mes porte-clefs sur le bord de chaque table, avec mon carton de sourde-muette.

Au dernier instant, j'ai vu son regard, et j'ai eu peur, parce que j'ai reconnu les yeux durs, perçants, d'Abel, quand il était entré dans la buanderie. Mais c'était trop tard. Il m'a attrapée par les poignets, il m'a serrée avec une force incroyable, sans dire un mot. Il avait dû me suivre, puis faire le tour des magasins pour revenir, et me trouver exactement là où il voulait, dans le renfoncement, entre le mur de la tour et les magasins fermés.

J'ai voulu crier, mais il a appuyé un poing sur mon ventre, et il a serré d'un coup, comme s'il voulait me casser en deux, et j'ai perdu le souffle, et je me suis effondrée, les bras et les jambes coupés. C'était bizarre, parce que en même temps je savais très bien ce qui m'arrivait, j'étais seulement sans force, comme dans un cauchemar. Il a défait les boutons de mon jean, d'une main, il était fort et habile, et de l'autre il me maintenait renversée contre le mur du renfoncement. Je me souviens, ça sentait l'urine, c'était une odeur horrible qui m'envahissait complètement, me donnait la nausée, et lui avait sorti son sexe et il essayait d'entrer en moi, en donnant de grands coups de reins, et sa respiration raclait, résonnait dans le recoin de l'immeuble.

Je ne sais pas combien de temps ça a duré, mais ça m'a semblé une éternité, cette main appuyée sur ma poitrine, ces coups dans mon ventre, et moi qui n'arrivais pas à penser, pas à respirer. Il me semblait que ça ne finirait jamais. Puis l'homme s'est retiré. Je crois qu'il n'y était pas arrivé, parce que j'étais trop étroite pour lui, ou parce que quelqu'un l'avait dérangé. Il est parti très vite, et je suis restée dans l'encoignure, j'étais glacée et faible, je saignais sur le ciment. J'ai descendu l'escalier jusqu'à la rue, et je suis rentrée dans la cave, j'ai fait chauffer une bouilloire d'eau pour me laver dans la baignoire du bébé de Houriya. Tout était silencieux, étouffé. Il me semblait que j'étais sourde des deux oreilles maintenant. Je ne savais pas où j'étais. Je crois que j'ai vomi dans les toilettes, au bout du couloir. Je crois que j'ai crié, j'ai ouvert la porte de fer et j'ai crié dans le tunnel, un rugissement, pour que ça monte jusqu'en haut des tours, mais personne n'a entendu. Il y avait les moteurs des souffleries qui se déclenchaient, l'un après l'autre, avec une vibration d'avion. Ça couvrait tous les bruits. J'ai pensé à Simone. J'avais terriblement envie de la voir, d'être à côté d'elle, pendant qu'elle répétait une boucle musicale. Mais je savais que c'était impossible. Je crois que c'est cette nuit-là que je suis devenue adulte.

C'était bon d'être loin de tout, chez Béatrice. Il y avait longtemps que ça ne m'était pas arrivé d'être protégée, sans penser au lendemain, sans souci. Juste à faire ce que je voulais, dans l'appartement, à ranger les choses tranquillement, en surveillant le bébé, comme quand Houriya était revenue de l'hôpital, mais la différence, c'est qu'ici il y avait de la lumière, du soleil, il faisait doux, on n'avait rien à craindre. La fenêtre du salon donnait sur une petite cour intérieure où poussait du lierre, et le feuillage était plein de moineaux. Même, un matin, j'en ai trouvé un au bord de la fenêtre, évanoui, les plumes tout ébouriffées. Je l'ai appelé Harry. J'ai pris un carton à chaussures dans le placard, et avec du coton je lui ai fabriqué un nid douillet, que j'ai mis dans la chambre du bébé, à côté du berceau. Tout ça était doux et gentil, comme s'il n'y avait rien de moche dans le reste du monde, pas de loubards et pas de flics, pas de filles battues, pas de vieux qui meurent de faim dans leurs taudis aux volets fermés. Ensuite, j'ai préparé le biberon de Claire, ou de Johanna (je préférais ce deuxième prénom) et j'ai pris quelques gouttes de lait chaud pour les mélanger à de la mie de pain.

Dans sa boîte à chaussures, Harry était hirsute, mais ses plumes commençaient à sécher. Il m'a regardée poser les boules de mie de pain devant lui sans bouger, sauf son œil noir qui brillait, puis j'ai donné le biberon à Magda (décidément, je ne pouvais pas oublier son vrai nom). Et au moment où le bébé avait tout fini, l'oiseau a commencé à pépier et à s'ébrouer dans la boîte.

Je ne sais pas s'il avait réussi à manger une boulette, mais la douce chaleur de la petite chambre l'avait tout à fait réveillé, et l'instant d'après, il s'est envolé en criant et s'est mis à frapper aux carreaux de la fenêtre. Et de l'autre côté, dans le feuillage, ses petits camarades volaient en tous sens et l'appelaient. Si bien que j'ai ouvert la fenêtre, et aussitôt Harry s'est échappé, en une seconde je l'ai vu se mêler aux autres moineaux, ils tourbillonnaient comme des feuilles dans le vent, et l'instant d'après Harry avait disparu avec eux.

Pendant que je donnais le biberon à Johanna, j'ai vu les inspecteurs en bas, dans la rue. Ils étaient habillés comme tout le monde, gabardine, anorak et sneakers, mais je les ai bien reconnus. J'ai un instinct pour ces gens-là. Ils regardaient vers les fenêtres de l'immeuble, comme s'ils cherchaient à voir à travers les rideaux. Ensuite, ils sont entrés, ils ont dû poser des questions au concierge portugais qui ne m'aime pas, et ils ont sonné interminablement, et le grelot faisait hurler Johanna, résonnait au fond de ma tête comme un cri d'insecte.

Je n'ai pas bougé, jusqu'à ce qu'ils s'en aillent. J'étais fébrile. Je ne pouvais pas rester une minute de plus dans cette maison, et pourtant je ne pouvais pas laisser Johanna crier toute seule dans son berceau. J'ai cherché le numéro de Béatrice à son journal. J'étais si anxieuse que j'avais l'écouteur sur mon oreille sourde, je n'entendais rien de ce qu'on disait. Je répétais le message comme un perroquet : « S'il vous plaît, Béatrice, revenez tout de suite, s'il vous plaît, rentrez tout de suite, c'est urgent, s'il vous plaît, Béatrice. » Au moment où j'allais fermer la porte, le téléphone a sonné. Avec l'écouteur sur ma bonne oreille, j'ai entendu la voix de Béatrice. « Laïla, qu'est-ce qui se passe ? » Je lui ai dit de rentrer, parce que je devais m'en aller. J'étais tout à fait calme à présent. J'ai raccroché le combiné avant qu'elle pose d'autres questions. D'ailleurs, bébé Johanna s'était endormie. Alors, j'ai marché dans les rues, vers Austerlitz.

Je suis retournée à la rue du Javelot. Quand j'ai marché dans le long tunnel, jusqu'à la porte du garage où il y avait peint le chiffre 28, j'avais le cœur serré. Il me semblait que je ne pourrais plus jamais vivre là, que ma vie était ailleurs, n'importe où, qu'il fallait que je parte ; Juanico disait des choses comme ça. Il disait : « Tu sais, quelquefois, il faut que je me barre. C'est plus fort que moi. Après, peut-être que je reviens, mais si je reste, je te tue, je me tue. » Maintenant, je comprenais bien ce qu'il voulait dire.

Dans l'appartement, rien n'avait changé. On étouffait à cause du radiateur qui pompait EDF à mort. J'ai vu que Nono avait apporté de nouveaux appareils, des télés, des vidéos, une chaîne. Il avait aussi une nouvelle moto, rouge, avec une selle peau de zèbre. Je ne sais pas pourquoi, j'avais l'impression d'entrer dans une maison d'enfants. Ça me donnait envie de rire, et en même temps de pleurer.

Sur le lit, il y avait une enveloppe à mon nom. Je ne connaissais pas l'écriture, élégante, archaïque. Il y avait seulement écrit : « Pour

Mademoiselle Laïla. Paris. » Je l'ai ouverte, et je n'ai pas compris tout de suite, c'était simplement un passeport français au nom de Marima Mafoba.

La cave était vide. Il n'y avait plus trace de Houriya ni de Pascale Malika. Le berceau n'était plus là. Ça m'a fait quelque chose, même si dans le fond, j'ai compris qu'elle était partie pour de bon, qu'elle ne reviendrait pas.

Dans le passeport, à l'endroit de la photo, il y avait une lettre. J'ai reconnu les pattes de mouche de Hakim. J'avais toujours du mal à lire ses cours. Ce qu'il disait dans la lettre était facile à comprendre, et pourtant je lisais et je relisais sans comprendre.

« Ma chère Laïla

« Avant de partir, mon grand-père avait mis de côté le passeport pour toi. Il disait que tu étais comme sa fille, et que c'était toi qui devais avoir le passeport, pour aller où tu veux, comme toutes les Françaises, parce que Marima n'avait pas eu le temps de l'utiliser. Tu feras ce que tu voudras. Pour la photo, tu sais bien que pour les Français tous les Noirs se ressemblent.

« J'aurais voulu te voir avant de partir. J'ai décidé de ramener El Hadj chez lui, après tout. J'ai un emprunt à la banque pour mes études qui va bien servir pour ça, c'est seulement dommage que tu ne sois pas avec nous pour aller

217

chez mon grand-père à Yamba. Mais maintenant que tu as le passeport, tu pourras peut-être y aller un jour, et je t'expliquerai où se trouve son tombeau. Je t'embrasse.

Hakim. »

Quand j'ai eu compris, j'ai senti mes yeux pleins de larmes, comme ça ne m'était pas arrivé depuis la mort de Lalla Asma. Jamais personne ne m'avait fait un cadeau pareil, un nom et une identité. C'était surtout de penser à lui, au vieil homme aveugle qui passait lentement le bout de ses doigts usés sur ma figure, sur mes paupières, sur mes joues. Pas une fois, El Hadj ne s'était trompé. Il m'appelait Marima, pas parce qu'il perdait la tête. Parce que c'était tout ce qu'il voulait me donner, un nom, un passeport, la liberté d'aller.

12

J'ai su que le printemps n'était pas loin quand les arbres du centre commercial ont commencé à fleurir. C'étaient de drôles de petits arbres plantés par les Vietnamiens, des pruniers, des cerisiers, des pêchers nains, qui se couvraient de duvet blanc ou rose. Le ciel était toujours gris et froid, mais les jours duraient plus longtemps, et ces boules fragiles me faisaient du bien.

Il y avait des semaines que je n'avais plus de nouvelles de Nono, de personne. Je n'allais plus à la station Réaumur-Sébastopol pour écouter la musique du jumbé. J'ai appelé Simone, mais sur le répondeur, il n'y avait que la voix du docteur Joyeux, une voix élégante et dédaigneuse qui me donnait le frisson. Je n'ai jamais laissé mon nom. Parfois, la nuit, toute seule dans la cave, j'entendais le tic-tac du diesel devant la porte, et mon cœur battait trop, parce que j'avais peur. Mais c'était dans mon imagination.

Nono est revenu un midi. Un peu plus, je ne

l'aurais pas reconnu. Il avait la tête rasée. Il avait un drôle de regard, inquiet, de côté, que je ne lui connaissais pas. Je lui ai fait à manger, des crêpes au fromage, ce qu'il aimait, des pommes noisettes, du pain au Nutella. Je pensais qu'il allait me raconter ce qu'il avait fait, où il était. Mais il ne disait rien. Il mangeait vite, il buvait de grandes rasades de Coca. C'était la première fois que je le voyais mal rasé, avec des poils qui hérissaient ses joues, son menton, sa lèvre supérieure.

« Tu étais en prison ? »

Il n'a pas répondu. Puis il a fait oui de la tête. Dès qu'il a eu fini de manger, il s'est couché sur son matelas, la tête enfermée dans les bras. Il s'est endormi d'un coup.

J'avais besoin de sentir sa chaleur. Ça faisait des jours que j'étais seule dans la cave, sans parler à personne, juste à écouter de la musique sur mon vieux poste à piles. Je me suis couchée à côté de Nono, j'ai mis mes bras autour de lui, et il ne s'est même pas réveillé. On est restés des heures comme ça sans bouger, j'écoutais sa respiration, j'essayais de deviner où il était allé pendant tout ce temps, rien qu'en respirant son odeur, dans sa nuque, dans son dos. Quand il s'est réveillé, nous avons fait l'amour, doucement, comme la première fois. Avant, il est allé chercher une capote dans la poche de son blouson. Il appelait ça un chapeau. C'est lui qui le voulait, pas moi, je crois que je n'y aurais même pas pensé. Ni à l'avenir, ni aux bébés, ni à la maladie.

Ensuite, on est allés ensemble sur le toit de la tour, par le chemin secret, l'ascenseur jusqu'au trente et unième, puis la porte coupe-feu, l'escalier et l'échelle des pompiers. Le ciel découpait un carré bleu d'acier au-dessus de nous, comme une fenêtre sur l'infini. À ce moment-là, j'ai su que je devais partir.

Sur le toit de la terre, le vent sifflait dans les haubans des mâts télé. C'était un bruit étrange, ici, au milieu de cette ville, si loin de la mer. Pourtant, avec le roulement très bas des voitures, dans l'avenue d'Ivry, sur la place d'Italie, plus loin encore, sur les quais ou sur le périphérique, par vagues, comme cela, très doux, comme la marée qui monte. Tout d'un coup, j'ai senti un vide, une envie qui montait en moi, qui me faisait mal. C'était à cause du bruit de la mer, il y avait si longtemps que je ne l'entendais plus, c'était vertigineux. J'ai marché vers le bord du toit, penchée contre le vent, comme si j'allais pouvoir apercevoir la mer là-bas. Nono m'a rattrapée. Il ne comprenait pas : « Qu'est-ce que tu fais ? Tu es folle ? Tu veux mourir ? » J'ai pensé : « Alors, c'est peut-être comme ça, quand on saute par la fenêtre, parce qu'on croit qu'il y a la mer en bas. » Je me suis accrochée à lui. « Serre-moi, serre-moi fort, Nono, j'ai mal. » Il m'a fait asseoir contre le cube du moteur de l'ascenseur, à l'abri des rafales. Je grelottais de froid, de fatigue. Nono a enlevé son beau blouson de cuir à lanières et il l'a mis sur mon dos. Il a dit simplement : « Tiens, Laïla, je te le donne, comme ça tu penseras toujours à moi. » Son visage était lisse et plat, la tête un peu grosse, dans le genre d'un nain. Mais il avait des yeux doux, très noirs et très doux. J'ai pensé qu'il avait compris que j'allais m'en aller. Peut-être qu'il l'avait su avant moi, et c'est pour ça qu'il était revenu.

Tout allait changer maintenant. C'était un moment qui finissait. J'étais sur le toit, au trente-deuxième dessus, en haut de l'échelle, j'écoutais le vent et mes yeux pleuraient du trop de bleu du ciel, comme la première fois que j'étais arrivée, et que Nono m'avait emmenée jusqu'ici.

Sur la table à tréteaux où j'avais travaillé mes devoirs de philosophie pour le professeur Hakim, il y avait la lettre du syndic, qui disait qu'on avait détecté un piratage dans le compteur d'eau, et des kilowatts envolés sans explications. L'enquête était imminente. Les coupables seraient démasqués, expulsés, et punis comme il se doit. J'ai laissé la lettre bien en évidence, pour que Nono soit au courant. J'ai claqué la porte en fer du 28 si fort que le bruit a dû résonner jusqu'au sommet de la tour.

13

Nous avons pris le train pour Nice. Je dis nous, mais en réalité j'étais seule à voyager avec un ticket. Juanico est monté avec moi, comme s'il me disait au revoir, et il s'est faufilé dans le compartiment, il s'est installé dans le porte-bagages. Il a fait ça pour rire, parce que, en réalité, il n'en avait pas besoin. Il savait comment gruger les contrôleurs, c'était son métier.

Il n'y avait que trois personnes dans le compartiment. Deux en bas, et moi sur la couchette du haut. Je suis restée un bon moment debout dans le couloir, à fumer cigarette après cigarette, à regarder les lumières filer en arrière. Juanico est descendu de son perchoir. Il n'a rien dit. La marque du coup qu'il avait reçu sur la joue virait au bleu-noir. Quand j'ai su que son beau-père l'avait cogné, j'ai décidé qu'il partirait avec moi.

Je ne sais plus qui en a eu l'idée en premier. Peut-être que c'est lui. À force de répéter : « Un de ces jours, je me casserai. » Le jour était arrivé.

Il m'a parlé de son oncle à Nice, le frère de sa mère, un nommé Ramon Ursu. Il lui fallait juste quelqu'un pour monter dans le train, avec moi c'était plus facile. De toute façon, il serait parti. Il aurait cherché un poids lourd à Rungis, ou dans une station-service.

Ça me faisait quelque chose de m'en aller. Il y avait si longtemps que j'étais à Paris, j'avais l'impression que ça faisait des années et des années, je ne me souvenais plus très bien quand j'étais arrivée, à Austerlitz, avec Houriya. Il s'était passé tellement de choses. Je me sentais très vieille maintenant, pas réellement très vieille, mais différente, plus lourde, avec de l'expérience. Maintenant, je n'avais plus peur des mêmes choses. Je pouvais regarder les gens droit dans les yeux et leur mentir, même les affronter. Je pouvais lire leurs pensées dans leurs yeux, les deviner, et répondre avant qu'ils aient le temps de poser une question. Je pouvais même aboyer, comme ils savent si bien faire.

Mais je n'aurais plus pu faire ce que je faisais avant, voler dans un grand magasin, me glisser derrière quelqu'un et imaginer qu'il était ma famille, ou suivre un type dans la rue et me dire qu'il était mon grand amour.

J'avais compris que ce n'est pas Martial, ou Abel, ou Zohra, ou M. Delahaye qui sont dangereux, ce sont leurs victimes qui sont dangereuses, parce qu'elles sont consentantes.

J'avais compris que si les gens ont à choisir entre toi et leur bonheur, ce n'est pas toi qu'ils prennent.

À Lyon, j'étais très fatiguée. Je suis montée sur la couchette supérieure à tâtons. La dame en rose dormait au rez-de-chaussée, mais au premier, j'ai vu la tête ronde de l'Espagnole, qui brillait à la lumière de la gare. Je l'ai appelée comme ça, à cause de ses cheveux et de ses yeux très noirs. Je pensais qu'elle allait dire quelque chose, mais elle s'est contentée de me fixer sans ciller, sans sourire. Juanico s'était étalé sur la couchette, il ronflait presque. Il sentait fort la sueur, les habits sales. C'était comme d'être couché avec un clochard. Je l'ai repoussé vers le mur, mais les cahots le ramenaient sans arrêt. J'ai fini par m'endormir, d'un sommeil lourd entrecoupé d'éclairs de lumière et de coups des roues contre les rails.

C'est Juanico qui m'a tirée de ma torpeur. Il était descendu sans faire de bruit et il s'accrochait à l'échelle comme un singe, il disait tout près de mon oreille, pour ne pas avoir à crier : « Viens voir, tata Laïla, viens voir ! » Je suis sortie à tâtons. Le compartiment était dans la pénombre, il faisait chaud, il y avait une odeur d'haleine. Dans le couloir, la fenêtre découpait un rectangle aveuglant. Giflée par les maisons et les pylônes, la mer brillait au soleil. Le train sinuait le long de la côte, passait des tunnels, ressortait, et la mer était toujours là, brillante au soleil, d'un bleu si violent que j'avais les yeux pleins de larmes.

Juanico dansait sur place. C'était la première fois qu'il voyait la mer. Quand il était venu de Roumanie, le train l'avait emmené, lui, sa mère et ses frères, de Timisoara, tout droit, sans s'arrêter, sauf pour passer la frontière à travers champs, entre l'Allemagne et la France, et rejoindre les camps de nomades.

De temps en temps, il se tournait vers moi avec un large sourire qui faisait étinceler ses dents sur sa figure sombre, pour dire : « Tu vois ? Tu vois ça ? »

Les gens sont descendus les uns après les autres, dans toutes ces villes de la côte, Agay, Saint-Raphaël, Cannes, Antibes. On était seuls dans le wagon, avant d'arriver à Nice. Le train roulait le long d'une immense plage de galets, suivi par une route où les autos allaient à la même vitesse. Il y avait des vagues qui déferlaient en biais, des mouettes qui tourbillonnaient au-dessus des égouts. Le soleil brûlait à travers la glace. Il me semblait que je me réveillais, seulement, je sortais d'un long rêve, comme d'une maladie.

Sans quitter notre place dans le couloir, nous avons pris le petit déjeuner que j'avais apporté de Paris, des oranges (du Maroc) et des tranches de pain rassis, fourrées d'une barre de chocolat. Jamais nous n'aurions mangé du jambon, moi parce que c'était défendu, lui parce qu'il disait que ce n'était pas une nourriture d'homme. Une fois qu'on en discutait, il avait ajouté, je ne sais pas d'où il avait tiré cette idée, qu'on pouvait aisément vous faire manger de la chair humaine en vous disant que c'était du jambon. Il avait donné une claque sur sa fesse, pour montrer ce que c'était.

Nice était bien comme je l'imaginais. Une belle ville blanche, avec des coupoles et des bulbes, beaucoup de pigeons et des vieux, de grandes avenues bordées de platanes et encombrées d'autos jusque sur les trottoirs. Il y avait beaucoup d'Arabes, et pourtant, ça ne ressemblait pas à l'Afrique. Ça ne ressemblait même pas à l'Espagne.

C'était une ville pour rire, pour rêver, une ville pour se promener, comme nous faisions nous deux Juanico, en nous tenant par la main, en frère et sœur.

Les gens nous regardaient bizarrement, à cause de notre allure, notre habit, moi avec le blouson à franges de Nono, jean et bottes tex mex, Juanico toujours avec ses haillons trop grands, ses trois T-shirts de couleurs différentes enfilés l'un sur l'autre, le plus long en dessous, le plus petit, mais le plus large, rayé bleu-blanc-rouge et rose par-dessus, et sa tignasse bouclée noire, et son visage cuivré d'Indien. On n'avait rien, pas de bagages, juste moi le sac de plage contenant mon vieux transistor, les petites choses de femmes et mon cher Frantz Fanon.

Il faisait délicieusement doux. On a marché toute la journée, au hasard, le long de la mer, dans les rues de la vieille ville, et même dans les collines pleines de vieux jardins. Juanico ne savait pas où habitait son oncle Ramon. Il avait seulement son nom et son adresse écrits de travers sur une enveloppe, comme ceci :

Ramon
Ursu
Camp d'accueil de Crémat

À midi, nous avons mangé encore du pain et du chocolat sur la grande plage de galets, entourés d'une nuée de mouettes. Juanico était comme un jeune chien, il courait en zigzag le long de la mer, il s'écroulait dans les galets au milieu des mouettes, et mille autres folies de ce genre. Je ne l'avais jamais vu comme ça. Tout à coup, il avait vraiment l'air d'un enfant, il était libre, l'avenir n'existait plus. Et moi aussi, je ne pensais plus à ce qu'on ferait, où on dormirait, ce qu'on aurait à manger ce soir. J'ai jeté aux mouettes le dernier quignon de pain, d'ailleurs il était trop rassis. Si j'avais pu, j'aurais jeté mon sac de plage bleu à la mer, avec tout ce qu'il contenait. Mais ce n'est pas le transistor, ni le livre de Frantz Fanon qui m'en ont empêchée, un poste de radio, ce n'est rien qu'une boîte à musique, et un bouquin, ça se remplace. C'est plutôt l'enveloppe qui contenait le passeport de

Marima, et la lettre que Hakim m'avait écrite avant de ramener son grand-père à Yamba sur la Falémé.

On a passé tout le mois de mai à Nice, sans rien faire, qu'aller à la décharge le matin, à la plage l'après-midi, et se balader dans les rues de la vieille ville.

Au début, ça a été un peu difficile au camp. C'était loin de tout, au nord, dans la vallée, plus loin que la banlieue, plus loin que les piliers de l'autoroute. C'était comme le Douar Tabriket, sauf que c'était dans les collines, loin de la mer, des collines âpres, nues, où le vent soufflait en rafales, où la poussière avait le goût de ciment. La cité était construite en contrebas de la décharge, des pavillons de parpaing crépis en rose, avec des toits de tuile, style provençal. Il y avait en tout une cinquantaine de maisonnettes, et j'imagine qu'au jour de l'inauguration, en présence des représentants de M. le Préfet et de M. le Maire, et du directeur régional de la caisse des HLM, ça devait être joli, photogénique, surtout si on ne cadrait pas sur les silos de la décharge. Mais au bout de quelques années, c'était devenu un bidonville comme les autres. La suie des incinérateurs s'était déposée sur les murs, et les papiers et les sacs de plastique faisaient une garniture sur l'enceinte de fil de fer, et les rues étaient devenues des chemins crevassés, des ornières boueuses.

Ce qui était bien, c'étaient les caravanes. Devant chaque maisonnette, les nomades avaient une ou deux caravanes, certaines sans roues, montées sur des briques. C'est dans une des caravanes que Ramon Ursu nous a logés, avec ses trois enfants, de l'âge de Juanico et plus jeunes, Malko, Georg et Éva. Le soir, on déroulait les sacs de couchage, les couvertures et on dormait à même le plancher de la caravane, serrés les uns contre les autres pour ne pas avoir froid.

Ramon Ursu était un grand type costaud, avec des cheveux et des sourcils très noirs, qui s'employait comme tâcheron dans les chantiers en construction. Il parlait très mal le français, mais Juanico a dit qu'il ne parlait pas mieux le roumain. Il ne parlait pas, voilà tout. Le soir, quand il revenait du travail, il s'asseyait sur le bord du lit, dans l'unique chambre de la maison, et il regardait la télévision en fumant.

Quand il a vu arriver Juanico, il n'a pas eu l'air étonné. Peut-être qu'il nous attendait, qu'on l'avait prévenu. Ramon Ursu vivait dans la maisonnette avec une grande femme blonde, au visage rouge, Éléna. Éva était sa fille, mais Georg et Malko étaient d'une autre femme qui avait abandonné Ramon.

Le matin, de bonne heure, avec Juanico et les garçons, nous allions à la décharge. Juanico appelait ça « travailler ».

Les bennes arrivaient les unes derrière les

autres, dans la grande salle du broyeur. Les garçons du camp étaient là, de chaque côté, et dès que le monceau d'ordures était par terre, ils se précipitaient comme des rats, avant que la pelleteuse n'attrape le chargement et l'expédie dans les mâchoires d'acier.

J'avais déjà vu des dépotoirs, à Tabriket, mais je n'avais jamais rien vu de tel. L'air était saturé d'une poussière fine, âcre, qui piquait les yeux et la gorge, une odeur de moisi, de sciure, de mort. Dans la pénombre, les camions manœuvraient, phares allumés, avertisseurs de recul qui couinaient, et du plafond tombaient des jets de lumière qui dessinaient des colonnes dans la poussière. Quand les mâchoires entraient en action, cisaillaient les pièces de bois, les branches, les sommiers, le bruit était assourdissant.

Juanico, Malko et Georg fouillaient les décombres et apportaient leurs trouvailles jusqu'à moi. Des chaises estropiées, des casseroles cabossées, des coussins crevés, des planches hérissées de clous rouillés, mais aussi des habits, des chaussures, des jouets, des livres. C'étaient surtout les livres que Juanico m'apportait. Il ne regardait pas les titres. Il les posait sur un muret, à côté de moi, près de l'entrée du hall, et il repartait en courant accueillir une nouvelle benne.

Il y avait de tout. Des vieux *Reader's Digest*, des *Historia* périmés, des livres de classe d'avant la guerre, des romans policiers, des Masques, des

Bibliothèques vertes, roses, des collections Rouge et or, des Séries noires. Je m'asseyais sur le muret, dans le vent, je lisais des pages. *La Harpe d'herbes*, par exemple :

« Quand donc ai-je entendu parler pour la première fois de la harpe d'herbes ?

« Bien avant l'automne où nous allâmes habiter dans l'arbre ; quelque automne auparavant, dirons-nous, et comme de juste, ce fut Dolly qui m'en parla ; il n'y avait qu'elle pour inventer un nom pareil, une harpe d'herbes. »

Je lisais n'importe quoi : dans cette sorte d'enfer de la décharge, il me semblait que les mots n'avaient pas la même valeur. Ils étaient plus forts, ils résonnaient plus durablement. Même les titres des romans qu'on jette après les avoir lus, *La Mante religieuse, La Porte qui s'ouvre, La Porte d'or, La Porte étroite*, et pourtant une phrase saute aux yeux et reste imprimée dans votre mémoire comme :

« Pourquoi un jour prend-on le large ? »

Ou bien cette page, échappée d'un vieux livre, miraculeusement intacte au milieu de la montagne de scories :

La grande plaine est blanche
Immobile et sans voix.
Pas un bruit, pas un son. Toute la vie est éteinte.
Mais on entend parfois, comme une morne plainte,
Quelque chien sans abri qui hurle au coin d'un bois.

Oh ! La terrible nuit pour les petits oiseaux !
Un vent glacé frissonne et court par les allées.
Eux, n'ayant plus l'asile ombragé des berceaux,
Ne peuvent pas dormir sur leurs pattes gelées.

Dans les grands arbres nus que couvre le verglas,
Ils sont là, tout tremblants, sans rien qui les protège.
De leur œil inquiet ils regardent la neige,
Attendant jusqu'au jour la nuit qui ne vient pas.

Après, c'était devenu un refrain, entre Juanico et moi. De temps en temps, dans la rue, ou bien quand on était enfoncés dans nos sacs de couchage, sur le plancher de la caravane, il commençait avec son drôle d'accent : « La terrible nuit pour les petits oiseaux ! » Ou bien c'était moi qui disais : « Pas un bruit ! Pas un son ! » Je crois que c'était la seule fois de sa vie qu'il avait récité de la poésie !

Chaque matin, j'accourais à la décharge avec les gosses. C'était un jeu. J'étais exaltée à l'idée de ce qu'on allait trouver. Les bennes montaient et descendaient la collinette, pareilles à de gros insectes. Les tonnes d'ordures étaient déversées, raclées, pilées, broyées, et la poussière âcre montait sur toute la vallée, montait jusqu'au centre du ciel, tissant une grande tache brune dans le bleu de la stratosphère. Comment ne le sentaient-ils pas dans le reste de la ville ? Ils jetaient leurs déchets, puis ils les oubliaient.

Comme leurs déjections. Mais la poudre fine comme un pollen retombait sur eux, chaque jour, sur leurs cheveux, sur leurs mains, sur leurs parterres de roses. On trouvait de tout dans les décombres. Un matin, Malko est venu, tout fier. Il tenait dans ses mains un jouet, un chameau en cuir cousu, monté par son méhariste en costume rouge et turban blanc, sabre à la ceinture.

Il y a eu une bagarre, aussi, un groupe d'Espagnols, des grands de vingt ans, chemises à fleurs, un bandana autour des cheveux. Ils nous ont insultés parce que Malko et Georg parlaient roumain. Ils sont venus voir ce qu'on avait trouvé, une roue de vélo, des casseroles, des tringles de rideaux, du fil de fer rouillé, des bouts de tôle, une machine à écrire, un parapluie noir impeccable, des bottes. Ils ont regardé mes livres, des romans d'espionnage, un bouquin de poèmes en italien, de Leopardi ou D'Annunzio. L'un d'eux feuilletait les bouquins, les rejetait avec dédain. Il m'a attrapée d'un mouvement par la nuque et il a essayé de m'embrasser. Je l'ai repoussé, et Juanico a sauté sur lui, s'est pendu à son cou en lui faisant une clef. Ils se sont battus avec une violence extraordinaire, roulant dans les détritus, mais sans un cri, juste avec des han ! chaque fois qu'ils se frappaient à coups de poing, à coups de pied. Alors, les camions ont cessé de tourner, et les gens se sont attroupés pour regarder la bagarre.

234

Malko et Georg se battaient contre un Espagnol, Juanico contre un autre. Et moi qui criais comme une folle, ma tignasse hérissée par le vent, mon blouson à lanières couvert de poussière, et la paire de bottes que j'avais repérée à côté de moi sur le muret.

Puis un employé de la décharge, un vieux, qui disait toujours des choses racistes sur les Noirs, les Arabes et les Gitans, a pris la lance d'arrosage qui sert à nettoyer l'aire de cette décharge, et il nous a arrosés d'eau glacée, si fort que Juanico a glissé sur le dos, comme un cafard, et que tous mes livres se sont envolés en lambeaux.

C'est ça qui m'a eue, ce jet d'eau glacée, dur comme un fouet, qui détruisait tous mes livres. Je haïssais ce type. J'ai crié : « Salaud ! Cochon ! Fumier ! » Et j'ai continué avec mon répertoire en arabe, et c'était la dernière fois que je suis allée à la décharge.

Il y avait Sara. Je l'ai vue pour la première fois, un peu par hasard, dans ce bar de l'hôtel Concorde sur la Promenade. J'aimais bien cet hôtel, à cause d'une grande femme de bronze qui essayait de s'échapper de deux blocs de béton. Je suis entrée dans le hall pour demander qui l'avait faite, et le portier m'a dit le nom du sculpteur, Sosnovski, il l'a écrit pour moi sur un papier. Et c'était la fin de l'après-midi, j'avais laissé Juanico, parce qu'il n'était pas très sortable, avec ses T-shirts dégueulasses les uns sur les autres et sa tignasse ébouriffée — et je ne parle pas de son odeur. Et au fond du hall, j'ai entendu la musique. C'est curieux, parce que, en général, à cause de mon oreille gauche, je n'entends pas la musique de si loin. Mais là, le son arrivait jusqu'à moi, lourd et bas, avec des vibrations qui couraient sur ma peau, dans mon ventre.

J'ai marché à travers le hall, guidée par le son. Un instant, mon cœur a battu, parce que j'ai cru que j'avais retrouvé Simone, que c'était elle, là, debout au fond du bar, en train de chanter *Black is the color of my true love's hair*.

Pour bien l'entendre, je me suis assise tout près d'elle, sur la marche du podium, et quand elle m'a vue, elle m'a souri comme si elle me connaissait, et je crois que c'est à son sourire que j'ai dû de ne pas être renvoyée par le barman, qui devait regarder de travers cette drôle de petite Noire avec tant de cheveux crépus, et vêtue en jean et veste de cuir à lanières.

J'ai écouté toutes les chansons, jusqu'à la nuit. Dans le bar, les gens bavardaient en buvant leur scotch, des couples se faisaient, se défaisaient. Il y en a même qui ont dansé. Mais moi je buvais les mots et la musique, je regardais la longue silhouette de la jeune femme, sa robe fourreau noire qui moulait son corps, son visage, ses cheveux coupés court.

Après, elle m'a parlé. J'avais du mal à comprendre, j'essayais de lire sur ses lèvres. Au bar, elle a bu un verre de Perrier, elle m'a dit qu'elle s'appelait Sara, qu'elle était de Chicago. Elle m'appelait « Sister Swallow », je ne sais pas pourquoi. Elle aussi, elle m'a dit : « *I love your hair.* » Elle m'a écrit son nom et son adresse sur une enveloppe, parce qu'elle partait bientôt. Moi, j'ai écrit mon nom, mais pour l'adresse, je ne savais pas. Alors, j'ai mis l'adresse de Béatrice.

Le pianiste avait recommencé à jouer. Elle est retournée sur le podium. Je suis restée jusqu'à la fin, à la nuit. Un grand type brun est venu la chercher. Il avait un complet, un pardessus vert et une écharpe blanche, comme au cinéma. Il a emmené Sara, elle glissait vers la sortie en ondulant et, en passant, elle m'a souri encore, de son sourire éclatant sur sa face noire. Elle semblait une star, une déesse, une fée.

Après, je suis revenue chaque jour, de cinq à neuf heures du soir, et je m'asseyais dans mon coin, au bord du podium. Si un garçon m'avait dit quelque chose, j'avais ma réponse prête : « C'est ma sœur. » Mais elle avait dû les prévenir, et personne ne m'a rien demandé.

Sara a chanté pour moi tout le mois de mai. Il y avait des orages, la pluie était magnifique. La mer mauvaise, verte, superbe. Juanico venait chaque jour avec moi, sur la plage, ou sur la grande digue aux blocs de béton jetés. Mais ça n'était pas trop un endroit pour une fille. Un jour, j'attendais Juanico, un homme est venu, il m'a montré son sexe circoncis. Il avait un regard étrange, perdu, et je n'ai même pas eu envie de lui crier, comme autrefois, au vieux du cimetière : « *Sir halatik.* » Des pêcheurs aussi, dans leur barque, comme s'ils relevaient leurs filets, mais ils me faisaient des gestes obscènes, ils criaient des insanités que je ne comprenais pas. Juanico était en colère. « Enfants de putain, je vous crèverai ! » Il sautait de roche en roche, il gesticulait, il faisait mine de leur jeter des pierres.

Trop souvent, c'était ça qui me tuait. Il n'y avait pas un endroit paisible dans le monde, nulle part. Quand on trouvait un coin isolé, une anfractuosité, une grotte, une placette oubliée, il fallait toujours qu'il y ait un signe obscène, une merde, ou un voyeur.

Alors, chaque après-midi, j'étais au rendez-vous, pour écouter la musique de Sara, qui glissait comme une caresse.

Et chaque après-midi, on se parlait, à l'intermède. Enfin, on ne se parlait pas vraiment, parce qu'elle ne savait pas le français, et que je n'entendais pas bien ce qu'elle disait. Elle souriait. Elle disait, chaque fois : « *Sister Swallow, I love your hair.* » C'était devenu une rengaine.

Je restais jusqu'à la fin, et chaque soir, son ami venait la chercher, et elle passait devant moi sans rien dire, comme si on ne se connaissait pas, juste ses yeux qui s'amusaient, un petit sourire qui éclairait sa figure, et sa démarche ondulante, vers la porte de l'hôtel, vers la nuit. J'ai été amoureuse de Sara tout ce mois-là.

À cette époque-là, j'ai commencé à avoir des ennuis avec deux garçons du camp Crémat, deux frères, Dany et Hugues ; Dany avait des cheveux bruns et bouclés, Hugues était grand et roux. Des Indiens. C'était comme ça que je les appelais, à cause de leurs chemises à fleurs, de leurs bandanas dans les cheveux, et leur voiture, une Chrysler avec laquelle ils faisaient des rodéos. Juanico, Malko et moi, nous étions montés dans leur voiture. Ils tournaient dans les rues, au hasard, en faisant hurler les pneus, ils poussaient des youyous. C'était fou. Les rues défilaient à toute allure, le vent froid s'engouffrait par les fenêtres ouvertes, je crois que c'est ça qui les enivrait, mais ils avaient fumé avant, tout l'après-midi, ils avaient les yeux rouges.

Je n'avais pas peur. Je n'ai jamais su avoir peur de gens comme Dany et Hugues, il me semble que je vois toujours les enfants en eux, les gosses qu'ils ont été, insolents, drôles, faibles.

Dany avait juste vingt ans, et son frère dix-huit, comme moi. Un peu avant la nuit, ils ont arrêté la Chrysler dans le parking d'un grand magasin de bricolage, du genre Bricoltou, Maison verte, je ne sais plus. On est descendus de voiture, et les deux frères ont commencé à parcourir les rayons du magasin, comme deux sauvages, avec leurs cheveux sur leurs épaules, leurs chemises à fleurs ouvertes dans le froid, et les gens restaient figés, engoncés dans leurs doudounes, ils les suivaient du regard, comme si deux loups couraient dans les rangées. Eux parlaient fort, en espagnol, ils s'appelaient d'un bout à l'autre du magasin, ils riaient, leurs dents étincelaient dans leurs visages sombres. Puis on repartait, on roulait au hasard, le long du fleuve, jusqu'à la montagne, on traversait des agglomérations endormies, déjà noyées dans une brume que trouait mal le halo jaune des réverbères.

On faisait des choses folles. On allait dans un cimetière, et on écoutait les tombes pour entendre respirer les morts. Dany était un peu dingue, je crois. L'oncle de Juanico nous avait prévenus : « N'allez pas avec eux, ils vous feront des ennuis. » J'aimais bien Hugues, je m'asseyais à l'avant, entre les deux frères. On s'arrêtait pour boire, et je flirtais un peu avec Hugues, pendant que Malko et Juanico fumaient dehors, assis sur le capot. Mais Dany a voulu m'embrasser, et comme je le repoussais, il est devenu furieux. Une veine saillait sur son front, ses yeux étincelaient. Il a pris un petit flacon d'essence à briquet dans la boîte à gants, il m'a aspergée et il a mis le feu. J'ai senti un grand souffle, comme une gifle, et je me suis retrouvée dehors en hurlant, avec ma poitrine et mes mains qui brûlaient. C'est Hugues qui a éteint le feu. Il m'a enveloppée dans son blouson, il m'a roulée par terre, il m'a donnée des coups de poing. J'étais hébétée, je ne comprenais pas. Pendant ce temps, Dany et Hugues se battaient, s'insultaient. Juanico et Malko regardaient sans bouger. Je crois qu'ils n'avaient pas bien compris. Moi, quand j'ai compris, je suis partie, j'ai traversé la route, et je les ai laissés là. J'ai été ramassée presque tout de suite par un automobiliste qui m'a conduite aux urgences. Il avait l'air gentil, il voulait rester, mais je l'ai remercié, je lui ai dit que ce n'était rien, juste un petit accident. L'interne de service m'a fait un pansement, j'étais brûlée aux seins, au cou, sur les bras.

L'interne m'a dit : « Qu'est-ce qui t'a fait ça ? » Je savais qu'ils sont souvent des informateurs pour la police. J'avais mal, je me sentais faible, mais j'ai dit que ça allait bien. J'ai dit : « Oh rien, c'est juste un accident en voulant allumer du feu. » Il a eu l'air de me croire et j'ai seulement demandé un taxi pour rentrer à Crémat.

Après cela, il fallait que je m'en aille. Ramon Ursu n'a rien dit mais Éléna est venue dans la caravane. Elle a pris mes affaires, elle les a rangées dans mon sac. Elle m'avait donné un pull neuf, en laine rouge et noir. Elle me regardait durement, comme si elle me haïssait. Malko et Juanico jouaient au ballon dans la rue défoncée. J'ai dit à Éléna : « Et Juanico ? » Elle a fait signe qu'il restait ici, avec eux. Je crois qu'elle avait raison, que c'était à cause de moi que ça ne se

241

passait pas bien. C'était moi qui portais la poisse. À l'entrée, un groupe de Gitans discutait autour de carcasses de métal, comme des chasseurs qui auraient dépecé une proie. C'était tôt le dimanche, l'usine de broiement ne fonctionnait pas. J'ai mis le sac en bandoulière sur l'épaule gauche, à cause des brûlures. Le ciel était bien bleu, il y avait des hirondelles qui striaient l'espace, et j'entendais clairement leurs cris. J'ai pris un bus jusqu'à la gare, il me restait assez d'argent pour acheter un passage sur le prochain train pour Paris.

14

Avant l'été, cette année-là, il y a eu beaucoup de changements. D'abord, je me suis présentée au bac littéraire, en candidate libre, et comme il était à prévoir, j'ai raté. J'ai rendu copie blanche en maths, en histoire. En français, à l'oral, l'examinatrice ne voulait pas croire que j'étais libre. Elle examinait mon passeport, elle regardait mon dossier, et elle disait : « Cessez de me mentir. Où avez-vous fait vos études ? » Et puis : « Où est votre liste ? » Enfin, comme si elle avait honte de s'être mise en colère, elle m'a dit : « Sur qui voulez-vous faire votre explication ? » J'ai dit, sans hésiter : « Aimé Césaire. » Ça n'était pas au programme, mais elle était étonnée, elle m'a dit : « Eh bien, je vous écoute. » J'ai récité par cœur le passage de *Cahiers d'un retour au pays natal* cité par Frantz Fanon :

> *Et pour ce Seigneur aux dents blanches*
> *Les hommes au cou frêle*

> *reçois et perçois fatal calme triangulaire*
> *et à moi mes danses*
> *mes danses de mauvais nègre...*

jusqu'à :

> *Lie, lie-moi fraternité âpre*
> *puis m'étranglant de ton lasso d'étoiles*
> *monte, colombe*
> *monte*
> *monte*
> *monte*
> *Je te suis, imprimée en mon ancestrale*
> *cornée blanche*
> *monte lécheur de ciel*
> *et le grand trou noir où je voulais me noyer*
> *l'autre lune*
> *C'est là que je veux pêcher maintenant la langue*
> > *[maléfique*
> *de la nuit en son immobile verrition !*

En philo, le sujet, cette année-là, c'était l'homme et la liberté, quelque chose comme ça, et j'avais écrit fiévreusement un devoir fleuve de vingt pages, où je citais continuellement Frantz Fanon et Lénine, la phrase où il disait : « Quand il ne restera plus sur la terre aucune possibilité d'exploiter autrui, qu'il ne restera plus ni propriétaires fonciers, ni propriétaires de fabriques, qu'il n'y aura plus de gavés d'un côté et d'affamés de l'autre, quand tout cela sera devenu

244

impossible, alors seulement, nous mettrons la machine de l'État à la ferraille. »

Voilà comment j'avais raté. J'avais écrit tout sans me reposer, sans me relire, comme une débâcle, puis j'avais jeté le tas de feuilles sur le bureau du surveillant, et j'étais partie sans me retourner. Je n'ai même pas cherché mon nom dans le journal, je savais d'avance qu'il n'y serait pas.

À Paris, tout était à la fois pareil, et différent. Chez Béatrice, il faisait doux, la grande fenêtre du salon brillait de belle lumière, et Johanna avait grandi, ses cheveux avaient poussé. Elle avait toujours ses yeux pareils à des agates, ce regard insistant, inquiet.

Je restais avec elle toute la matinée, pendant que Raymond était à son cabinet d'avocats, et Béatrice à son journal. Le lierre était plein d'oiseaux, je tenais Johanna près de la fenêtre ouverte, pour qu'elle entende leurs gazouillis.

J'avais décidé de partir. Grâce au professeur du Centre culturel, et à un colonel de l'Usis qui en pinçait pour moi, j'ai obtenu le visa d'échange, et l'hébergement chez Sara Libcap, à Boston. J'ai même inscrit mon nom sur la loterie qui distribue les cartes de résident aux États-Unis, puisque le quota des Africains était bon cette année-là. Il ne me manquait que l'argent. Plutôt que de vendre les croissants de lune de mes ancêtres, j'ai emprunté 25 000 à Béatrice. J'avais un peu honte, mais c'était question de vie ou de mort, ou à peu près. J'avais l'impression que Béatrice et Raymond m'avaient donné cet argent pour que je sorte de leur vie une fois pour toutes, pour qu'il n'y ait plus rien qui relie Johanna à sa vraie mère.

Je n'ai même pas eu vraiment à faire des adieux. La cave de la rue du Javelot était fermée. À son retour de Moorea, Yves, l'ami de Nono, avait donné des instructions et le syndic avait fait changer la serrure. Je suis passée devant en taxi, un après-midi, et ça m'a fait une impression bizarre de voir la porte en métal peinte en vert jardin, avec le numéro 28 écrit à la peinture noire sur les parpaings, comme si c'était un garage, ou un placard à compteurs, ou n'importe quoi de ce genre, et que personne n'y avait jamais vécu, et qu'il n'y avait jamais eu cette nuit où Pascale Malika était née. C'était étrange, tout avait l'air à l'envers. Sortis du tunnel, j'ai dit au taxi : « Retournez en arrière. » Il m'a regardée dans le rétroviseur. J'ai répété : « S'il vous plaît, je voudrais repasser par là. » On a roulé lentement, le taxi avait allumé ses veilleuses. J'ai regardé l'endroit où la Mercedes de Martial Joyeux avait attendu Simone presque toute la nuit. Il y avait des taches d'huile sur la chaussée, comme des taches de sang. Peut-être qu'elle était morte. Il lui criait toujours qu'il la tuerait, si elle voulait le quitter, il la tuerait. Mais elle était sa prisonnière. Jamais elle ne pourrait s'échapper. C'était pour ça qu'elle mettait de la poudre dans sa narine et qu'elle mangeait des cachets. C'était sa façon de s'en aller.

Le taxi m'a laissée boulevard Barbès, devant le gymnase de Nono. J'ai monté l'escalier entre le magasin de fripes et le vendeur de sonos. À l'étage, la porte du gymnase était fermée, mais il y avait un brouhaha de voix. J'ai frappé au carreau, longtemps, jusqu'à ce qu'on vienne. C'était un grand type en survêtement, un Arabe, que je ne connaissais pas. J'ai demandé : « Où est Nono ? »

Il m'a fait répéter. Il a crié vers le fond du gymnase : « Tu connais Nono ? » Il me barrait le passage, il m'empêchait de regarder. Un homme de quarante ans est venu. Il était grand, il avait le teint mat, un nez fort, les cheveux bouclés, grisonnants, il ressemblait à M. Delahaye. Je ne sais pas pourquoi, j'ai tout de suite deviné que c'était lui, Yves Le Guen, l'ami de Nono. Il m'a regardée un long moment sans rien dire. Il m'avait sûrement reconnue lui aussi. Mais il n'exprimait rien, ni sympathie ni dégoût, et pourtant j'avais partagé Nono avec lui. Il a fait un geste de la main pour dire que c'était fini, que tout était fini. J'ai lu sur ses lèvres, plus que je ne l'ai entendu, il parlait à voix presque basse. « Il n'est plus ici. Nono ne vient plus ici. Il a perdu son match, il est fini, il ne boxe plus ici, il ne boxera plus jamais. » J'ai crié presque : « Où est-il ? Est-ce que vous savez où je peux le trouver ? » L'homme a haussé les épaules. « Je n'en ai aucune idée. Peut-être qu'il est retourné en Afrique. Peut-être qu'on l'a expulsé. Il est foutu. »

Je n'arrivais pas à le croire. Je me haussais sur la pointe des pieds, bêtement, pour voir par-dessus leurs épaules, comme s'ils me cachaient quelque chose. J'ai vu la salle sordide, le ring de fortune, les garçons qui tapaient dans leurs sacs de sable, qui avaient l'air de danser. Il y avait des Noirs, tout maigres et jeunes, comme Nono, qui s'entraînaient. Puis, l'homme m'a tourné le dos, et l'Arabe m'a poussée du plat de la main pour pouvoir refermer la porte. Ça sentait une odeur acide, une odeur de sueur, de moisi, comme Nono quand il revenait de l'entraînement. Je me suis sentie très seule tout à coup. Comme si j'avais enfin compris que je m'en allais réellement, parce que, tous, ils étaient partis avant moi.

Je suis retournée à la place d'Italie, pour voir Houriya. M. Vu ne m'aimait pas bien, mais ça m'était égal. J'étais décidée à voir Houriya, et Pascale Malika, ne serait-ce qu'une minute. À ce moment, je n'étais pas encore sûre de ce que j'allais faire. Au restaurant Vu Thai To, la porte était déjà ouverte pour la soirée, mais la petite salle était vide. M. Vu a sorti la tête par la porte de l'office, il a dit de sa voix désagréable : « Qu'est-ce que vous voulez ? » J'ai essayé de passer, mais il m'a barré le passage. Il était très fort pour un homme aussi petit et aussi maigre. Il criait : « Allez-vous-en ! Allez-vous-en ! » J'espérais que ses cris attireraient Houriya, mais elle n'est pas apparue. Peut-être qu'il la séquestrait. Ou peut-être qu'elle n'avait plus du tout envie de me voir. Peut-être que réellement c'était moi qui portais la poisse.

J'ai beaucoup tourné dans le métro ce soir-là, même du côté de Réaumur, ou de la gare de Lyon, jusqu'à Denfert-Rochereau. Il y avait des gens bizarres dans les wagons, sur les quais. Des soldats démobilisés qui chantaient en buvant du vin, des clochards, des femmes aux yeux transparents, des touristes perdus, des gens extraordinairement ordinaires, avec des cabas et des fichus, des chapeaux. Du côté d'Arts-et-Métiers, j'ai cherché mon vieux soldat d'Érythrée, qui a l'air d'un guerrier issa, enveloppé dans sa houppelande et les pieds bandés de guenilles. J'ai cherché mon Jésus qui mendie à genoux les bras en croix, et Marie-Madeleine aux yeux verts, aux cheveux défaits, la bouche sanglante comme si elle venait de mordre. C'était étrange, pour la première fois sans doute, les tambours s'étaient tus, et le silence résonnait dans les couloirs, du côté d'Austerlitz comme après un orage, comme après une volée de cloches. J'ai pris ça comme un augure.

Le dernier jour avant de prendre l'avion pour Boston, j'ai erré du côté de la rue Jean-Bouton, comme si réellement il y avait quelque chose à trouver là, hormis quelques filles perdues, les dealers à deux sous, et l'hôtel meublé de Mlle Mayer. J'espérais vaguement que Marie-Hélène allait sortir de l'immeuble, qu'elle viendrait vers moi et qu'elle me serrerait très fort, et qu'il y aurait Nono dans sa cuisine, tout nu en train de jouer son jumbé. Il pleuvait, les gouttes picotaient des mares noires, rien n'avait changé et, pourtant, c'était dans une autre vie, très loin. Un car de police est passé très lentement, et je suis repartie en me dépêchant, le visage tourné de côté, pour qu'on ne voie pas à quel point j'étais noire. Malgré le passeport de Marima et la lettre du service de l'immigration de l'ambassade des États-Unis qui m'annonçait que mon nom avait été tiré au sort, j'avais le cœur qui battait comme si on allait me jeter dehors. Alors je pensais qu'il n'y avait pas un seul endroit pour moi au monde, que partout où j'irais, on me dirait que je n'étais pas chez moi, qu'il faudrait songer à aller voir ailleurs.

15

L'été à Boston, on étouffait. Il y avait une vapeur au-dessus de la ville, où les gratte-ciel disparaissaient. Sara Libcap habitait un petit appartement de deux chambres dans une bâtisse en brique rouge près de la rivière Charles, du côté de B.U. Le matin, elle enseignait la musique dans un collège religieux, et le soir, elle chantait dans une boîte de jazz avec son ami Jup qui était pianiste.

Les premiers temps c'était· bien, je n'avais jamais senti une telle impression de liberté. C'était comme du temps du fondouk et des princesses, sauf qu'ici il n'y avait personne qui me faisait rechercher. Je prenais le tramway, j'allais où je voulais, j'étais dehors toute la journée, à Back Bay, à Haymarket, à Arlington, au port. J'allais à Cambridge à pied, en longeant la rivière, et en prenant la passerelle. Pendant que Sara allait donner ses cours, c'était moi qui faisais le ménage. Je lavais et je rangeais la vaisselle, je préparais de quoi manger pour midi et pour le soir. Sara n'avait rien demandé, mais ça me semblait naturel en échange du logement, comme chez Béatrice. Sauf que Sara ne me donnait pas d'argent, ni Jup non plus. Ils ne me demandaient jamais combien j'avais dépensé pour leur acheter à manger, et moi je n'osais pas le leur réclamer. Mais je voyais mes économies fondre et, sans carte verte, je n'avais pas la possibilité de travailler. Je guettais la boîte aux lettres chaque jour, dans l'espoir de voir enfin une enveloppe à en-tête du service de l'immigration. Et chaque jour, j'étais un peu plus énervée, j'avais l'impression d'un piège qui se refermait doucement, sans que je puisse rien faire.

Sara et Jup, eux, vivaient au jour le jour. Ils n'avaient jamais deux sous devant eux. C'était Sara qui payait le loyer de l'appartement avec son salaire de professeur de musique et, pour le reste, les soirées avec les amis, les restaurants, les fringues, c'était l'argent du piano-bar. Je crois qu'ils se dopaient aussi. De temps en temps, ils m'invitaient. Ils m'emmenaient au club C.T. Wayo, à Back Bay, que Jup appelait Black Bay parce que c'était là qu'on entendait le meilleur jazz.

Sara aimait bien me montrer à ses amis. Elle me déguisait comme elle, avec des collants noirs, chemise noire et béret, ou bien elle tressait mes cheveux en petites nattes, comme le faisaient les princesses au fondouk. Elle était fière de moi, elle disait que je ne ressemblais à personne, que j'étais une vraie Africaine. C'était ce qu'elle disait à ses amis : Marima, elle est d'Afrique. Les gens disaient « ah ? » ou « oh ! », ils posaient des questions stupides, du genre : « Quelle sorte de langue on parle là-bas ? » Et je répondais : « Là-bas ? Mais on ne parle pas là-bas. » Au début, je me prêtais au jeu de Sara, puis ça commençait à m'ennuyer sérieusement, ces questions, ces regards, et leur ignorance de tout. Dans le bar, la musique cognait trop fort, un rythme lourd qui résonnait dans mon ventre, j'avais beau appuyer ma main sur ma bonne oreille, le bruit de la basse entrait dans mon corps, me faisait mal. Je buvais de la bière, de la Margarita, de la Cuba libre, je buvais la lumière et la fumée. J'étais saoule, comme Houriya quand elle revenait de faire la noce.

Peut-être que j'aimais ça, ou peut-être pas. C'était nouveau, je me sentais comme si on avait changé mon corps. J'étais devenue très mince, presque maigre, j'avais les yeux fiévreux, je sentais de l'électricité dans mes doigts, jusqu'au bout de mes cheveux. Je sentais l'alcool qui gonflait mes articulations, qui les rendait plus souples. J'allais de groupe en groupe, Jup me tenait par la taille. Il parlait fort, et vite, je ne comprenais pas ce qu'il disait. Et Sara riait d'une drôle de façon, un rire grave qui devenait de plus en plus aigu, qui roulait comme une cascade.

Sara Libcap aimait bien raconter mon histoire, comment on s'était connues, l'hôtel Excelsior, ou Concorde, je ne savais plus, la statue de la femme nue entre deux murs comme s'il y avait eu un tremblement de terre. Et moi assise tous les soirs sur le bord de l'estrade, comme une petite fille sérieuse, pour l'écouter chanter Mahalia Jackson et Nina Simone. Elle était ma grande sœur, elle m'avait trouvée, moi qui n'avais personne au monde, moi qui pouvais jouer de la darbouka et chanter — elle est merveilleuse — et elle m'avait fait venir chez elle, ici, à Boston, dans cette ville pourrie, cette ville de connards d'Anglos, où personne, surtout personne avec du talent, ne pourrait jamais arriver à faire sortir quoi que ce soit de l'ornière de fange dans laquelle il fallait bien vivre.

Ça c'était au début. Mais à la fin de l'été, il y a eu cette tempête, ce cyclone qui a tout bouleversé. Je ne sais pas si c'est vraiment le cyclone qui a été la cause de ce qui est arrivé. Il faisait très chaud et lourd depuis le commencement d'août. Parfois la brume était si épaisse qu'elle cachait le haut des immeubles, du côté du port. Quand le cyclone est arrivé en vue du cap Cod, il y a eu une alerte. Les gens ont barricadé leurs portes et leurs fenêtres, et sur les hautes tours de verre ils avaient collé des bandes de papier. Mais Sara continuait à se rendre à son collège pour donner ses cours de piano.

Le matin, Jup avait pris l'habitude de rester à

la maison. Il prétextait qu'il allait m'aider à faire le ménage et à préparer le déjeuner, mais en réalité il s'allongeait sur le divan du living et il buvait des bières en me regardant du coin de l'œil, par-dessus l'écran de la télé allumé.

Donc ce matin-là, il y a eu une scène ridicule, que j'ai bien regrettée. Jup est venu vers moi, sans rien dire, comme s'il allait chercher à boire à la cuisine. Il faisait très chaud, il était tout nu, juste en slip, sa peau noire luisait de sueur. Je passais le balai mouillé sur le carrelage, et lui, au lieu d'enjamber le balai, est passé par-derrière et m'a agrippée. Au début, je croyais qu'il blaguait, parce qu'il me tenait enlacée et il cherchait à m'embrasser. Il a passé une main sous mon T-shirt pour toucher mes seins, et je me suis mise à crier de toutes mes forces. Alors il m'a relâchée. Je croyais qu'il avait fini, mais il est revenu sur moi, il a essayé de m'entraîner dans la chambre, vers le lit. Jup n'était pas très grand, mais l'alcool avait dû multiplier ses forces, il me soulevait et me traînait vers la chambre. Je continuais à crier, je le bourrais de coups de poing. Alors il m'a frappée, d'abord sur le côté de la tête, et puis sur la joue, sur le cou. Il criait en même temps : « *Bitch !* » ou « *Don't be bitchy !* » Quand il a vu qu'il n'arriverait à rien, ou peut-être qu'il a eu peur que les voisins ne viennent sonner à la porte pour demander ce qui se passait, il m'a relâchée. Il a pris ma main et il l'a mise sur son sexe durci. Il voulait que je le masturbe, il disait qu'il était malade. Je crois que c'est ce qu'il disait, que si je le laissais dans cet état il en tomberait malade. Je lui ai crié : « *Asshole !* » et d'aller se faire foutre, et je suis partie.

J'ai marché toute la journée dans les rues de Boston. Finalement le cyclone n'est pas venu. Il a buté sur le cap Cod et il est allé décoiffer les maisons en bois des gens riches de Martha's Vineyard.

L'après-midi, il pleuvait, et je suis allée de l'autre côté de la rivière, dans les petites rues anglaises de Cambridge. Les gens étaient sortis de leurs maisons, il y avait des étudiants, des amoureux sur les pelouses, à l'abri de leurs parapluies de golf. La pluie chaude faisait sortir l'odeur de l'herbe, de la terre.

Je me sentais vide, fatiguée. Dans un café, à côté de la gare du tram, j'ai rencontré Jean Vilan. Il m'a dit qu'il était venu suivre des cours à Harvard, et qu'il enseignait le français à l'Alliance de Chicago. Il n'était pas très grand, il était un peu déplumé sur le front, mais il avait de beaux yeux verts, un peu troubles, et un gentil sourire. On a passé tout le reste de la journée à parler et à marcher dans les rues, à aller de café en café. Il avait une voix grave que j'entendais bien, de belles grandes mains. Je crois que je n'avais jamais autant parlé, il me semblait que ça faisait des années que je n'avais plus parlé comme ça, comme avec le grand-père de

Hakim. On s'abritait sous les arbres des parcs, et quand la pluie nous avait trop mouillés, on s'asseyait dans un café. Pour finir, quand il a fait nuit, on est allés dans sa chambre, à *The Inn*, au dernier étage, avec une fenêtre qui regardait Massachusetts Avenue.

On ne parlait pas vraiment, à cause de ma mauvaise oreille, l'autre s'était fatiguée. J'avais comme un vide qui résonnait dans ma tête, je ne voulais pas penser à ce qui s'était passé chez Sara. Je parlais au hasard, et Jean parlait de son côté. Il racontait son enfance heureuse, ses frères et ses sœurs, en Bretagne, à Paris. De temps en temps on riait, comme si c'était une bonne blague.

Il était trop tard pour rentrer. Pour rien au monde je n'aurais voulu retourner chez Sara. On a mangé les biscuits salés du frigo, on a bu les petites bouteilles d'alcool, du gin, de la vodka.

Au matin, je n'avais pas dormi. Jean s'était allongé sur le sofa, il paraissait pâle et fatigué, et la barbe faisait une ombre sur son visage. Je me disais que, quand nous sortirions, les gens de l'hôtel penseraient que j'étais sa maîtresse, ou peut-être une pute de passage.

Nous sommes allés manger un petit déjeuner à la cafétéria de l'hôtel, dans la cour intérieure. Beaucoup de thé, des œufs, des haricots. Jean devait prendre l'avion pour Chicago à midi.

Je suis retournée chez Sara.

Mais les jours suivants, ça n'allait pas du tout. Je ne sais pas ce que Jup avait raconté à Sara, mais elle était devenue brutale, méchante avec moi. J'ai bien pensé lui dire la vérité, mais à quoi bon ? Elle ne m'aurait pas crue. Toujours les femmes prennent le parti de leur homme, même quand elles se trompent, même quand ils les trompent.

Alors j'ai acheté un billet de Greyhound, j'ai mis mes affaires dans un sac de plage, toujours mon vieux poste de radio tacheté et le bouquin de Frantz Fanon en souvenir de Hakim, et je suis partie pour Chicago.

Je n'avais plus peur de rien. J'étais capable d'affronter le monde. Deux jours après mon arrivée, je me suis fait engager dans un hôtel de Canal Street tenu par Mr Esteban, « El Señor », un Cubain exilé, pour ramasser et laver les verres du bar à l'« heure heureuse » — l'heure des passagers des Greyhounds. Il y avait une chanteuse noire qui ne ressemblait pas à Sara et qui écorchait des blues accompagnée d'un pianiste fatigué. J'ai loué une chambre dans une maison de South Robinson — il y avait juste un écriteau sur une fenêtre du bas, comme au cinéma. Une vieille maison déglinguée en bois gris, avec un perron et un toit en bardeaux verts et deux hautes cheminées en brique.

Quelque temps après, le pianiste est tombé malade et c'est moi qui ai pris le piano. Les leçons de Simone et de Sara m'avaient bien servi. Je jouais de mémoire, je n'avais pas besoin de lire la musique. Tout était devenu très simple : je gagnais cinquante dollars chaque soir, en quatre soirées j'avais payé mon studio. Je dînais à l'hôtel, avant de monter sur l'estrade, des steaks et des gambas, et je pouvais tenir jusqu'au lendemain soir avec des bols de lait et de Shredded Wheat. Le patron de l'hôtel aimait bien ma musique. Il venait s'asseoir dans le salon quand je jouais, il écoutait en buvant de l'eau gazeuse. Et quand la chanteuse est partie à son tour, c'est moi qu'il a engagée pour chanter et jouer du piano à sa place. Je chantais le répertoire de Sara, Billie Holiday, Nina Simone. Quelquefois j'improvisais, je retrouvais la musique que nous faisions dans les couloirs de la station Réaumur-Sébastopol, ou bien sur le toit de la rue du Javelot. Juste le rythme du piano qui roule, un grondement d'orage au loin, le bruit lourd des voitures dans les avenues, et des cris, des appels, les aboiements des coupeurs de canne dans les champs, à Saint-Domingue : « Aouha ! Houa ! »

El Señor ne disait pas grand-chose, mais à la façon qu'il avait de se renverser un peu sur sa chaise et de fermer les yeux en tirant sur sa cigarette, je voyais que ça lui plaisait bien. Je ne faisais pas attention aux gens qui buvaient au bar, je crois que c'était surtout pour lui que je chantais. J'essayais d'imaginer sa vie, par où il était passé avant d'arriver là. Peut-être qu'il avait été colonel dans l'armée cubaine, autrefois, ou bien juge de paix, avant Castro. Je trouvais qu'il avait assez l'air d'un juge de paix. En dehors des soirées au bar, devant son verre d'eau gazeuse, je ne le voyais jamais. Il vivait seul dans une annexe de l'hôtel, au bout d'une allée de terre. Il ne s'occupait de rien, pas même de la paye des employés. C'était Sambo, son homme à tout faire, qui me donnait l'argent, après chaque soirée.

J'ai retrouvé Jean Vilan. Il habitait avec une femme nommée Angelina un immeuble chic, à Pine Grove, près de Lakeshore. Je passais l'après-midi avec lui, de temps en temps, pour oublier le reste. On allait dans un hôtel du centre, en haut d'une tour. Avec lui, c'était si calme, si tranquille, un vrai salon de première. Par la grande baie vitrée face à l'est, je regardais la nuit bleue, le lac, les lumières des voitures qui serpentaient très bas sur l'autoroute, comme si je planais à trente mille pieds. On parlait encore quelquefois, mais plus comme on l'avait fait dans la chambre d'hôtel à Harvard. On faisait l'amour, on mangeait, puis je dormais lourdement, jusqu'au soir. La plupart du temps, quand je me réveillais, Jean était parti donner ses cours. Il travaillait à une thèse de sociologie, sur les migrants mexicains dans la banlieue sud de Chicago. Une ou deux fois, il m'a emmenée avec lui dans les quartiers de Roselle, Tinley,

Naperville, Aurora, il s'invitait à des noces, à des baptêmes. C'était comme s'il allait sur la planète Mars. Je ne suis pas sûre qu'avec tous ses diplômes il comprenait mieux que moi ce qu'il voyait.

Dans Robinson, il y avait de drôles de gens. Le soir, un peu avant la nuit, ils sortaient de leurs maisons aux fenêtres bouchées par des planches. Ils vendaient leurs petites doses de poudre, leurs petits carrés de résine. J'avais appris à les éviter. Mais juste en face de la fenêtre de ma chambre, de l'autre côté de la rue, vivait Alcidor. C'était un géant, grand comme un ours noir, avec un visage enfantin. Il était habillé tous les jours du même overall en jean et d'un T-shirt blanc et rouge, même quand le vent du nord soufflait. Il vivait dans une petite maison chavirée avec sa mère, une petite femme noire qui travaillait dans un café. Il s'était pris d'amitié pour moi. Chaque matin, quand je sortais faire des courses, vers onze heures, midi, Alcidor était assis sur les marches du perron de sa maison, il me faisait de grands signes. Mais il n'arrivait pas bien à parler, il lui manquait quelque chose dans la tête. Il hochait la tête quand je lui disais quelque chose, il ressemblait à un gros chien, monstrueux et inoffensif. Les gosses du quartier se moquaient de lui, lui envoyaient des noyaux, mais il ne se mettait jamais en colère. Il pouvait rester assis des heures sur le pas de la porte, à attendre sa maman, en mangeant des crackers. Les dealers le laissaient tranquille. Quelquefois, pour s'amuser, ils lui faisaient fumer une cigarette de hasch, pour voir l'effet que ça lui ferait. Alcidor fumait la cigarette, puis il se remettait à manger tranquillement ses crackers. Il riait peut-être un peu plus, c'est tout. Il était vraiment d'une force incroyable. Un jour, une camionnette conduite par un ivrogne est montée sur le trottoir et a défoncé le mur d'un bâtiment plus loin. Une poutre est à moitié tombée sur le trottoir, en équilibre sur un des entraits. Alcidor est arrivé, il s'est accroché à la poutre qui pendait et, par son seul poids, il l'a relevée et remise en place. Il paraît qu'un organisateur de combats avait voulu l'engager, mais Alcidor était trop doux, trop gentil, il n'avait pas envie de se battre. Il n'avait pas beaucoup de conversation. Tout ce qu'il disait, c'était sur le temps qu'il ferait en hiver : « *Maybe rain, maybe snow, I don't know.* »

Sa mère le protégeait. Un jour, j'étais assise sur les marches de sa maison, à côté d'Alcidor, avec un bouquin de bandes dessinées, je m'étais mis dans la tête de lui apprendre à lire. Sa mère est arrivée, et quand elle m'a vue, elle s'est fâchée : « Qu'est-ce que c'est que cette négresse ? Qu'est-ce que vous voulez à mon fils ? » Je n'ai plus recommencé.

Pourtant, un après-midi, il y a eu cette histoire terrible avec la police. Le maire avait dû donner des instructions pour qu'on arrête quelques dealers, juste le temps de faire une photo et de parler de lui dans les journaux, et je ne sais pas pourquoi ils avaient choisi cette rue de Robinson — probablement parce qu'il ne s'y passait jamais rien. Tout d'un coup, les voitures de la police sont arrivées par paquets, elles ont bloqué la rue. Les flics sont montés à l'assaut des maisons, surtout celles du bout, qui avaient les fenêtres fermées par des planches. Ils ont dû arrêter quelques petits garçons, et soudain, ils ont vu Alcidor. Le géant venait de terminer sa sieste, il était sorti sur le pas de sa porte, habillé toujours de sa salopette en jean et de son T-shirt rouge et blanc, et quand il a vu les gyrophares qui clignotaient, ça l'a attiré, il a fait quelques pas pour regarder ce qui se passait. En haut des marches en bois, il paraissait encore plus grand, plus gros, un vrai ours qui sortait de la forêt. Moi j'avais le cœur serré, parce que je voyais bien qu'il n'avait pas compris le danger, que les policiers avaient peur de lui. J'aurais voulu lui crier : « Alcidor ! Va-t'en, retourne chez toi ! » Les haut-parleurs de la police gueulaient des ordres, mais bien sûr Alcidor ne comprenait rien. Il continuait à marcher vers eux, les mains dans les poches, en se dandinant complaisamment. Et puis trois flics lui ont sauté dessus, ils ont essayé de le faire tomber par terre, mais lui les a repoussés d'une bourrade. Il croyait que c'était un jeu. Il regardait leurs armes pointées sur lui sans comprendre, et il continuait à avancer vers le milieu de la rue. Mais il n'avait plus les mains dans les poches. Quand les flics ont vu qu'il n'était pas armé, ils s'en sont donné à cœur joie. Ils lui ont sauté dessus, et ils ont commencé à le bastonner, sur le dos, sur les bras, sur la tête. Alcidor saignait du nez et du crâne, mais il était encore debout, il tournait sur lui-même en grognant, les bras étendus, comme s'il cherchait à se retenir à quelque chose. Puis les flics l'ont battu sur les jambes, et enfin il est tombé par terre. Et là, ils continuaient à le battre à coups de matraque, si fort qu'il me semblait que j'entendais les coups. Ils l'insultaient et ils le battaient. À la fin, j'ai vu Alcidor qui pleurait, couché par terre, les bras sur sa tête pour se protéger des coups. Il poussait des cris, des grognements, il appelait sa maman au secours.

La vieille est arrivée au moment où ils embarquaient Alcidor dans une voiture. Il était si énorme qu'ils n'arrivaient pas à le faire entrer droit, alors ils l'avaient poussé la tête en avant, et ils battaient ses jambes pour qu'il se replie dans la voiture. Et la vieille Noire courait derrière eux en glapissant, elle cherchait à les retenir. Puis ils sont partis, et elle est retournée chez elle, elle a refermé sa porte. Elle était sûre que c'étaient nous tous, dans cette maudite rue, qui avions envoyé les flics chercher son fils. Et deux jours après, quand il est revenu, quelque chose avait changé. Alcidor maintenant ne s'asseyait plus dehors pour regarder passer les gens. Il restait enfermé dans la maison. Il avait peur. Quelque temps après, on a vu un panneau sur la maison. La vieille avait emmené Alcidor dans un autre quartier, et de lui je ne sais plus rien.

Après cela, j'ai connu la dérive. J'en ai eu assez de partager Jean avec Angelina. Je suis sortie avec Bela, un Équatorien qui habitait Joliet, grand, mince, avec des cheveux longs comme un Indien de cinéma, et un petit diamant incrusté dans l'oreille gauche. Il rêvait de reggae, de raga, de lancer son label. En attendant, il trafiquotait des barrettes, des amphétamines, un peu de poudre. Il se défonçait aussi, mais ça je ne le savais pas. J'allais avec lui dans les bars, dans les boîtes à blues, je rencontrais des musiciens. Je restais dehors toute la nuit. Il y avait des stars du basket, des scratcheurs paumés, des dj sans Technics, des égéries qui se prenaient pour Janet Jackson quand elle chante *Run away if you want to survive*, des Jamaïcains qui se prenaient pour Ziggy Marley, des Haïtiens qui se prenaient pour les Fugees. Moi, ceux que j'aimais, c'étaient les Roots : Razhel « The Godfather of Noise », Black Thought, Hub, ? Question Mark, Kamel. Et puis Common Sense, et KRS one, et Coed. J'avais échangé le vieux poste de radio contre un baladeur, j'allais partout avec la musique profonde dans ma seule oreille, comme si le monde entier était muet. Je m'habillais comme eux, je marchais, je fumais comme eux, je parlais comme eux, je disais : « *You know what I'm saying ?* » Personne ne pouvait croire que je venais de l'autre bout du monde. Une fois j'ai parlé de Morocco, on a compris Monaco. Je n'ai pas recommencé. Personne ne savait ce que c'était que d'être d'Afrique, et puis je n'avais pas encore reçu le petit bout de plastique vert qui donne tous les droits. De temps en temps, je revoyais Jean, mais il n'aimait pas me partager avec quelqu'un comme Bela. Et comme il n'a jamais eu beaucoup de menton, il avait l'air encore plus triste.

Grâce au Señor, j'ai eu un numéro de sécurité sociale, un permis de conduire. Un soir, sans me prévenir, il a invité Mr Leroy dans son bar, pour m'entendre chanter. Quand j'ai eu fini mon numéro, Mr Leroy a écrit sur sa carte de visite un rendez-vous pour le lendemain. Je suis allée toute seule au studio d'enregistrement, sans en parler à Bela, ni à Jean ni à personne. Je ne comprenais pas bien ce que Mr Leroy voulait. J'ai mis un pantalon serré, et un grand pull noir à col roulé, pour le cas où il aurait été du genre envahisseur. Le studio était dans le sous-sol d'un immeuble de Ohio, juste une grande salle tapissée d'isolant noir, avec au centre un piano blanc. C'était un peu terrifiant. J'ai joué comme j'avais appris avec Simone dans la maison de la Butte-aux-Cailles, penchée sur le clavier pour bien entendre rouler les notes graves. J'ai chanté Nina Simone, *I put a spell on you* et *Black is the color of my true love's hair*. Et puis j'ai joué mon morceau, celui où j'aboyais comme les coupeurs de cannes, où je criais comme les martinets dans le ciel au-dessus de la cour de Lalla Asma, où je chantais comme les esclaves qui appelaient leurs grands-pères loas, au bord des plantations, debout dans la mer. J'ai appelé ma chanson *On the roof*, en souvenir de la rue du Javelot et de l'échelle des pompiers qui menait au toit du monde. J'avais le cœur qui battait trop fort. Pour me donner du courage, j'ai pensé à la voix drôle et fraîche de Djemaa que j'écoutais jadis au Douar Tabriket, le poste collé à mon oreille, quand elle annonçait Cat Stevens sur Radio Tangiers, *The Voice of America*.

Maintenant, après toutes ces années, je savais ce que je voulais entendre, ce roulement ininterrompu, sourd, grave, profond, le bruit de la mer sur le socle de la terre, le bruit des bogies sur des rails sans fin, le grondement continu de l'orage qui se lève derrière l'horizon. Comme un soupir, ou une rumeur qui viennent de l'inconnu, le bruit du sang dans mes artères quand je me réveille la nuit et que je me sens seule.

Maintenant, je jouais, je n'avais plus peur de rien. Je savais qui j'étais. Même le petit bout d'os qui s'était brisé derrière mon oreille gauche, ça n'avait plus d'importance. Même le sac noir, et la rue blanche, le cri éraillé de l'oiseau de malheur. Ni Zohra, ni Abel, ni

Mme Delahaye, ni même Jup, tous ces gens qui partout épiaient, chassaient, tendaient leurs filets. J'ai chanté longtemps, presque sans reprendre mon souffle, et j'avais mal au bout des doigts. J'avais l'impression d'un très grand vide, comme dans les couloirs du métro quand tout le monde s'en va. Mr Leroy n'a rien dit. Je suis partie du studio le cœur serré, j'avais l'impression d'avoir échoué pour toute ma vie. Je suis allée me réfugier à l'hôtel, avec Jean Vilan.

J'ai dormi pendant deux jours et deux nuits, presque sans me réveiller. J'étais allée au bout de mes forces. D'avoir vu le géant Alcidor jeté à terre par les flics, battu et laissé à pleurer sa maman comme un petit enfant, je ne pouvais plus retourner rue Robinson. J'avais encore dans l'oreille le bruit des sirènes des voitures de police, quand ils avaient bloqué la rue. Il y avait le ciel bleu de l'automne, les arbres rouges, tout ça, mais ça n'était pas différent de la rue Jean-Bouton, ça n'était même pas très différent de la cour de Lalla Asma, ni de la rue blanche où j'avais été volée quand j'étais petite.

Juste avant la neige, en novembre, j'ai reçu en même temps la lettre de l'Immigration contenant ma carte de résident et un rendez-vous avec Mr Leroy pour enregistrer *On the roof*. Dans le studio, il y avait le producteur, des assistants, des techniciens. J'ai joué et j'ai chanté toute la matinée, l'enregistrement avançait par petits bouts. Il fallait sans cesse revenir en arrière, recommencer. Puis, quand ç'a été fini, j'ai signé un contrat pour un disque single, et pour tout ce que j'allais produire pendant cinq ans. Je n'avais jamais eu autant d'argent. Je ne comprenais pas bien ce qui arrivait. Cette nuit qui a suivi, avec Bela et les musiciens, Mr Leroy et les assistants de production, on est allés dans un restaurant de Grand, qui appartient à Magic Johnson. J'avais la tête qui tournait, il me semblait que je n'avais plus de limites. Une journaliste ebony me posait des questions, je disais n'importe quoi, j'étais française, j'étais africaine. Quand elle m'a demandé le nom de ma prochaine chanson, j'ai dit sans hésiter : *To Alcidor with love.* J'avais une sorte de colère rentrée, je tremblais. J'avais l'impression que la musique des tambours de Réaumur-Sébastopol était partout, dans l'air, dans la fumée des bars, dans la lueur rouge qui reste au-dessus de Chicago jusqu'à l'aube.

Au matin, je les ai laissés tous. J'ai marché le long du lac. Il faisait très froid, et je n'avais que mon blouson en cuir et mon béret noir enfoncé jusqu'aux oreilles. Les peupliers trembles étaient enflammés, le ciel d'un bleu intense. Le soleil se levait au-dessus du lac. J'ai vu passer les escadrilles des grues vers le Nouveau-Mexique.

J'ai attendu sagement dans les couloirs de l'Alliance française. Jean Vilan ne m'a pas reconnue tout de suite, à cause de mon blouson noir et de mon béret. Il s'est excusé auprès des étudiants, il leur a dit qu'il avait quelque chose d'important et d'urgent. Nous avons marché dans les grandes avenues, nous avons pris un petit déjeuner, comme à Harvard. Nous sommes allés jusqu'au terre-plein qui entoure la station d'épuration, au bord du lac. Il y avait déjà des gens sur les pelouses, des joggers tirés par leurs caniches royaux, des vieux en survêtement qui s'exerçaient au tai-chi. Il faisait froid. En passant devant un immeuble de Sheridan, j'ai loué un studio, j'ai payé tout de suite, un mois de caution, un mois d'avance. Je voulais faire comme si Jean et moi nous nous étions mariés, sans témoins, sans église, sans papiers. Sans avenir. Je crois bien que c'est à ce moment-là que je suis tombée enceinte.

16

Je ne sais pas quel démon m'a poussée à retourner avec Bela, dans son appartement de La Plaza, à Joliet. Peut-être bien que c'était lui le démon. Ou peut-être que c'était Jean Vilan, parce qu'il m'avait fait tellement attendre, parce qu'il attendait tellement de moi. Je ne crois pas que personne se soit jamais autant ennuyé que moi.

À Sheridan, j'étais enfermée dans une cage de verre et de fer, au-dessus de la ville et du lac gelé, dans un endroit tellement hermétique que je pouvais croire que j'étais devenue sourde des deux oreilles. Tout le jour j'attendais. J'attendais que Jean ait fini ses cours, j'attendais qu'il ait fini avec ses élèves, avec ses professeurs, avec ses articles. Puis j'attendais qu'il ait fini avec Angelina. Vers quatre heures, Jean arrivait à la hâte, avec des fleurs, une bouteille de vin, des oranges, comme s'il venait voir une malade. Nous faisions l'amour à même la moquette,

devant la baie vide où la nuit tombait déjà. Je
m'endormais serrée contre lui, comme autrefois, quand je me collais au dos de Lalla Asma. À
minuit, il s'en allait sur la pointe des pieds. Un
jour, je lui ai demandé de me montrer une
photo de son amie. Elle souriait un peu bêtement, sur une grande pelouse verte, devant une
piscine. Angelina était un nom qui lui allait
bien. Elle était grande, blonde, angélique, tout
le contraire de moi en somme. Elle était russe,
ou lituanienne, je ne sais plus. Elle était
médecin.

Bela était lui aussi tout le contraire de Jean. Il
était mince comme une liane, doux et violent,
avec une sorte de colère rentrée. Il apportait
beaucoup de soin à choisir ses habits, ses chaussures, ses chemises de soie noires. Il lustrait
chaque matin le diamant incrusté dans son
oreille, il disait que ça lui venait de sa sœur,
qu'elle le lui avait donné avant de mourir d'une
overdose chez ses parents, à Washington. Avec
lui, je sentais moins le vide, l'ennui d'avoir à
attendre. En fait, je n'attendais plus rien. On
vivait au jour le jour, on écoutait de la musique,
on allait dans les bars, les boîtes, les soirées.
Mr Leroy n'aimait pas Bela. Un jour, il m'a téléphoné, je ne sais comment il avait eu le numéro.
Il m'a dit : « Ce n'est pas un type pour toi, trop
faible, il va te faire tomber. » J'étais en colère,
j'ai décidé de ne plus retourner au studio.

C'était avant le printemps, Bela avait des problèmes d'argent, il devait des mois de loyer. On a fait le projet de partir vers la Californie en voiture, mais on n'arrivait pas à se décider. La nuit, on traînait jusqu'à quatre, cinq heures dans des boîtes, à boire, à fumer, et quand on se réveillait, il était déjà trop tard. Je ne savais même plus quel jour de la semaine on était. Bela a été expulsé de La Plaza. Un après-midi, je rentrais avec du lait, des pâtes, des trucs pour dîner, et la serrure de la porte avait été changée. Bela est arrivé furieux, je ne l'avais jamais vu dans cet état. Nos affaires avaient été mises dans des sacs-poubelle au bas des marches, sous la pluie. Bela frappait la porte à grands coups de pied, il criait des injures. Le vigile des appartements est arrivé, avec sa matraque électrique et son téléphone. Bela a fait mine de se battre, et le vigile l'a électrocuté avec son bâton, puis il a appelé les flics. Je hurlais, je m'accrochais et je hurlais. J'ai traîné Bela par les cheveux jusque dans le parking. C'était ridicule, terrifiant. On a mis nos sacs-poubelle dans la voiture et on est partis avant que les flics arrivent. Pour se venger, Bela a jeté une bouteille sur la façade, du jus de tomate qui a fait sur le mur une longue tache rouge. En même temps, il hurlait comme un loup de vieille ville. On s'est réfugiés chez un de ses amis, dans la ville chinoise, et puis on a décidé de partir vers la Californie. On a traversé les États-Unis presque sans s'arrêter, conduisant à tour de rôle, nuit et jour, dormant dans les

273

parkings. Quelque part, en Arkansas, en Oklahoma, il faisait si froid, il y avait de la neige sur les talus, je suis tombée malade. Je frissonnais, j'avais mal à la tête, des nausées. Bela disait : « Ce n'est rien, ça va passer, c'est un rhume. » Mais ça n'est pas passé. Ce n'était pas un rhume, c'était une fièvre cérébro-spinale. Quand on est arrivés en Californie, j'étais mourante. Mon dos et ma nuque étaient raides, une douleur lancinante battait dans mes oreilles, et j'avais l'impression que mon cœur s'arrêtait. Je n'arrivais plus à parler, je n'entendais plus ce que Bela disait. J'avais les yeux ouverts jour et nuit, comme si je tombais à travers l'espace. À San Bernardino, j'ai perdu le bébé, avec beaucoup de sang et Bela a eu très peur que je ne meure dans sa voiture. Il m'a déposée avec mon sac à la porte d'un hôpital. Je ne sais pas ce qu'il a raconté, qu'il m'avait ramassée en stop sur la route ou quelque chose, parce que je ne l'ai pas revu. Peut-être qu'il a été arrêté par les flics en trafiquant ses poudres et ses cachets. C'est comme ça que j'ai perdu une des boucles d'oreilles en or que Lalla Asma m'avait données, mais j'étais trop malade pour m'en soucier.

Quand je suis entrée à l'hôpital de San Bernardino, j'étais inconsciente, ou à peu près. Je passais mon temps en boule, cachée sous les draps pour échapper à la lumière. À cause de la fièvre et de la déshydratation, j'avais la langue noire, enflée, mes lèvres saignaient. Je ne me rendais même plus compte que j'étais sourde. J'étais dans un cocon, blottie au fond d'une grotte, tout au fond de mon mal. Mon ventre était mon âme, mon être, il avait été tellement gratté, cureté, vidé que je ne vivais plus que par lui. Quelquefois, quelqu'un venait, m'obligeait à me réveiller, à uriner dans le bassin, m'injectait une médecine. Je sentais une aiguille s'enfoncer dans mon dos, entre mes vertèbres, je hurlais de douleur. Puis je retombais épuisée sur le lit.

C'est alors que j'ai vu Nada pour la première fois. Je l'ai appelée Nada au-dedans de moi, parce qu'elle a posé sa main très fraîche sur mon front, et c'était comme la rosée du matin. J'ai vu son beau visage lisse et sombre, ses yeux en amande très noirs, ses cheveux coiffés en une seule tresse épaisse comme le bras. Elle était assise à côté de mon lit, je regardais ses yeux, je plongeais dans son regard. Je m'agrippais à sa main, je ne voulais plus qu'elle s'en aille.

Puis j'ai dormi, pour la première fois depuis des semaines. J'ai rêvé que je ne dormais pas, que je glissais en arrière sur une vague. Chaque matin, j'attendais le retour de Nada, sa main fraîche, ses yeux. Elle était la seule qui me guidait vers la surface, vers la lumière. Je commençais à sortir de ma grotte. Elle seule pouvait me ramener au seuil, là où on entend la musique des enfants, les cris des oiseaux, même les grondements des autos dans les rues. Pour elle, je collectionnais les pastilles somnifères. Je les glissais dans un mouchoir, sous mon oreiller, et le matin, je les lui offrais. Je n'avais rien d'autre à donner.

Le médecin-chef est venu un matin avec ses étudiants. Il faisait une conférence, et ses étudiants copiaient dans leurs bouquins. Je les ai regardés jusqu'à ce qu'ils baissent les yeux. Les garçons ricanaient. Moi je m'en foutais, j'attendais Nada.

Elle venait avant la nuit, avant de retourner dans son quartier, à la Mission de San Juan. Elle ne s'appelait pas Nada, elle avait une épinglette sur sa blouse blanche, avec son nom écrit : CHA-VEZ. Elle était une Indienne Juanera. Elle ne me parlait pas autrement que par signes, elle mimait avec ses mains et avec son visage ce qu'elle voulait me dire. Elle dessinait des lettres avec ses doigts. Et moi j'ai appris à lui répondre, j'ai appris à dire femme, homme, enfant, animal, voir, parler, savoir, chercher. Elle savait pour le bébé. Ils avaient eu ce problème à l'hôpital, en plus de tous les autres. Elle ne m'a rien demandé. Elle m'a montré des hommes, au hasard, dans une revue. Hugh Grant, Sammy Davis, Keanu Reeves, Bill Cosby, et j'ai compris. Nous avons beaucoup ri. Je crois qu'elle avait peur que mon bébé ne soit arrivé à la suite d'un viol. Alors, sur la revue, j'ai écrit Jean Vilan, et j'ai ajouté que, oui, c'était bien un nom d'homme.

Un matin, je lui ai fait signe que je voulais m'en aller. Nada a réfléchi un instant, et puis elle m'a apporté mes habits. Elle s'est reculée et elle a ouvert la porte de la chambre. C'était étrange, parce que jusqu'à cet instant je n'avais vu d'elle que son visage à l'ovale très pur, pareil à un masque d'or inca, ses sourcils arqués, ses yeux comme deux larmes de jais, et sa chevelure noire, lisse, brillante. Et quand elle s'est tenue devant la porte ouverte, j'ai vu qu'elle était très grosse, obèse. Elle a dû lire dans mes yeux mon étonnement, parce qu'elle a fait le geste de dessiner ses hanches énormes, en souriant.

J'ai enfilé mon jean noir serré, j'ai passé ma chemise écarlate, et j'ai calé sur mes cheveux le béret noir sur lequel j'avais épinglé la dernière boucle d'oreille Hilal. J'ai mis les fameuses lunettes noires bleues qu'il m'avait données avant qu'on parte. Des lunettes en signe de deuil, mais c'est moi qui m'étais perdue. Je voulais laisser quelque chose à Nada, en souvenir, je lui ai donné mon exemplaire de Frantz Fanon, tout racorni et usé comme un prospectus sans illustrations ramassé au fond d'une poubelle. Mais c'était ce que j'avais de plus précieux.

Quand j'ai embrassé Nada Chavez, elle m'a donné des dollars, des billets roulés dans un élastique, comme autrefois Houriya quand on partait de Tabriket. J'ai descendu l'escalier, je suis passée devant le poste de garde, bien droite, sans me retourner.

Il y avait si longtemps que je n'étais pas sortie que ma tête tournait, mes jambes refusaient de marcher, et j'ai failli revenir. J'entendais le bruit de mes pas sur le trottoir, le bruit du sang dans mes veines, le bruit du vent dans mes poumons. Mais je n'entendais rien d'autre.

17

Je marche pendant des jours. Jusqu'au bout des rues, jusqu'à la mer. Jusqu'au bout du monde, jusqu'à la mort. Je glisse entre les gens, entre les voitures, je cours souvent. Je suis la plus rapide. Rien ne peut m'arrêter. J'ai appris à courir il y a longtemps, quand je suis sortie de la cour de Lalla Asma. J'ai appris à éviter les pièges, les dangers, la police de Zohra. Je guette du coin de l'œil, je m'élance, je suis en équilibre comme une funambule sur la ligne médiane de la chaussée. Les camions me frôlent, les autobus, les cars métalliques. Le vent cogne mon visage, je sens l'odeur de leurs dix pneus qui lèvent en roulant une fine poussière noire.

Je marche contre la circulation des voitures, je sais ça d'instinct. Si tu marches dans leur sens, tu ne les vois pas venir. C'est toi le gibier, la victime. Les autos ralentissent, elles traînent le long du trottoir, avec leurs longs capots brillants, leurs glaces teintées. Il y a des portières qui s'ouvrent, des bras qui cherchent à t'empoigner, à te faire monter.

Au contraire, si tu marches contre les voitures, c'est que tu es folle, c'est eux qui ont peur de toi, dans leurs carrosseries, derrière leurs glaces. Ils s'écartent, ils te laissent tranquille. Ils klaxonnent, sûrement, ils poussent des cris de loups. Mais toi, tu as le soleil en face, au couchant, le soleil brûle ta poitrine, tes cheveux, et tu n'entends rien.

Je pense à Nada Chavez, ma princesse du fondouk de San Bernardino. Si belle, avec ses hanches larges, son visage d'Indienne, ses yeux où je pouvais lire dans les courants glissants à la surface de l'eau, sa main fraîche de la rosée du matin. Elle seule ne m'a pas posé de questions, ne m'a pas posé de pièges. Quand elle arrivait, chaque matin, elle s'asseyait sur la chaise en plastique, à la tête du lit, et elle tendait la main pour que j'y dépose la boulette de papier contenant les pilules blanc et rouge qui font dormir les fous. Puis elle appuyait sa main sur mon front, et elle me donnait sa force. Et un jour, elle a su que j'étais prête, elle m'a ouvert la porte pour que je m'en aille.

Pour manger, pour être à l'ombre, ou à l'abri de la petite pluie du matin, il y a les grands centres commerciaux. De la gare des Greyhounds sur la Septième et Alameda, jusqu'à Santa Monica, c'est une heure de bus, ou une demi-journée à pied. Quand j'arrive là, je suis dans mon domaine. Je disparais dans la foule, je suis les couloirs, je traverse les placettes, les esplanades, je descends les escalators, je monte dans les ascenseurs transparents. Je vais partout, jusque dans les sous-sols, dans les parkings. Je suis affairée. Je ne vais pas au hasard. Je connais chaque recoin, chaque passage. Comme autrefois sur le toit de la rue du Javelot, mais ici c'est grand comme une île, grand comme un continent.

Je connais les noms, les visages, les dessins des devantures. J'ai repéré les gardes. Eux aussi m'ont repérée. Je crois qu'ils ont dû me voir d'abord sur leurs petits écrans télé et se signaler la nouvelle : « Il y a une fille bizarre, une fille de couleur, avec une chemise rouge et un béret noir, et un truc sur son béret, une étoile ou une lune. Ne la perdez pas de vue ! » Je suis suivie, il y a des ombres derrière moi, sur mes traces, comme les loups dans les forêts du Canada, comme les requins dans la baie de Copacabana. Je les traîne derrière moi, je sais exactement où ils sont, ce qu'ils font. Je peux les perdre quand je veux, mais ça m'amuse de savoir qu'ils sont là, qu'ils se passent le relais, qu'ils me suivent des yeux. Alors je fais semblant de me cacher, je choisis longuement des vestes de cachemire que je passe sur la chemise rouge, j'hésite, je touche les tissus, je regarde les étiquettes, la tête un peu penchée, comme une poule qui guette. Puis je laisse tout, et je repars en marchant à grands pas. Une fois, j'ai été arrêtée. J'ai été fouillée dans une cabine par une grosse femme brutale. Elle ne savait pas à qui elle avait affaire. Elle ne savait pas que j'ai des yeux derrière la tête. Depuis que j'ai perdu l'usage de ma deuxième oreille, je vois tout à des kilomètres, je peux percevoir le mouvement d'un garde qui se gratte l'entrejambe à l'autre bout du hall. Je n'allais pas voler juste pour leur donner le plaisir de m'attraper.

J'essaie des habits, c'est tout. C'est ma façon d'être quelqu'un d'autre, c'est-à-dire d'être moi. Des jupes courtes, en cuir noir, en rayonne, des robes moulantes en stretch blanc, des pantalons, des corsaires, des jeans extra-baggy. Des blousons, des chemises de soie, des pulls de T. Ilfiger, de Nautica, des polos Gap, R. Loren, C. Klein, Lee, des chemises blanches L. Ashley. Je vais chez les hommes, je mets les complets-veston, les survêtements, des overalls Oshkosh, des coupe-vent The Men's Store at Sears. Puis je remets mon jean noir, ma chemise écarlate et mon béret, et je m'en vais. Ce que je cherche, c'est mon reflet dans les miroirs. Il me fait peur, et il m'attire. C'est moi, et ce n'est plus moi. Je tourne sur moi-même, je regarde les couleurs vives, les tissus qui brillent. Mes yeux ne sont plus mes yeux. Ils sont pareils à des dessins, longs, arqués, en forme de feuille comme les yeux de Nada, en forme de flamme comme les

282

yeux de Simone. J'ai déjà les petites rides qui sourient au coin des yeux de la vieille Tagadirt. Ou les cernes profonds de Houriya quand son bébé allait naître sous la terre.

Je veux parler avec mon corps. Je marche vers la glace, le long d'un corridor, comme une princesse sur son balcon. Je marche, je tourne, je me déhanche, et je sens les regards posés sur moi, les lentilles des caméras invisibles. Quelquefois les vendeuses s'arrêtent, elles me regardent. Ou bien des enfants, des adolescentes. Une d'elles est venue, une fois, avec un petit carnet, elle voulait que j'écrive mon nom, comme si j'étais une starlette de Hollywood. J'ai écrit NADA Mafoba. Elle avait quatorze ans, un joli visage de petit chat, de grands yeux bruns en amande, des cheveux en chignon, et un jean trop grand pour elle, usé aux genoux. Je lui ai fait écrire son nom pour moi sur une feuille de son calepin : Anna.

Pour manger, j'achète des sandwiches économiques. Quelquefois, je vais dans les restaurants, sur Wilshire, Halifax, La Cienega, et je m'éclipse avant le dessert. Il y a des hommes qui m'invitent. Ils me suivent dans les centres, et je les amène jusqu'à une cafétéria. Ils s'asseyent à ma table, je leur fais un sourire et je sais que je ne vais rien payer. Quand ils découvrent que je suis sourde, ils ont peur. Ou bien ils deviennent méchants. Je mange et je bois, et, avant qu'ils ne s'en rendent compte, je suis dans la rue, je traverse en courant, je prends les sens uniques. Une fois, il y en a un qui n'a pas encaissé. Il a tourné et tourné en voiture jusqu'à ce qu'il me retrouve. Il était grand, beau gosse, bien habillé, mais il était un chien. Il a couru sur moi et il m'a donné un coup de poing qui m'a envoyée voltiger par terre, avec mes lunettes noires et mon sac qui s'étalait. Personne ne m'a aidée à me ramasser. Ils devaient penser : « Tiens, une pute qu'on corrige ! »

Avant la nuit, je prends le bus pour la Septième. Je passe devant le chauffeur sans jeter ma pièce. Quelquefois, ils ne disent rien. Quand ils se mettent en colère, je fais signe que je n'entends pas, et j'apporte mes quarts. L'asile de nuit est une grande bâtisse en brique, à côté d'Alameda. Il y a toujours une queue de gens qui attendent, principalement des gens comme moi, qui ont la peau sombre et les cheveux noirs. À six heures, on distribue du café et des sandwiches. Le dortoir des femmes est par-derrière, au centre d'un carré d'herbe jaunie, orné de grands yuccas. Quand je suis sur mon lit, je vois les lames des yuccas contre le ciel mauve. Il y a une salle de douche en ciment peint en gris, où les femmes se lavent par groupe. Personne ne regarde personne, mais moi je lorgne leurs dos fatigués, leurs seins, leur peau jaune, grise, chocolat, leurs ventres cousus de cicatrices violettes, leurs jambes variqueuses. C'est ainsi, je ne pense à rien, je n'existe que par les yeux. Puis j'entre sous l'eau chaude qui pique ma bouche, là où le chien m'a frappée.

Je ne dors pas. Ou bien je dors les yeux ouverts.

C'est la musique qui m'a sauvée.

J'avais vu le beau piano noir, à Beverley. Chaque fois, je passais devant, je ne pouvais plus en détacher mon regard. Et puis cet après-midi, il n'y avait pas grand monde, l'homme qui gardait le piano avait changé. C'était un tout jeune homme, blond, avec des lunettes, pas beaucoup de menton, il ressemblait à Jean Vilan. Il lisait un bouquin sur sa chaise.

Je me suis approchée du piano, j'ai touché le bois noir, le clavier d'ivoirine. J'ai regardé le gardien : il continuait à lire, sans faire attention à moi. J'ai pensé : peut-être qu'il est sourd, lui aussi ?

Je me suis assise sur le banc, j'ai commencé à jouer. Je crois que j'avais oublié, au début, mes doigts accrochaient les touches, et je cherchais à retrouver les sons, dans ma tête, je chantonnais, je marmonnais. Je penchais la tête de côté, pour capturer les sons, comme faisait Simone quand elle m'enseignait. Et puis tout à coup, ça a commencé à revenir. Mes doigts roulaient sur le clavier, je retrouvais les accords, les airs, je reformais les boucles. Je jouais Billie, je jouais Jimi Hendrix, des morceaux qui s'arrachaient, qui tombaient. Je jouais tout ce qui venait, sans ordre, sans m'arrêter, j'improvisais, comme à Chicago, comme à la Butte-aux-Cailles, je retournais en arrière, je reprenais, j'oubliais, et les sons jaillissaient hors de moi, de ma bouche, de mes mains, de mon ventre. Je ne voyais rien, j'étais dans le coffre du piano, ma bouche béante, mon ventre qui résonnait, ma gorge, même mes jambes, comme si je marchais dehors au soleil, comme si je courais.

Maintenant, j'entendais la musique, pas avec mes oreilles, mais avec tout mon corps, un frisson qui m'enveloppait, qui glissait sur ma peau, qui me faisait mal jusque dans les nerfs, jusque dans les os. Les sons inaudibles montaient dans mes doigts, ils se mêlaient à mon sang, à mon souffle, à la sueur qui coulait sur mon visage et dans mon dos.

Le jeune homme s'était approché de moi. Il se tenait debout, un peu en retrait, et je ne pouvais pas voir son visage. Mais j'ai vu qu'il y avait beaucoup de monde arrêté dans le hall, à l'entrée du magasin. Des enfants assis par terre, des couples enlacés, des vieux en survêtement qui tétaient leur soda. À un moment, j'ai vu la jeune fille qui m'avait demandé un autographe, Anna. Elle s'était installée à l'intérieur du magasin, elle s'était assise sur la marche du podium, comme j'avais fait la première fois que j'avais écouté Sara, à l'hôtel Concorde, à Nice.

Pour eux, pour elle, je jouais, je retrouvais ma musique, le roulement sourd des tambours de

Réaumur-Sébastopol, de Tolbiac, d'Austerlitz. La voix de Simone qui chantait le voyage de retour vers la côte de l'Afrique, et les sirènes des flics et les coups de bâton qui frappaient Alcidor, dans la rue Robinson, à Chicago. Ce n'était pas seulement pour moi que je jouais maintenant, je l'avais compris : c'était pour eux tous, qui m'avaient accompagnée, les gens des souterrains, les habitants des caves de la rue du Javelot, les émigrants qui étaient avec moi sur le bateau, sur la route de Valle de Aran, plus loin encore, ceux du Souikha, du Douar Tabriket, qui attendent à l'estuaire du fleuve, qui regardent interminablement la ligne de l'horizon comme si quelque chose allait changer leur vie. Pour eux tous, et tout d'un coup, j'ai pensé au bébé, que la fièvre avait emporté, et pour lui aussi je jouais, pour que ma musique le retrouve dans l'endroit secret où il se trouve.

J'étais prise par la musique, je l'entendais passer sur la peau de mon visage comme un aveugle peut sentir le crépitement du soleil et le roulement lent de la mer. J'ai senti les larmes déborder de mes yeux. C'était la première fois depuis longtemps, depuis que Yamba El Hadj Mafoba s'était glacé tout seul dans son lit, à Évry-Courcouronnes.

J'aurais pu jouer comme ça jusqu'à la fin du monde. J'ai senti les mains des gardes qui me soulevaient doucement. J'ai tendu encore les doigts vers le clavier, mais tout à coup, il n'y avait plus rien, que le silence. Très lentement, comme une procession, les gardes m'ont portée le long du hall, et de chaque côté les gens applaudissaient en silence. La jeune Anna a marché un moment à côté de moi, elle n'applaudissait pas, elle ne parlait pas, elle avait seulement tendu sa main vers moi, et son visage de petit chat était tout de travers, j'ai vu un instant ses yeux allongés qui brillaient parce qu'elle pleurait. Les gardes m'ont déposée dans une camionnette blanche, et à l'arrière de la camionnette, il y avait un homme âgé qui ressemblait à M. Rouchdi, le professeur de ma bibliothèque. Il m'a serrée contre lui, comme s'il me connaissait. J'étais si fatiguée, que je me suis laissée aller, j'ai posé ma tête sur son épaule, et je crois bien que je me suis endormie.

Je suis enfin, maintenant, à l'ombre, assise au frais dans une petite chambre propre, que l'orientation vers le nord protège hermétiquement du soleil. Il n'y a pas de fenêtre, juste un vasistas grillagé en haut du mur qui ne laisse voir que le ciel, bleu en ce moment. À côté du lit, il y a une chaise en plastique et une table de nuit qui cache un bassin et, dans un tiroir, le sac noir avec lequel j'ai débarqué à San Bernardino, contenant tous mes effets, c'est-à-dire principalement les lunettes noires bleues et mon béret où j'ai épinglé ma dernière boucle d'oreille Hilal.

Chaque matin, le Professeur me rend une petite visite. Je ne sais pas s'il est vraiment professeur, mais je l'ai appelé comme ça en souvenir du gentil M. Rouchdi de ma bibliothèque près du Musée. Je l'amuse avec ma façon de jongler avec l'anglais, le français et l'espagnol. Il ne parle pas, il me pose des questions en écrivant sur de grandes feuilles de papier qu'il arrache de son bloc d'un geste. Il écrit nerveusement, avec de grandes lettres, comme ceci : État de votre esprit ? Votre plat sucré préféré ? Mais il voudrait bien savoir d'où je viens, ce qui m'est arrivé, ma famille, le nom de l'homme qui m'avait mise enceinte.

Quand il pose des questions sur ma famille, j'écris des noms qu'il lit avec attention, comme une énigme : Nada, Sara, Anna, Magda, Malika. Il croit que je suis mexicaine, ou haïtienne, peut-être guyanaise.

Chavez est venue aujourd'hui, pour la première fois. Je ne sais pas bien comment elle m'a retrouvée. Peut-être que les fichiers d'hôpital correspondent, ou bien elle a lu dans le journal local un article avec ma photo, au titre alléchant :

EST-CE QUE VOUS LA CONNAISSEZ ?

Elle n'avait pas son uniforme d'infirmière, mais elle était vêtue d'un vaste pantalon et d'une blouse à fleurs de femme enceinte, par solidarité, j'imagine. On s'est embrassées comme si on était de vieilles amies, et elle s'est assise sur la chaise, et moi sur le lit. On a parlé et bien ri, et puis elle m'a fait sortir dans le jardin. Ici, ce n'est pas San Bernardino. On est au Mount Zion, à Beverley. Il y a des palmes, des feuilles partout, de l'herbe bien verte — et de l'argent. Il n'y a pas d'enclos, pas de gardien. Je pourrais juste marcher et m'en aller. C'est peut-être pour ça que je suis restée.

Chaque matin, Chavez est là avec le Professeur. Elle a dû demander un congé pour s'absenter de son travail. Ou peut-être que c'est moi son travail. On monte dans la voiture du Professeur, et on tourne dans les rues, au hasard. Il pose des questions, toujours sur son bloc de papier. Il voudrait comprendre, qui je suis, ce que j'ai fait, où j'ai appris à jouer du piano. On est retournés ensemble au centre, devant le piano, mais ça ne m'a pas inspirée. Le gardien avait changé, ce n'était plus le jeune homme que j'aimais bien. Et le piano était immense, tout seul au milieu du magasin comme une machine infernale. Alors, je les ai emmenés dans une librairie, pour acheter des magazines de mode, et j'ai feuilleté des livres, au hasard. Tout d'un coup, j'ai reconnu la photo du Professeur sur la jaquette d'un livre de philosophie. Le livre s'appelait *Hypnos & Thanatos*, quelque chose de ce genre. Il y avait, écrit sous le titre, Edward Klein, j'étais contente de savoir son nom, et lui semblait un peu gêné, mais content aussi. Il a eu un petit sourire, l'air de dire : « Eh oui, c'est bien moi. » Plus tard il m'a donné son livre, avec une dédicace : « *To my dearest unknown !* »

Un après-midi, la porte de ma chambre à Zion s'est ouverte, et j'ai reconnu Mr Leroy.

Pourtant, ça ne m'a pas étonnée. J'ai atteint un point où tout est à la fois bizarrement normal et absolument sans raison.

Comme tout a son explication, je dirai que c'est Nada Chavez. Dans mes *Damnés de la terre,* j'avais oublié une copie de mon contrat avec Canal. Elle a appelé Chicago, et Mr Leroy est arrivé par l'avion suivant. Il m'apporte une invitation au Festival de jazz de Nice. On y aura tout vu, même une sourde qui joue du piano. Dans le même élan sincère et maladroit, Chavez a demandé aux renseignements le numéro de Jean Vilan. Ça fera certainement toute une histoire avec Angelina, parce qu'il arrive demain. Il est possible qu'il doive renoncer à son médecin lituanien. Dieu m'est témoin que je n'ai rien demandé à personne.

18

Je suis de retour, avec un autre nom, un autre visage.

Il y a longtemps que j'attends cet instant, c'est ma revanche. Peut-être que sans m'en rendre compte, j'ai tout fait pour qu'il arrive. Simone, qui en savait quelque chose, disait toujours qu'il n'y a pas de hasard.

À Nice, l'organisation du Festival m'a logée dans l'hôtel du bord de mer où la femme de bronze cherche toujours à s'échapper des murs qui l'écrasent. Il y avait toujours un piano sur l'estrade, et une voix qui traînait probablement sur la musique de Billie Holiday. Moi aussi, j'ai chanté ma chanson sur l'estrade, dans la nuit. Dans l'incroyable touffeur, sous un ciel gris plomb, j'ai marché chaque jour dans les rues de Nice, comme si je pouvais reconnaître quelque chose. La grande plage de cailloux était noire de monde, les rues étaient bouchées par les autos. Partout la foule harassée, désœuvrée.

Là où j'avais marché avec Juanico. J'ai pris un bus le long du torrent desséché, jusqu'aux piliers de l'autoroute, et j'ai cherché l'entrée du camp. Je dois être vraiment quelqu'un d'autre parce qu'à peine franchie la porte du camp, entre les barbelés, un homme m'a barré le passage avec sa camionnette. Il avait un regard brutal, méchant. Quand j'ai dit le nom de Raymond Ursu, et il s'est moqué de moi. Il a crié aux autres quelque chose que je n'ai pas compris, un nom déformé : « Roussou ! Roussou ! » Un autre homme est venu, grand, élégant malgré ses haillons, portant une petite moustache. Il m'a fait signe qu'il n'y avait personne, que tout le monde était parti. Il m'a raccompagnée à l'entrée du camp.

J'ai essayé de téléphoner à Jean, pour lui dire de venir, tout de suite. Pour lui parler du bébé que nous allons faire, dès mon retour. Mais à cause du décalage, je n'ai pu parler qu'au répondeur. Je ne savais pas quoi dire, j'ai dit que je rappellerais. J'avais la nausée, j'avais un point de côté. Je me souvenais de Houriya, quand elle marchait dans la montagne, avec le bébé dans son ventre. Pourquoi est-ce que moi je n'avais pas le même courage alors qu'il n'y a plus rien dans mon ventre ? Tout d'un coup la musique m'étouffait. Je voulais seulement du silence, du soleil et du silence.

J'ai laissé un message pour l'organisation du Festival, j'ai dit que j'annulais tout. J'ai quitté l'hôtel dans l'après-midi, et j'ai pris un train de nuit pour Cerbère, pour Madrid, pour Algésiras. C'étaient les vacances, il y avait des touristes partout. Les hôtels étaient complets. À Algésiras, j'ai passé deux jours dans un parking poussiéreux, rempli de voitures arrêtées, de caravanes. J'ai dormi par terre, enroulée dans une couverture. Une famille marocaine a partagé avec moi de l'eau, du Fanta, du pain. Les enfants jouaient entre les voitures arrêtées, dansaient sur la musique de leurs radiocassettes. De temps à autre, des gardes armés de fusils-mitrailleurs passaient au loin, de l'autre côté de l'enceinte de barbelés. Le soleil brûlait au centre du ciel blanc. Mais les nuits étaient douces et fraîches. On parlait par gestes, on racontait des histoires, on comptait les heures, les jours, sur un calendrier. Au début, les enfants se moquaient de moi parce que j'étais sourde, et puis ils se sont habitués. Pour eux, c'était un jeu, rien de plus.

Au troisième soir, nous avons embarqué dans le car-ferry. Je ne savais plus très bien pourquoi j'étais là. Je suivais le mouvement des gens, sans comprendre. Je ne cherchais pas des souvenirs, ni le frisson de la nostalgie. Pas le retour au pays natal, d'ailleurs je n'en ai pas. Ni les deux rives. Ma rive, à présent, c'est celle du grand lac bleu sous le vent froid du Canada. C'était plutôt un fil qui se tendait jusqu'au centre de mon ventre et qui me tirait vers un endroit que je ne connais pas.

J'ai voyagé en autocar vers le sud. Il y avait des touristes allemandes en short, des Françaises à chapeaux, des Américaines en tongs. Je faisais un bout de route avec elles, puis elles s'en allaient dans une autre direction. À Marrakech, j'ai pris un bus vers la montagne, et elles sont parties vers la mer, Agadir, Essaouira, Tan Tan Plage.

Au Tizin Tichka, pendant que le chauffeur du car buvait son thé, j'ai acheté à un Chleuh une énorme ammonite pour Jean. Comme la pierre était trop lourde pour mon sac, le Chleuh a fabriqué un sac à dos avec un vieux sac de raphia. C'était un homme grand et fort, à la peau rouge comme les Indiens d'Amérique, vêtu d'un grand manteau de bure. Il m'a montré une carte postale que son frère lui a envoyée d'Amérique, d'un village dans la forêt, dans l'État de Washington.

C'est comme cela que je suis arrivée à Foum-Zguid. Au sud, la route va vers Tata, au nord vers Zagora. Droit devant, il n'y a que les pistes creusées par les camions et les sentiers pour les chèvres et les chameaux. Il y a l'étendue rêche, écorchée, les puits asséchés, les huttes de boue et de pierre pareilles à des nids de guêpes.

Voilà, je suis arrivée. Je ne peux pas aller plus loin. Je suis comme au bord de la mer, ou sur la rive d'un estuaire sans fin.

J'ai laissé mon sac et l'ammonite dans une chambre du village.

Au guide que j'ai engagé à l'hôtel, j'ai voulu poser pour la première fois la question que je garde dans ma bouche depuis si longtemps : « Est-ce qu'on a volé un enfant, ici, il y a quinze ans ? » Mais je n'ai rien dit. De toute façon, je savais qu'il n'y avait pas de réponse. Depuis que je suis revenue, mon oreille s'est bien améliorée, mais est-ce que d'entendre les voix et les mots du langage est suffisant pour comprendre ?

Les gens, ici, les gens que je vois, et ceux des villages que je ne vois pas, ils appartiennent à cette terre, comme je n'ai jamais appartenu nulle part. Ils font la guerre, certains viennent prendre une terre qui ne leur appartient pas, creuser des puits là où ce n'est pas à eux.

Les gens d'ici, les gens d'Asaka, Nakhila, Alougoum, les Ouled Aïssa, les Ouled Hilal, que peuvent-ils faire ? Ils se battent, il y a des blessés, des morts. Les femmes pleurent. Il y a des enfants qui disparaissent. Voilà, c'est la réalité, que pouvons-nous faire ?

C'est ici, j'en suis sûre maintenant. La lumière au zénith est si blanche, la rue si déserte. La lumière met des larmes dans les yeux. Le vent brûlant fait glisser la poussière le long des murs. Pour résister au vent et à la lumière, j'ai acheté un grand haïk bleu, comme les femmes d'ici, et je me suis enveloppée en laissant juste une fente pour les yeux. Dans mon ventre, il me semble que je sens déjà les coups légers de l'enfant que j'aurai, qui vivra. C'est pour lui aussi que je suis venue jusqu'ici, au bout du monde.

Le guide s'est lassé de me suivre dans mes allées et venues le long de la rue déserte. Il s'est assis sur une pierre, à l'ombre d'un mur, il fume une cigarette anglaise en me surveillant de loin. Lui n'est pas un Ouled Hilal, ni un Aïssa, ni un Khriouiga envahisseur. Il est trop grand, on voit bien qu'il vient de la ville, de Zagora, ou de Marrakech, peut-être même de Casa.

Loin, au bout de la rue, devant la dernière maison, là où commence le désert, une vieille femme en noir est assise sur un tabouret, devant la porte vide de sa cour. Son visage n'est pas caché par un voile, il est noir et ridé, pareil à un vieux cuir brûlé. Elle me regarde venir, sans baisser les yeux, son regard est coupant comme une pierre. Elle semble aussi vieille et dure que l'ammonite de Jean. Elle est une vraie Hilal, du peuple au croissant de lune.

Je me suis assise à côté de la vieille femme. Elle est si petite, si maigre, elle m'arrive à peine à l'épaule, comme une enfant. La rue est vide, écorchée par le soleil du désert. Mes lèvres sont sèches et fendues, tout à l'heure, en y passant le dos de ma main, j'ai vu du sang. La vieille femme ne me parle pas. Elle n'a pas bougé quand je me suis assise. Elle m'a seulement regardée, dans son visage de cuir noir, ses yeux sont brillants et lisses, très jeunes.

Je n'ai pas besoin d'aller plus loin. Maintenant, je sais que je suis enfin arrivée au bout de mon voyage. C'est ici, nulle part ailleurs. La rue blanche comme le sel, les murs immobiles, le cri du corbeau. C'est ici que j'ai été volée, il y a quinze ans, il y a une éternité, par quelqu'un du clan Khriouiga, un ennemi de mon clan des Hilal, pour une histoire d'eau, une histoire de puits, une vengeance. Quand tu touches la mer, tu touches à l'autre rivage. Ici, en posant ma main sur la poussière du désert, je touche la terre où je suis née, je touche la main de ma mère.

Jean arrive demain, j'ai reçu son télégramme à l'hôtel de Casa. Maintenant, je suis libre, tout peut commencer. Comme mon illustre ancêtre (encore un !) Bilal, l'esclave que le Prophète a libéré et lancé dans le monde, je suis enfin sortie de l'âge de la famille, et j'entre dans celui de l'amour.

Avant de partir, j'ai touché la main de la vieille femme, lisse et dure comme une pierre du fond de la mer, une seule fois, légèrement, pour ne pas oublier.

DU MÊME AUTEUR

Aux Éditions Gallimard

LE PROCÈS-VERBAL (Folio n° 353). Illustré par Baudoin (Futuropolis/Gallimard)

LA FIÈVRE (L'Imaginaire n° 253)

LE DÉLUGE (L'Imaginaire n° 309)

L'EXTASE MATÉRIELLE (Folio Essais n° 212)

TERRA AMATA (L'Imaginaire n° 391)

LE LIVRE DES FUITES (L'Imaginaire n° 225)

LA GUERRE (L'Imaginaire n° 271)

LES GÉANTS (L'Imaginaire n° 362)

VOYAGES DE L'AUTRE CÔTÉ (L'Imaginaire n° 326)

LES PROPHÉTIES DU CHILAM BALAM

MONDO ET AUTRES HISTOIRES (Folio n° 1365 et Folio Plus n° 18)

L'INCONNU SUR LA TERRE (L'Imaginaire n° 394)

DÉSERT (Folio n° 1670)

TROIS VILLES SAINTES

LA RONDE ET AUTRES FAITS DIVERS (Folio n° 2148)

RELATION DE MICHOACAN

LE CHERCHEUR D'OR (Folio n° 2000)

VOYAGE À RODRIGUES, *journal* (Folio n° 2949)

LE RÊVE MEXICAIN OU LA PENSÉE INTERROMPUE (Folio Essais n° 178)

PRINTEMPS ET AUTRES SAISONS (Folio n° 2264)

ONITSHA (Folio n° 2472)

ÉTOILE ERRANTE (Folio n° 2592)

PAWANA (Bibliothèque Gallimard n° 112)

LA QUARANTAINE (Folio n° 2974)

LE POISSON D'OR (Folio n° 3192)

LA FÊTE CHANTÉE

HASARD *suivi de* ANGOLI MALA (Folio n° 3460)

CŒUR BRÛLE ET AUTRES ROMANCES (Folio n° 3667)

PEUPLE DU CIEL *suivi de* LES BERGERS, *nouvelles extraites de* MONDO ET AUTRES HISTOIRES (Folio n° 3792)

RÉVOLUTIONS (Folio n° 4095)

OURANIA (Folio n° 4567)

BALLACINER

Aux Éditions Gallimard Jeunesse

LULLABY. *Illustrations de Georges Lemoine* (Folio Junior n° 140)

CELUI QUI N'AVAIT JAMAIS VU LA MER *suivi de* LA MONTAGNE OU LE DIEU VIVANT. *Illustrations de Georges Lemoine* (Folio Junior n° 232)

VILLA AURORE *suivi de* ORLAMONDE. *Illustrations de Georges Lemoine* (Folio Junior n° 302)

LA GRANDE VIE *suivi de* PEUPLE DU CIEL. *Illustrations de Georges Lemoine* (Folio Junior n° 554)

PAWANA. *Illustrations de Georges Lemoine* (Folio Junior n° 1001)

VOYAGE AU PAYS DES ARBRES. *Illustrations d'Henri Galeron* (Enfantimages et Folio Cadet n° 187)

BALAABILOU. *Illustrations de Georges Lemoine (Albums)*

PEUPLE DU CIEL. *Illustrations de Georges Lemoine (Albums)*

Aux Éditions Mercure de France

LE JOUR OÙ BEAUMONT FIT CONNAISSANCE AVEC SA DOULEUR

L'AFRICAIN (Folio n° 4250)

Impression Maury-Imprimeur
45300 Malesherbes
le 17 décembre 2007.
Dépôt légal : décembre 2007.
1ᵉʳ dépôt légal dans la collection : mai 1999.
Numéro d'imprimeur : 133938.

ISBN 978-2-07-040875-7. Imprimé en France.